小説

憲法第九条談義

杉本盛久

憲法第9条

「戦争の放棄、軍備及び交戦権の否認」

日本国民は、正義と秩序を基調とする国際平和を誠実に希求し、国権の発動たる戦争と、武力による威嚇又は武力の行使は、国際紛争を解決する手段としては、永久にこれを放棄する。

2前項の目的を達成するため、陸海空軍その他の戦力は、これを保持しない。国の交戦権は、これを認めない。

本書は２０２２年の夏までに執筆をしました。特に防衛費予算に関して、ＧＤＰ比２％への増額を主張していますが、この２０２２年12月、来年度から5年間の防衛費について43兆円を確保するよう日本政府内で調整が図られている旨、報道が流れました。これはＧＤＰ比２％へと近づく大きな前進です。

はじめに

皆さんおはよう御座います。私は佐藤国生です。よろしくお願いいたします。これから憲法第9条についての研究会議を行いたいと思います。論題は憲法第9条談義です。議事進行係は設けていませんので、発言者が終わったと思った時点で、次に発言して下さる方は挙手して発言してください。其れとこちらからも指名してお願いする事もありますがその時はよろしくお願いいたします。前回は会の運営委員と言う事で6人でしたが、今回は17人の出席を頂きうれしく思っています。其れでは前回も出席頂きました、藤田様に口火を切ってお願いいたします。

佐藤　国生

第一章

「藤田祐樹です。よろしくお願いします。

さて、陸海空軍その他の戦力は、これを保持しない。国の交戦権は、これを認めない。これが憲法第9条です。これで国が存続出来ると思いますか。現在、世界中で地理的に日本ほど存亡が危ぶまれている危険性がある国家は何処にもない。海の向こうの隣国は、世界で1・3・4の核軍事大国で政治形態はまるで違う。そして我が国は憲法第9条と言う、日本滅亡への案内板を頭上に翳している。

世界は現在歪んでいて、自由民主主義国家以外の国の多くは様々な苦労を背負っている。国連は自由主義と社会主義とに大別されていて、どちらか一方の国の不利益になる可能性を含んでいる場合は、どちらかの国が拒否権を行使する事に困って、議案は、討議される事無く廃案になる。国連はまた、第二次世界大戦の勝利国である米英仏ロ中の五カ国が勝利国で敗戦国は日独伊の3か国です。第2次世界大戦と言ってもその国だけの戦争ですが、国連は現在196か国が加盟、第二次世界大戦後発足当時から常任理事国は勝利国5か国のままで増えていません。世界大戦と言っても8カ国の戦争です。3か国に勝利した5か国が国連の常任理事国でいて国連運営資金の拠出金を最近までズーット米国に次ぐ2位だった(現在は3位)日本は未だに常任理事国入りは出来ていない。ドイツも同じです。国連に協力している国もあるが拒否権の行使で常任理事国入りは出来ない。国連理事国入りでもこうした不平等な扱いが有るのと、大国が小国に侵攻しても国連に制止する力はない。従って、小国には、自分の国を守っていく力が無ければ自分の国を守っていく事は出来ない。唯

一、大国との同盟関係を結んで国の平和と安定を守る方法しかない。
日本はそうした国の一つで、今迄米国の核軍事力に因って平和が守られて来たが、しかし今、核兵器所持国は世界に広がると同時に、日本の3隣国は何れもアメリカと核軍事力を競い、覇権をも競う核軍事大国になって居ると同時に、銃口が国の尊厳と威厳を高めているとの方針をもって施政を進め、更なる軍事力強化発展と覇権を目指し独自の道を猛進している。

一方アメリカは、中東の国の内戦と、その他多くの国々の自由を守る為の戦いと支援等の浪費が響いているのと、兵器開発も防衛兵器の開発に重点を置いている事から、攻撃兵器の遅れを取っている事と、同盟国や友好国への支援援助には十分な対応が困難になりつつあり、軍事費予算の削減も在って国力は落ちている。また前政権が同盟関係を重要視した政策をして来なかった事から、民主主義国混乱の要因ともなり、アメリカ経済の落ち込みからも伺い知ることが出来る。個人の大金持ちが増える一方で、政府には金が無いという事態が自由主義国には多い。富の配分に問題が在ると言われているが、その資本主義の欠点を補い均す方法は自由民主主義社会にはまだない。自由民主主義経済社会は、国には金が無いが、個人は金持ちが増える社会で、社会主義国は国も個人も金持ちが多く、国の防衛費予算には不自由は無い。

日本はかってない程の大幅な赤字経済に、更にコロナで経済も打撃を受け危機的状況の中に在るのだが、今回は高市早苗議員が政調会長の入閣によって防衛費を2％に要求すると言う事に期待をしています。今迄は、経済を最優先するばかりであった事から1％であったが、ようやく少ないと思う議員が政調会長に付いたことで、今迄防衛費が1％と軍備改良開発に懸ける費用が不足していて十分な研究開発が出来ない為隣国に遅れが出ていた。その遅れを取り戻すには1％の10年分位を要求したい処だが、野党の一部と、世界でたった1つの日本批判国家が一体となって大騒ぎをするから今回は2・5％の要求で留め置くのを心ならずも折れるのが心積りである。日本、それは平和で世界が安定した時代では妥当で正道かもしれないが、今は、世界が混乱と危機的状況の時代で、方々の国で暴動や内乱に国境線の越境等とで国家間は破裂に近い危険状態にある国も多い。軍事大国はもめる事は侵略の好機であると説を持っていて、新兵器の開発や核兵器・ミサイル改良等に国費を投じ、軍事パレードで軍備力を誇示し周囲を威嚇している。軍事小国は仕方なく後ずさりをしている。侵略されれば国の貯えも、個人の命も財産も取られる事も当然と考えなければならないからだ。平和続きの日本人は、太平洋戦争で酷い大敗を喫した後で、不平等社会から一遍に自由民主主義社会に変わった事で、多くの民衆は敗戦も悪くはないとの認識に立って、憲法第9条を支持する人も出来た。こうした経過と日米安保条約があれば、防衛しなくても、外国から侵略される事も無いと認識する人と、侵略される事も悪くはないと認識する人もいて、自国防衛の意識は少なく世界最小となっている。こうした思考の根源は、憲法第9条から来ているようである。

『陸海空軍その他の戦力は、これを保持しない。国の交戦権は、これを認めない』で、あるのだが日本の本来の精神は、この憲法を改正しこの危機的状況から脱出し自国防衛に尽力するのだが、社会全般が目先の金銭欲に動いていて社会情勢を良く見ていない。大手企業は一時的な利益の為に非正規社員の採用を拡大させ、政府も同じように非正規社員を増やし不安定社会を広げている。これは大きな間違いである。確か国は一二〇〇兆円の借金を背負っているが、経常収支330兆あり、社員の給料値上で還元しようとの案を政治家やジャーナリストやコメンテーターが軽率に口走る。人口が増えないのも、低所得者が多いのも、独身者が多いのも、自殺者が多いのも、生活の不安定から来ている。これらの多くは、雇用関係の不味さから来ている。この不安定社会を、安定化させるには非正規社員を正規社員にする事でしょう。其れだけの給与を払う金は在る筈です。問題は経営者と社員との個人関係だろうと思う。個人の能力と暴力性や協調性に不真面目職員への注意や退職勧告等、心配する事は多くあるだろうけれど、正社員と非正規社員の中間程の手続きで対処出来るようにする事で解決する。また、見習い期間は、最大1年とするべきでしょう。なぜこのような事を進言するかと言うと、非正規社員を多くすると、社会情勢は不安定になり独身者が多くなり、独身者は情緒的にも不安定だし、責任感が薄く犯罪にも手を汚すようにもなる。ほぼ良くない事が多い。それに引き換え、結婚する事により、家やマンションを買い子供もできるし、車も買うし千万単位の消費をするし人口増にも繋がり、良い事の方が多い。国にとっても増収にもなり防衛力にも弾みがつく。

過去・日本の発展とその意識は、明治維新・黒船来航とによって日本が西洋から遅れている事に気付き、欧米へと派遣団を送り技術革新を短期間に成し遂げ、欧米と肩を並べるまでに発展を遂げた。そして今度は敗戦によって大打撃をうけたが、自由民主主義の思想を受け、日本の精神を発揮し多大な利益を上げた。その後、1992年頃バブル経済が崩壊した頃から、日本人の精神も行く先が見通せなくなり人の力も滞留を始めた。その根本は憲法第9条に因っている。この日本人の精神は、寺子屋で学んだ下級武士の、上下関係から来る規律のある武士道と、自然と戦い生産をあげて来た農民の不撓の精神とから、日本の精神が息づいていたが、バブル崩壊後はこうした日本の精神は薄れ、その日暮らし的な考えに変わっている。結果自分の国を自分で守ろうとする人間が今では僅か15%しかいないと言う結果に繋がっている。そして現在、日本人特有の、どちらとも言えないと言う人が何%居るかだが、多く見積もって60%とした場合、この人達は侵略されたらどうすると言うのだろう。

結婚していない若者は、失うものが少ないから、その日暮らし的共通な自我欲に走っている。其のもとは、憲法第9条に因る衰退と亡国を先導する左翼的ジャーナリストに付いて行く傾向が有る。日本の未来を思う時、この憲法の基では、滅亡を予感する人は多大である。

この憲法を読めば解る事である。「陸海空軍は戦力を持たない。侵略されても戦う事を禁ず」である。憲法にはこう書いて在る。

この憲法はGHQによって作られ、帝国議会の審議10日でこの長い憲法が制定された。当時から第9条に付いては反対があったが、日本はまだ独立してはいなかったから、言論の自由も無く、新聞・映画・放送・信書など表現される内容をGHQが事前に強制的に調べていた。

憲法はGHQが書いたものであり、第9条に反対する事の出来ない立場にある国会議員は戦時中役職も付いていたから戦犯として投獄される危険性が有るので、日本が独立するまでの静かを装った。ところが、69条が入って居る為今日まで憲法第9条の改正が出来ないまま来た。この憲法第9条は日本滅亡の道標であるが、護憲派によって守られてきている。

しかし現在、先人達が警察隊を作り、自衛隊に改名し現在に至っているが、防衛予算が少ない事から、自国を守るだけの防衛力は無いのと、軍備の不足と新兵器の開発とに遅れが出ている。日本には核兵器がない。現在侵略を防ぐのと戦争をしない為には、抑止力を持つ事が最重要である。例えば「こちらの要求を受けなければ核を落とすぞ」と脅迫された時、核が無ければどうします。現在は、アメリカの核の傘に護られていますが？　戦時ではない……。

専制主義国が、日本に侵攻して来たら個人の財産は当然没収され、現在住んでいる住宅から集合住宅に移され、監視付きで強制労働となる。戦って負けても、戦わなくても、侵略されれば同じで、奴隷にされると思っていなければならない。さて、そう考えると経済と防衛力向上は車の両輪で特別重点を置くのは必至です。こうした現実が、世界のニュースとして、テレビ放映され偶然目にした。その光景は、早朝まだ薄暗い朝、目隠しされ両手を後ろで縛られ連行されて行く先長い列の先にはバスが並んで停車していた。相当の台数が並んでいる。何台目かのバスだろう？　手前の駐車場所は2台ほどが入れる程空いている。先のバスが満車になったのか、目隠しされた列は途中から次のバスに向かったように見える。後方は暗くて良くは見えないが繋がっているように見える…。

バスが到着した先方は薄暗い中に映し出され工場の様である…。強制労働に付かされる為、連行されている姿だと言う。

ここは女の家族らしい。一家の母親と11歳だと言う女の子の家に、一人の男が泊まると言う制度も作られ、注意があるという。其の注意とは、11歳の子供に体を良く洗っておくようにとの注意だと言う…。この国は、過去にどのような経緯があるのか、現在はこうなっている…。テレビの映像と解説で、今この国は自治州だとの事である。

さて日本だが、侵略されどこの国が作ったのか不明だと言うが、4分割され自治州の地図が出来ていると言う。今日本人は、戦争は日本から仕掛けなければ侵略はされないと思い込んでいる人が多いのか、戦争反対者が多いと言う。確か誰も『戦争は反対』である。しかし、戦争を日本人から仕掛けようなどと考える日本の政府や高官が要る筈がない。憲法解釈変更の国会決議時に国会周辺や駅への道路には『憲法改正反対・戦争反対』のシュプレヒコールの叫びが響いた。どの党かが直ぐ『憲法改正反対・戦争反対』の動員をかける。其れと、「戦争をする気か』と言う。日本の隣国は核兵器を備えた世界屈指の軍事大国である。そのような国に、核も無く兵員も10分の1か、5分の1以下の軍事力しかない日本が戦争を始めると言う大嘘はしないで貰いたい。その大嘘をすると言うのは自分の党の策略なのでしょうか？　今は、日本独自で自衛も出来ない状態なのに、戦争をすると国民に嗾《けしか》けている政党と、それを本当だと思い込み同調する人、そして太平洋戦争で受けた悲惨な地獄絵図を思いだし、2度とあの惨状を見ないように、特に敗戦を経験した高齢者は戦争と言う方向性を聞かされると、正視できず、発信者の言う事の方に賛同する。政府も戦争はしないとは言うが自衛隊を現在維持している。それは、日本が滅亡しない為、防衛しなければ日本が侵略される可能性が高いからだと、分かるような説明をしないから理解してもらっていない事、そして自分の国は自分の力で守る必要が有るという説明を丁寧に、理解されるようにしなければならない。説明の中で『日米同盟』どちらか一方の国が辞めますと言えば破棄される言う説明と、『日本人が、自分が住んでいる国を守ろうとしないのに、縁も所縁もない国が、今後何処まで日本の事を思って防衛を手伝ってくれるかを考えると同時に、来た事も無い国を、命を懸けて守ってくれると思いますか？　沖縄のお人は如何ですか、アメリカは、基地があるから本土より始めから守るでしょう』。

今は日本人も自分たちで守ろうとする人が増えて来ているが、日本滅亡の道標である憲法第9条が邪魔をしていて日本だけでは力不足ですから、防衛するのに日米同盟を結んでいる訳です。それを日本人は分かっていない。1つ目は、日米安全保障条約は片務的である事と、どちらかの一方の国が破棄すると言えば同盟はなくなる事です。ところが日本は、独自で自分の国を守る力が無い。そこでアメリカの力でズーッと国を守って来てもらい、その体制が今は基調となっていますが、今後アジアでは核軍事大国が3か国も出来て、遠く離れているアメリカの力だけでは防衛するのが難しくなっているので、自分の国は自分の力で守る様にしようとの機運が高まっています。ところが日本には、自分の国を守っては駄目だと言う憲法第9条が有る。おかしいと思いませんか？　同時にこの憲法第9条に因って日米同盟の破棄となる可能性もあるのです。この憲法9条に因って日米同盟が片務性になっているのです。片務と言うのは、契約の当事者の片方が義務を負うと言う事です。現在アメリカが日本の防衛を担っている。その代わり、日本が基地提供や軍事費の60％を負担しているので相殺と言う事のようですが、果たしてどうなのでしょう。さて自分の家に侵入して来た外国人だが、完全武装している上、追い出そうとしても武器は無いし戦う事は憲法で禁止しているし、追い出す事は憲法違反になる。

抵抗しないのを知った侵略者は自分勝手にしたい放題をする。侵略者は金目の物は自由に獲れるし、邪魔な男を殺せるし女性を強姦するのも自由に出来る。

憲法を作った当時はこんな事が起きるとは考えてはいなかったろうが、時代は回り、昔に輪廻転生と言うのだろうか…。

こういう社会を生み出したのは最近で、アメリカが中東と世界で力を使い、世界の警察官を辞めると言ったころからです。日本はこうならない為には憲法改正の静かな声を広め、憲法第9条は世界平和と自国を守る戦力を持つ事を謳う憲法にするべきでしょう。

現段階では、侵略してきた軍隊に占領されるし、占領すれば好き勝手が出来る訳だし、日本は滅亡し、属国となり国名は亡くなるか、何処かの国の自治州となるかです。

そうならない為、自国は自国で防衛できるようにしなければ、今目の前に迫っている国難を乗り越え、日本が生き残る事は困難でしょう。次お願いします」

「藤田祐樹です。

現在、戦争をしないで占領され属国となっている国と国名の下に州名の付いた国が在る。核軍事大国が全権をもって支配し自治国の一部の住民は集団生活方式となり、男女は別々になり、女性家族には統治国の男性が一人同じ布団で寝起きを一緒にするという事のようである。集団住宅に居住している家族の方は、早朝から目隠しされバスで行き先知れず連行され、強制労働させせられる。この映像は、西洋の国の結社が、東洋のとある国の出来事を秘密裏に遠方から写したものである。自治国となっている国は、戦わず侵略されてこうなっている小国である。戦争してもしなくても覇権主義国に侵略されれば自由は無く監視され強制労働から逃れる事は出来ない。日本人は、その事を知る事と、そうならない為にはどうするかを考える必要と、行動を求められる。

自治国との概念には異議を唱える人も当然いるでしょう。そしてこの国に、送還されていた一組の妻子が救出されたとの事である。それはこの家族の父親が、外国の高官で妻と子供を呼び寄せる力が在ったからである。

第二次世界大戦では、自由民主主義国アメリカが指揮していた事から、日本は自由民主主義国となったから、敗戦でも良いものだと思い込んでいる人が多いようです。特に沖縄の人々は、戦争に負ける迄命からがら逃げまわった事と、家族や友の悲惨な死を見ている事から戦争には怨念が在った。しかし今は、自由民主主義社会で平和である。それを守るためには自衛する必要が子供や孫の為、その先も未来永劫に自由民主主義を守る為の礎となるべきでしょう。自由民主主義を体験してきた日本には歴史上自衛する必要が在るのです。同盟国アメリカの政治家や高官も、「日本は自衛出来るようにする必要がある」と言います。日本の政治家やジャーナリストやコメンテーターはあまり言いません。どうしてか分かりますか？　それには難しい憲法第9条の改正が含まれることと、日本領土は小さく人口も少ない事が理由です。その憲法第9条に付いてと自衛隊を持つ事が憲法違反か違反でないかの司法での判決が微妙である事が、今は遠ざかっているのです。憲法の条文は明快に書かれているから分かり易いが、日本を守れない憲法をどうしてだれが作ったのか、帝国議会でこの長い憲法文と内容を僅か10日と言う日数で決議し制定されたのか、そうした経緯と、何で今迄改正されなかったとか、国も国民もどうして国の平和と国民の命を守る為に憲法改正の旗を揚げないで来たかだが、国と国民を守るには、単純に考えれば日本を守るには憲法第9条を改正する事が、日本の平和に繋がるのだが反対者がいると言うことです。何故なのだろう。今迄改正賛成と反対と決め兼ねて居る人とが3等分され賛成が少し多い程度である。これは、憲法9条改正反対運動は激しく勢いが良く、有名人の講演や集会に労働組合等が公園に、そして街頭に、駅に続く道路・駅前へとシュプレヒコールが響いた事が大きく響いている。このシュプレヒコールは明快で『戦争反対・憲法改悪反対』である。この叫び声を大都市ではどれ程聞いた事か…。これに対し、憲法9条改正派の運動を知らない…。勢いと言うのだろうか、政権を担当している政府は、こうゆう中での闘争はさけているのだろうか。組合と言う組織を持っていないせいで混乱を避けているからなのか…。憲法第9条の改正はなされずに来ている。

憲法改正反対を叫ぶ人々は、どの様に考えているのだろう…。日本防衛は、アメリカと協力しなければ、日本は守れないという事と、どうして自分の国は自分たちの手で守ろうとしないのだろう。①憲法9条を改正しようとする人と、②阻止しようとする人。③日本の国の防衛は、日本人で出来るようにしようと思う人と、④日本の防衛はしないで、侵略されればされるままで良いと思う人と、いるようである。①と③は憲法改正派で、②と④は護憲派である。それにしても、憲法9条改正派は静かで、護憲派は激しく主張しているのに、侵略されればされるまで良いと言う人の方が激しく闘争をやっていると言うのは如何いう事なのだろう？　それで、自主防衛をしようと言う人と、自主防衛はしない人とに分かれるが統計は取っていないのであなた自身で考えて見て下さい。又この憲法談義は続きますので、判断の参考にしてください。

国際社会は、今の時代軍事力を背景に展開されています。国がおいそれとは侵略されないと思っている事は間違っています。国際法は、自衛以外の武力行使を禁じて居ますが、１９９０年、イラクがクウェート侵攻した際、アメリカをリーダーとする30カ国が介入し侵略を阻止した例があるが、欧州で大国が小国に侵攻した際には多国籍軍は結成されず関与は無かった。それは半ば当然である。核軍事大国の外国への武力行使を止める手立てはない。国連で他国へ侵攻禁止し、その法を破れば世界中からその国に攻撃をする。と、決めれば他国への侵略は無くなり、世界は平和となり貧困はほぼ解消される。提案をする国は出るかもしれませんが、拒否権が有るので決まる事は今の所まず無いでしょう。

ところで大国か小国かの判断は核軍事力・専制主義国と核も無く人口も少ない国を小国と言うのが基準となるのでしょう。ところで、こうした基準から見ると、日本はどうなるか。①として、日米安保条約が在り、核軍事大国のアメリカが侵略阻止をしてくれると、考えている人に、②として、自衛隊が在るからと思っている人と、③明るいテレビ放送を見ているので周囲の雰囲気から侵略など考えてもいない人までいる。そこで①の考えを少し分析すると、自分の国を自分で守ろうとしない国を、見もしない国を、他国の人間が命を懸けて守る訳が無い、との分析が当然ある。同盟国の人も、そのように考えるだろう。分析して行けば多くの問題があるが、その討議は本文の中で…。②は、自衛隊員は、隣の3か国の3分の1～10分の1以下であるのと、隣国は核軍事大国であり、更に核開発を続けている。③は他人任せで深く考えていない事と、GHQの方針である『いつでも滅ぼせる国』にするとの考え方から作られた、憲法第9条である。それが酷い敗戦に因って、戦争をしないと言う事が民衆にとってどれほど救われる言葉であったかは想像出来よう。まして農村地に於いては、働き盛りの成年男子が、いきなり赤紙の呼び出し状に因って出頭させられ、数日後には戦地に送られ、その何割かは小さな紙きれが届き帰らぬ人となった。憲法9条は正に神の救いの手の様に思えたのかもしれない。こうした時間と時期とのタイミングが合致した事で、催眠術に掛かった様に働いてしまった。当時この憲法が日本滅亡への道標であると気付いた人は少なかった。憲法発案者の中の一人が話したと言う。「日本人は自分の国が侵略戦争に巻込まれた時、武器を取って自分の国を守ろうとする人間が世界最低で、たった15％しか居ないそうである。残る85％の人間は、国外に逃げるか、穴を掘って潜っているかだが、それは出来無いので両手を上げ無抵抗で侵略者に国を明け渡し、死を選ぶか、隷属になり恥を曝すか、二者択一の選択である。当然国は滅亡する事だから、持ち物は総て没収され無一文無で収容所に入れられ自由は無く、強制労働させられる可能性が末裔迄も繋がる。

日本の平和はどうすれば保たれるか、良く深く未来永劫に続くようにする為には、今何をどの様にすれば、日本が戦争に巻込まれず安泰でいる為には、今出来る事は、日本の防衛を正面から思っている見識者のテレビ対談や、会話・新聞に出版物を参考にして、研修会を開いて話合い会の発展に繋げて行くべきでしょう。それには今回出席していただいた方々は、日本の防衛に付いて研究している方々で知り合いも多い事と、書物や新聞・テレビで見知った人達で有るので、指名又は、聞きたいと思う事が有れば質問して見て下さい。また自分から挙手して、日本の防衛と憲法第9条についての思いを発言してください。其れでは初めに柴田さんお願いします」

「はい柴田敏道です。よろしくお願いいたします。

日本は今、歴史上、今迄に無い程の危機的状況に在ると言われています。多くの人がこうした事を感じています。アメリカの要人も日本について『自分の国は自分で守れるようにする事が必要でしょう…』と言っていましたし、私もそう出来る様に動いています。日本は今、特に若い年頃のお金持ちは行楽に時間を浪費しているのが目に付きます。そして流行を追っていますが、世界のニュースや日本が置かれている大切な状況は分かっていない。特に年頃の若い女性が行楽地や繁華街・高級レストランや有名店に並んでいます。時間と金に余裕のある方々でしょう。2、3人の若い独身女性が目に付きます。裕福な家庭のお嬢さん方なのでしょう。

こうした所には意外と若い男性は見えない。また、年頃の人間までがスマホのゲームに熱中している。低所得者らしき人は見えない。アジア全域で国々が侵略されそうな危機的状況下にあると言うのに、そういう事には全く関係のないような優雅な生活をしているように感じますが、侵略されればこの人達が一番ショックを受けるでしょう。収入は0になるし全財産は没収されるし、着の身着の儘で国外に連行され集団住宅に入れられ監視生活される訳です。そんな事も知らず優雅にしています。私も趣味が多く、スキーやフィギュアスケートに社交ダンスでダンス学院通い、猟銃を持って野山を駆け回り、囲碁にも凝った。夏は川の釣りに海の釣り、そしてスキューバダイビングに、シュノーケルでの浅い遠泳に凝った事も有ります。当時は米ロの冷戦もあったが世界情勢は安定していた。今は、日本は滅亡の危機的状況に有ると言われ、ともすると、日本人が、国を思う心の欠如から202X年が超えられない危機的状況にあると言う予測も出ている。今の内優雅に青春を満喫するのも良いでしょうが、脳裏の一角に、日本防衛の考えと、早い結婚と家庭を持ち子供二人以上の出産と育児の経験をし、子供の成長の楽しみと苦労も味わうのも一考でしょう。優雅に過ごす何食分かを出来ればふるさと納税として防衛省に納税してもらいたいと思う。ところで防衛省で受付をしているか知らないので、聞いてみてください。返礼になるような物は何処よりもあると思います。これも日本防衛の一環となります。そして日本の自由民主主義を恒久に伝える為、遊行した後は、日本防衛の為に力を貸してください。

現在日本の軍事費は、ズーッと長い間1％であった為、新しく武器開発した兵器は見えないのと、1956年に鳩山一郎首相が発言して、今日も踏襲されている「敵基地攻撃の能力」の為兵器開発だが未だに開発されていない。ところが日本の隣国は、次々新しい兵器が開発され宇宙迄も広がり宇宙博でも公開されています。

例えば、電子戦に特化した「殲（J）16D」とか空母の艦載機に乗るステルス機で、超高速の無人機で機体は全長14メートルで上空2万メートルを10時間飛ぶことが可能で国境地帯の偵察に当たると言う。宇宙でも敵の宇宙船を破壊や拿捕も出来ると言う衛星も出来ているという事です。今回は9月分の発表で前回にも新しい兵器が発表されています。

新兵器の開発の発表は核軍事大国以外には見られないのは、軍事兵器の研究開発には莫大な資金が必要だからです。軍事予算の少ない国は、それだけの予算が取れないから新型兵器の開発が出来ないのです。日本もそのうちの一つの国で、技術は世界レベルではあるが予算が少ないので新兵器は作れない。先進諸国に遅れる一方です。今回の総裁選での討論会はほぼ国内だけの問題なので、国外から受ける危機的状況意識の話題はでませんが、街に出ている人の動画をテレビで見かけると、所得に恵まれている人は優雅に日々自由を満喫しているが、恵まれない低所得者間の出生の人は、コロナの関係で家計は悪化し苦労続きで、低所得は更に進み世界に目を向ける習慣が無いのと、国の危機的状況を感知していない。こうした事から、個々人には、同じ方向を見る事も無く利己心が中心で、話す話題も通一辺倒である。こうした世の中では、国の将来に亘って発展を考える余裕は無く、危機意識も少ない。自己意識には、低賃金労働と長時間労働に、家族の生活の為職場を2カ所か3カ所を掛け持っての人と、その反対に職場も仕事が無く短時間労働になり、その後解雇され仕事探しに明け暮れて居る人もいる。日本人であるからには、同じ夢を持ち同じ考えを持てるよう、同じ話し合いが出来るような社会にするべきではないだろうか。

政治家も、ジャーナリストもコメンテーターも金の配分については給料の値上げを言うが、非正規社員は蚊帳の外に置かれている。経常収支は３３０兆円に上っていて中国・ドイツ・次に日本が第3位です。正規社員も欧米に比べればだいぶ安いがそれでも貧困と言うわけではないが、非正規社員は貧困世帯であり、デートも出来ず、食事にも事欠いている。この人たちをまず救済するべきだろう。日本が富む為にも、非正規社員制度は廃止するべきだろう。この制度が作られた当時は、低賃金のアジアの国と生産する商品の価格を少しでも安く作る為に取ったのとバブル景気弾けた結果の様だったが、正規社員の首を切って、非正規社員を増やした結果、バブルは更に進んで、子供の出生率も落ち込み始め、今の様な社会になった。大都会でも区によっては人口も減少しているようだが、新宿から僅か1時間の山梨県の市の中の１つの町内の10ある集落で３００戸ある集落で子供がいる集落は1集落である。これが非正規社員を増やした結果でほぼある。

一組の結婚が有り子供が二人出来たとして、その消費は多方面にわたり3千万円に上ると言うのです。それが次の世代次の世代と繋がるのです。それを企業は目先の利益の為にストップをかけているのです。また正社員も労働組合も、自分たちの給与を少しでも多くしようと、給与の値上げ闘争をするが、非正規社員を無くす運動はしないし議員もしない。こうした制度を作った政府も改正をしない。やるべきことは、「富国強兵」を原点に、自国防衛に取り組まなければならない時代であるのだから、1億２５００万人が総動員して国力を挙げねばならない筈だ。低所得者は、誰の為に働かなければならないとか、誰の為に日本防衛をしなければならないと考える人もいるだろう。優雅に楽しんでいる人は、日本の危機的情勢など感知していないようである。1億2500万人の内どれだけの人が日本の危機的状況を思い、自国防衛を考えているかだが、おそらく少ない数だろう。テレビ放送を見ていればがっかりするような数だろう。国の赤字は巨大で1200兆円を超えています。破綻しないのは、国債の大半は国民の預金で買っているからで、このまま赤字が続けば破綻になり、赤字を抱える事になります。これから先起こると予想されている死者数22万人以上と予測されている東海沖大地震に関東大地震その他にも大地震の予測が有る。この自然災害と有事要員を併せ持った予備役要員・男女同等の募集を都市と地方で行い、簡単な訓練をした後各地の希望をした仕事に付けるよう対策を練るべきだと思う。この事に因って募集難の仕事や農村地帯にも人の流れが見込める事や独身者の結婚にも繋がる可能性が出てくる。身分は初めの3か月は見習い期間とし、次の3か月は実習期間・その期間終了後は、会社であれば正規社員とし、公務員で有れば正規地方公務員とし仕事に従事する。農業や漁業に於いては雇用者と同等の時間とし、給料は国の最低限の保障と早朝夜間の割れ増し金を払う事とし、特例を設ける。この特例と解雇の事で以下の条件が有る、仕事をさぼるとか、職場の規律を乱すとか、周囲の人間に暴力を振るうとか、無断欠勤をするとかの行為をした等風紀を乱した時は、当然解雇の対象とする事である。この雇用増を生み出す事『富国』と『強兵』の思いである。

有事対応に付いての増員と自然災害要員がいない事から外国を参考に考え出した事であるが、2つの組織を作る事が必要に思う。地方には消防団と言う組織が有るがこれを大きくし地方新鋭隊とし、もう一つは文化防衛隊とする。地方新鋭隊は普段から地方に在住し農業や漁業に従事し、週2度前後有事や自然災害への対応の訓練をする。休耕になっている農地での生産性向上と利潤を挙げる事も目的とし、漁業も同じとする。文化防衛隊は都市部に住み様々な職業に就く事が主の仕事だが、有事や自然災害が起きた時は出動してもらい、普段は訓練費用を週2日程度出す事をお願いしたい。詳細は国の方で検討していただければ幸いです」

10分ほど休憩になり雑談が始まり、そして佐藤国生が会の進むべき道を説明した後、若瀬茂秀が切り出した。

「核を持っていない国は核攻撃される可能性が大である事は理解出来ますよね。日本の隣国には世界1位と3位の核保有軍事大国があり、更に核開発を進めている。そして小国でもある国が核を保有する軍事大国となって、レーダーに映らないミサイルを開発し低空飛行の上、変則飛行もするのとマッハ5の超高速で飛来して来るから当然撃ち落せないので目的地爆撃がされる。他の国ではマッハ10と言う超高高速ミサイルもあると言う。個々でもわかる様に、アメリカが進めている防衛用軍備兵器は攻撃用兵器とはどうしても遅れが出る。それがいい例で、アメリカの兵器全般が中国の兵器よりも遅れが出ていて、コンピューターシュミレーションで、アジア周辺でアメリカと中国との軍事衝突をさせた結果、優劣が表れ中国の方が優勢だったとの事です。

防衛とは攻撃力で決まります。

日本の隣の3国の核軍事大国は、ミサイルも発達している。北朝鮮のミサイルでも低空で変則飛行をし、その上超高速のマッハ5で飛ぶという。他の2国のミサイルはマッハ10で飛行すると言う。現段階では、日本圏内で落とす事は困難でしょう。これは一体何処の国を攻撃対象に核開発とミサイルの開発を進めているかを考えてみましょう。核とミサイル攻撃の対象国が日本では無いと言い切れますか…。核開発やミサイル開発にその他の軍事用品開発には莫大な資金が必要です。その莫大な資金を注ぎ込んで核やミサイル・原子力潜水艦や軍用艦・イージス艦・ステルス戦闘機や爆撃機、人工衛星等を開発するのにはそれこそ莫大な資金が必要になるでしょう。何のためにそこまでするのだろうか?…。幾つもの理由が考えられるが、3つの核軍事大国は、別々の核の攻撃方法も考えている。其の方法も3通りあり侵略しようとしている国との交渉と理由もあると思います、大別すると、核攻撃を受けない為の抑止力としての保持と、侵略する為の核開発でしょう。そして今、地球上で一番核の脅威に晒されている国は何処か分かりますか、と聞くと「日本です」と言う人が多いようです。それを裏付けるのが、日本の領空を偵察機や戦闘機・爆撃機が年間千回以上飛来して来ています。日本人の何割がそれに気づいているでしょう?

それを耐えているのが良いのか毅然とした態度で抗議する方が良いのか行政は判断に苦慮するでしょう。ここにも憲法第9条が入り込んでいるからです。

その①、予算が少ない為、兵器が遅れている事。外国の挑発行為に対し刺激しないようにとの意見がある一方、このまま覇権主義的な動きを助長され続けければ、日本周辺の安全保障環境は更に厳しくなり、挑発行為はエスカレートし収拾付かなくなるのではと懸念する人もいる。

その②、武器は無いし、防衛をしてはいけない、と憲法に謳っている。

憲法第9条の解説は初めに書かれています。そしてその為に、防衛費は1％に押さえられて来ました。其の為外国から化学力は後れを取って現状となっています。化学力とは、何も軍需品だけではありません。後の方で説明がありますが、科学者に対しての支援が今後幅広くしかも増額されますから、文科省と防衛省内に化学技術科を設置し一括支援する方向で検討するべきでしょう。血税からの支援であるから、極端に言うと、日本の防衛に対しては研究しないと言う機関に対し、高額の支援をすると言うのは、税金を使う関係からして筋違いの様に思う。

その③、戦略的国際関係の中にあって、内憂外圧に患っている日本の現状を見て、多くの評論家は、日本はアメリカ軍と、その核の傘に護られていると言っている。それに異論を持つ人はいないでしょう。現在アメリカとの同盟に因って護られてはいますが、トランプ大統領が言ったようにこの条約は片務性条約なのです。良く分かっていない人の為に端的に説明すると、アメリカは日本の防衛をするが、日本は憲法上アメリカの防衛は出来ないと言う事です。その憲法とは、第9条なのです。其の9条は、世界平和を謳いながらも言葉だけで、その実、全く役目をはたしていないのです。この結果、日本が外国から侵略された時、今度はそのシッペ返しに当然外国から軍事支援は無い訳です。一部の政治家が『これが有るから日本が外国に兵を派遣する事はない』と言います。確かにそうです。しかし、『日本が侵略された時、今度は外国の支援が無い訳です。一度戦争に参加すれば30倍の支援が在るかもしれないのです。それが支援しなければ無い訳です』。そして、トランプ前大統領がトルコとシリアの国境近くで紛争中共にISと戦ったクルド人を残して撤退を表明した。EUは共に戦ったクルド人を簡単に切り捨てるアメリカの大統領を非難した。さて日米同名だが、日本が原爆戦争を仕掛けられて来た時、アメリカが原爆を持って日本を支えてくれるだろうか？　もしかしたら、日本を防衛する為アメリカが核戦争に巻込まれアメリカ本土も核攻撃の対象になる可能性が出て来るとしたら、アメリカ人は如何するだろう。日米同盟が破棄にされたら、日本はどうなるかを勉強する必要がある。日本が侵略されたらどうなるか、また、核攻撃するぞと脅迫されたら、今の日本には対処方法は無いのです。昔からの諺を思い出します、『備えあれば憂いなし』です。

２０２１年「9月27日」原爆廃止運動の話が少し出ていました。核兵器不拡散条約の空洞化の流れを見れば、核兵器の開発と所持廃止に到達する事は、侵略戦争をさせない事より困難でしょう。だからと言って核兵器不拡散条約参加の廃止を願っている訳ではありません。日本は隣国が核大国である事と、政治体系が違う関係と歴史問題に、防衛費をけちった事から兵器の開発が遅れて戦力が落ちている事もある。そして、今1番抑止力の核を持てない事にも、日本滅亡の原因がある。先ほど言った脅迫も核保有国であれば脅迫はされない。今地球上の何処も彼処も不安定で戦闘状態です。日本の隣は核大国で日本に対し敵視教育をしてきた国ですし、今も敵視政策を続けて居る向きもある。ところが日本人は友好的親密感を持って接していると言うより、相手の思いを理解していないと言う事です。これから先奴隷にならない為、今こそ国防を考えなければならない時期です。時代は変動している。日本人も進歩しなければ命や財産の保証も無い。馬鹿な一つ覚えのように、『戦争はしない、核は持たない』だけでは核の標的になるだけで、国の平和や個人の命に財産を維持出来ない。そして日米安保条約は永続的ではなく日米のどちらかが条約を破棄すると言えば破棄される軽い条約なのです。また、日本人の自国の防衛についての意識は世界でも最も低く15％程度だそうです。そこで、日本が侵略を受けた時、同盟国のアメリカ人はどのような考え方をするか、再び考えて見ましょう…。自分の国を守ろうとしない日本の国民を、自分の友でもなく、行った事も見た事も無い国民を、大事な家族と別れ、命を懸けて護ってやろうと思う人間がいるでしょうか？　せめて、自分達だけでは力不足で守り切れないから助けて下さいと言うのであれば助けにも行きましょうが…。核戦争になれば更に日米安保条約はどうなるでしょう。しかも、アメリカが攻撃を受けた時に加勢もしないと言う日本国の為に、どうしてアメリカ人が戦わなければならないかを考えるのが普通でしょう。統計上アメリカが攻撃されている時、日本人はアメリカの為に戦う人は15％以下と現段階では成るでしょう。日米安保条約をもっと発展させ自由民主主義国家を揺るぎ無いものにしようと思いませんか。日本の防衛は崖縁に来ています。防衛を考えている人と、憲法第9条を順守する事を主張する人に、どっちつかずと言うか、どちらとも決めかねている人とで、多少その時々で変動は在るが3等分されている。今日憲法改憲に付いてご理解をいただいている方々の様ですと、残る2つを支持している人々の考えを入れて、如何したら日本防衛の理解者が増え運動に加わってくれるかを分析検討して行きたいと思います。今日17人参加してくださっていますので、文化会の中では紹介しませんので、発言する際姓だけを言って下さい。さて本日の憲法第9条と自衛隊保持との不整合性を主張して運動している人、憲法を重視し、自国の防衛は無視し只戦争反対だけを叫び運動している人、日本人の誰もが戦争絶対反対ですが、憲法第9条を改正しようと言う方も戦争反対ですが、侵略して来る侵略者に対し戦いますと説明します。戦争が全て悪いわけではない。良い戦争もあります。正当防衛はどこの国でも認められている戦いです。

例えば、刃物を持った強盗が家の中に押し込んで来たとします。抵抗もしないでされるがまま我慢して、其の強盗に一生仕える方を取るのは、戦わない、戦争はしない憲法第9条の護憲派の方です。一方戦う方、戦争をしても国の平和や自由と人権を守る為、戦えるものを準備して置いて、強盗を追い払い平和に暮らす方は改憲派です。前者は憲法第9条の護憲派です。後者は憲法第9条の改憲派で、戦争しても、命と権利を守る為に戦う方です。

改憲派は、戦力は持って世界の自由民主主義の国と同盟関係や友好関係を重視し普段から交流し共同訓練もします。

憲法第9条改正反対の方の多くは戦争反対だけの人が多く、反対の後の説明は無いし、その先はうやむやで言えない人もいるようです。侵略を受けたら如何するのか、考えていないのか、戦わずして降伏するのか、侵略者に命や権利、自由・全てを渡すのか憲法第9条改正に反対する人に詰問したい。

侵略に対して反抗する事は戦争と言う事になる。そしてそれは正義の戦争です。戦争には正義の戦争と悪の戦争があります。侵略は悪の戦争です。防衛は平和のための合言葉である。そして防衛出来る可能性を探すなら、侵略して来る国の軍備力に劣らない化学兵器の力を持つことが、あるいは戦争しないで、平和な国を未来永劫に続ける絶対的条件なのかもしれない。それが抑止力の持つ力でもある。その抑止力は国民の意識の他には無い。日本は発生起源から現在までで、今一番滅亡の危機に晒されている。何にせよ、日本全体を一個の爆弾で一瞬に吹き飛ばす程の猛威を振るう水素爆弾（広島に落とされた原爆の550倍の威力があると言う）で武装している世界の核軍事大国が3つもあるのです。更に核開発に拍車を懸け、その上ITと原爆にロケットを繋いだ核兵器でアメリカを部分的には追い抜いて前を進んでいる国が3つもある。そうした事を当然知ってはいるだろうが、国会で野党は、国が抱える様々な問題の提起提言がなされれば国民は支持に回ります。終戦時、決断の無さから、日本が太平洋戦争終戦時前の頃の決断が出来ない為悲惨を広げた状況にも似ている面がある。当時日本は帝国議会で総理の独断で決定は出来ただろうが、周囲を見渡して相談できる相手がいない事から、一人では敗戦の決定をするには荷が重すぎた事だろうと思われる状況がある。今は国民も国会も様々な思想と外国からのスパイ活動の煽動もあって、沖縄の悲惨な惨状を体験して来た高齢な経験者が依然と抱いている、占領軍への敵対意識を持ち続けている事を手に取って敵意を持ち続けるようにと、工作員の工作とで増幅もされ更に操られている可能性も出ている。日本はスパイ活動を取り締まる法規制が無いので野放図に活動出来るから、上手な工作員の反日活動の口車に乗って片棒を担ぐ人も少なくはないので、国の防衛が揺れているのも不思議ではない様に思える。侵略され命も危ぶまれ、財産も没収され、住んで居る家もどうなるか分からない時が来て良いと言えるのだろうか。自由民主主義の国にして貰い、住み心地が良いから世界に広めようとしているアメリカに占領されたから、平和で自由に暮らせる日本が現在あるのと、発言の自由を誰もがほぼ100パーセント満喫している筈ですが、その言論・発言の自由を得たのが77年前ですから、当時言論の自由と言う言葉の殆どは、人の口から伝わった事の方が多かった事と、敗戦後の暗い時代だから、言論の自由と人間の平等を聞き知って両手を上げ飛び跳ね感激したという訳ではない。欧米の流血の惨事迄起こし勝ち取った自由とは違い、敗戦によって偶然の様に与えられた、自由民主主義であったから、驚きと、悲惨の後だけに喜びは静かに長く広がり伝わり、半信半疑の予想もあったが、徐々に言論の自由や身分の上下扱いの行動も取れたのを喜ぶ人もいた。今は、こうした自由が昔からある様に思う人もいるでしょうが、それはちがいます。其れから、敗戦しても、命や権利に自由と財産は付いて回ると思い込んでいる人が意外と多い。ところが、今後敗戦すれば奴隷になるかもしれないと思っている方が正解でしょう。

日本の自由民主主義は、戦後アメリカに因って齎《もたら》されたものである。どうしてそのような良い制度が勝利国から齎《もたら》されたかと言うと、アメリカは自由民主主義を経験して、素晴らしい社会形式だと思い、これを帝国主義である日本に広めようとしたのである。ところがこの素晴らしい制度の中に2つ民主主義に相応しくないものが2つ挟まっていた。

憲法第9条と、96条である。この2つの憲法は、アメリカが日本に対しての思惑から作られたもので77年も改正されずにあるとは思っていないようであった。日本に取って第9条は滅亡への案内板でしかない。それは、日本が仇を討つのを美徳として敬っている事への懸念と、西洋では仇を取るのは当然の行為から来た事に因るものであった。その懸念とは、日本が敗戦から復興した時ひどくやられた遺恨の矛先をアメリカに向けはしないかと言う懸念から、戦力を保持しなければ、矛先を向けたとしても、たいした事も出来ない内に鎮圧出来るとの思いから憲法第9条を作ったものである。憲法解釈を文面のまま解釈すれば、多くの憲法学者が、自衛隊の保持は憲法に違反していると解釈するのが理屈だろうが、国の独立を守り国民の生活を向上させようとする時に様々な弊害が滲み出て来る。何せずうっと世界のGDP2位の国で国連運営金の拠出金が世界第2位の国が（現在は3位と落ちたが）自国防衛が出来ず侵略されれば奴隷と成るのを知っているのか知らないのか、井の中の蛙なのか、それとも世界情勢を知っていても無視を続けるのだろうか。その結果なのだろうか80％の人は自衛には関心が薄いようだが国はそれで本当に良いのだろうか。地震や津波・台風で被害を受けて、こう言ってはなんだが被害に遭われた本人や親類・知人や友人の嘆きを汲み取る事も出来ない、悲哀を感じない人間になっているのだろうか。人は自然災害にぶつかった時、その恐ろしさと悲しみにどうしようも無く沈み込み途方に暮れ、やるせなさ空しさを感じながらもどうにか乗り越え元通りに近いところまで回復するだろうが、侵略されたら回復や復興と言う事は在る筈は無く、これからは奴隷生活が永久に続くものと思わなければならない。万一、侵略した軍事大国が何らかの変動で倒れるまで、国は再興する事は無いだろう。その軍事大国は現代の科学力を駆使しているので倒れる事は無い。地球上で最終決戦が行われる事も無きにしも在らず。であるが、それまで日本人全体が比類なき暗闇と恐怖が一条の光も無く続くでしょう。人口こそ日本より少ないが国土は日本の数倍も在るこうした国が現実に存在しています。そこの所を日本人は知るべきだろう。日本建国以来の危機に遭遇している現在、日本人は今一丸となって防衛に取り組むべき時期にいるのだが、そうした事を知る機会は少なく、報道関係は楽しく視聴率を稼げる番組とか歌やライブにスポーツに、そして政治については個人への批判に偏りがちで、日本の危機的状況とは反対の立場に立って、日本の危機を否定し、平和憲法だと宣伝し、憲法第9条を守ろうと言い、日本を侵略しようと言う国を応援している世にさえ見える？　第一日本は「資源不足」だからと数十年前に話されていた理由を上げて否定する人や、せせら笑って本気にしない人に、はぐらかす人、そして防衛には反対意見を持っている人の多いのと、決して自国の防衛意見を聞こうとはしない人の多い事で、日本人は、自分の目の前以外に起きている事以外は、煩わしいと思って聞こうと思わないのか、憲法の事だと分かると、長く続く難解な文字と文章を嫌う傾向とで、憲法と言えば自分に関係がないものと思い、考えようとしない人々が多い。また憲法第9条だと聞いて自分の手でどうにもならないと判断し、成り行き任せにしている。こうした傾向は会社や省庁にもあり、以前、巨大船舶の輸出入に記入機関である入国審査機関でも、国連がブラックリストに上げている船舶の入港を差し止めている船の入港を自由に入港させている事や、金融機関がマネーロンダリング問題で、08年に最も対応が遅れた国と名指されて、一昨年の令和元年そして本年、ＦＡＴＦの審査を受けて本年8月にどういう結果に成るかわ分からないが、厳しい結果が予測される。この場合相当高額な違約金が課せられる。また本年は、コロナの感染防止策として外出規制や自粛要請の補填と経済対策として234兆円と言う国家予算を大幅に超える補正予算が組まれた。この中には、昨年の消費税引き上げ対策予算の一部に、国民一人当たり10万円の特別低額給付金や、中堅・中小企業と個人事業主に上限200万円と100万円給付の持続か給付金が含まれている。コロナに因る大打撃は世界各国共通しているが、日本はオリンピック延期を含んでいて経済は相当落ち込み景気回復に相当長い年月が掛かると予測されている。日本の政策は、政府と各省庁間で協力の関係が薄く、民間企業も一緒になって研究し持ちより助け合って発展して行こうとする意識の欠如から、日本の国益は削がれ外国からの信用も落ち会社の経営も落ち込んで倒産する企業も日を追って増えて行くだろう。突然湧いたコロナウイルスにより多くの人は一年遅れの開催となったオリンピックも、コロナの治まり状態に因っては開催も危ぶまれると不安視している時期に、発生国で在る外国の艦船や戦闘機は以前にも増して沖縄周辺や尖閣諸島周辺の領海侵入を繰り返し活動している。この海域は波も時には荒く流れもあるので不慮の事故が無いとも限らない。実際は日本の領海である。しかし今日本は、憲法第9条が有る事と、国防予算が1%であった事で軍備化学力が遅れている上、戦争の良し悪しを理解しないでただ嫌っている事から、国全体が出来もしない防衛と、防衛予算の削減に力を注いでいた。

日本人は狭い井戸の中では声高らかに核廃絶を気持ちよく謳いあげ狭い井戸内には響いている。しかし井戸を出れば世界は広く方々に広がっている。そこで融合し自分の立ち位置と前方を見る必要が有る。核兵器廃絶を謳い上げたところで、自分の周りは核兵器の工場群であり、響かない。日本は核の脅威を身に染みて知っている。しかし今の水素爆弾は、広島に落とされた原爆よりは５５０倍もの威力がある。そしてその水爆を搭載するミサイルは超高速のマッハ５〜10だと言う。しかもこのミサイルは低空でしかも変則飛行もすると言うので撃墜と言うのか撃ち落とす事は不可能に近い上、空中で撃ち落としたところで被害がさらに広がる可能性が有ると言うか、空中で爆破するような設計の様である。

さて、国全体が出来もしない防衛と言う事と、防衛予算の削減に力を入れて来た結果、井戸の中の蛙で大海を知らず、という事である。防衛予算を１％に押さえていた事から、軍備品の研究開発費用も少ない為に外国から後れを取っている。その上、独自で軍備品の研究開発が出来ていないので、隣国の軍備品の開発進展状況が分からない。この結果、軍事パレードで隣国の軍備品の発達を知ると言った状況になっていて、報道もその日だけの様であるから国民の殆どが知らないのと、政治活動をしていて忙しい野党の上層部役員の方は話の内容からあまり知らないように感じるが、政府の方々は、質問が何時飛んで来るかが分からない事から秘書が良く勉強しているのが汲み取れる。

今最も不慮の事件が起こる可能性が有るのが、日本領有権が有る領海である。日本の小さい漁船が操業している船の向こうに大型の巡洋艦が迫っている。その間に海上保安庁の小型巡視船が割り込んで漁船を守り航行する。日本の漁船なり海上保安庁の船が接近した事に因り、波浪とか強風とかで不慮の事故発生により戦争になり兼ねない要素がある。

日本周辺の空も海も安全保障環境は厳しさを増す一方である。日本には現在抑止力は無い。

刺激するなと言うが、甘い対応をさらに続けて行けば更に動きを活発化させ日本領海内で拿捕され密猟者とされ連れていかれる可能性が出てきている。そうなれば結論として日本の領海であって領域は外国の物になる可能性が出て来る。さあ国会議員の皆さん、どうすれば日本の防衛が出来ますか。いい気になって、核兵器廃絶運動している役員の皆さん、核兵器の防護には、今は核兵器しかありません。日本が世界で一番先にその脅威に見舞われました。また再び、世界中で日本以外には原爆を落とされた国が無いのに、また落とされる可能性が有ります。核兵器廃絶を、国が滅亡しても訴え続けますか…過去にそうした映画がありました。ラストシーンは、広場に張られていた大弾幕が風に揺れていて、その下には人影もなにも無い荒涼とした風景でした…。長くなりましたので一区切りにさせて頂きます」

「次、高野さん、お願い出来ますか…」と佐藤が声をかけた。

「はい、敏弘です。日本領有権内での中で「衝突されたから発砲した」と艦船に報告すれば『戦時』に入ったと判断され、海軍艦艇と共同作戦を行うことを法的に可能とした国もある。要するに戦争に入ったと言う事である。日本は時々日本の領海内で拿捕され隣国に連れていかれている。金を払って解放されている。これも憲法第9条が言う陸海空軍の軍備を放棄した後に占領されている。これでお分かりのように軍備が無ければ侵略される。今は核兵器時代である。核兵器が有れば国は守れるが、核兵器がなければ国も国民も守れず、殺されるか奴隷にされるかのどちらかである。日本国民には少なくとも日本の危機的状況とかの予知や予測を多少でも感じられるような程度の情報発信はしておくのも、知る権利への一考ではないかと思う。未だに野党党首が専守防衛とかを新聞の紙面に出して居て、恰も正論であるかのように話す。聞いている人はそれを信じている人は多いでしょう。音速のマッハ5～10で飛来するミサイルに搭載された大量破壊兵器の脅威や核兵器やEMP爆弾の威力等を多少は認識しての発言と、空も海も日本領海に侵犯してくる侵入者に対しての考えを話してもらいたい。あまり刺激するなとの意見もあるのでソフトで結構ですから…。

さて3番目の抑止力だが、日本が一番いやな核兵器で防衛する事である。核時代、核が無ければ自国の防衛は困難に近い。核兵器があれば核は落とされないし侵略もされないし、戦争も少なくなる。抑止力として世界中が核兵器を持てばどうなるかという事を懸念している政治家やジャーナリストも少なくはない。しかし、今はその懸念には及ばない。持たない方が、核での脅迫や核爆弾を落とされる方が多いのではないかと説明される方が真実であろう。核を持たせない為の方法論は色々あるだろうけれど…。

今は昔、情報網が発達していない大正や昭和でも、山村の小さな集落でも戦争になりそうな情報を知っていたようです。今は情報化時代、それなのに、若い人々が知らないようである…。さて日本はスパイ活動が容易な国である。スパイとは何も国家秘密や企業秘密を盗み出すのがスパイではありません。その国の政策反対運動を始める事や煽る事。政治家の政策や個人批判や政策を撹乱されたりもする。憲法第9条や沖縄の米軍基地移転に沖縄知事選に、工作員が入り込んで運動した可能性も感じられる…。

戦後日本は米国に因って多くの発展を遂げた。沖縄も本土東京も酷い災難を受けた。東京は焼野原となり数十万人が亡くなっている。広島や長崎は原爆を投下され一度に何十万と言う人が無くなり、被ばくに因って今も苦しんでいる人もいる。戦争はこうした苦しみを何時までも続けさせる。戦争を無くしたいと運動している欧米や日本とは別に、核開発に軍事力強化を図り国の拡大をしようとする国も在る為戦争は無くならない。こうした世界の動きの中にあっても尚、日本に核のミサイルが向けられていても、とぼけて『どこの国が日本に核を搭載したミサイルを飛ばそうとしている』と言い政府に食い下がる議員のいるようです。知ってか知らないのか、とぼけているのかは分かりませんが、口煩く質問する議員もいたようです。政府が国名を名指で言えないのを知っていての追及なのだろうから、日本の危機的状況の説明も儘ならないのが現状です。国会議員が日本国内で日本の危機的状況を知っていたとしても、国内を混乱させる事にも成るので、明確になるまでは説明出来ないでしょうし、現状を説明する事は、命を危険に晒すに等しいし、国外の講演で日本の防衛問題の公演を行っても命の危険を感じ講演終了時には工夫し人に気づかれないよう引き上げた人もいます。それでも、日本よりは取締りが厳しい外国の方が安全だと言う。スパイの取締りが無い日本よりは、EU内の幾つかの国は厳しいから講演を開いても身の安全が保てるのだと言う。日本の国会議員の中で野党の一部議員は日本防衛をどの様に考えているのか、世界は今、コロナによる経済の落ち込みで戦前の大恐慌以上と言われる程悪化してしまっている。コロナに因る自粛要請等で会社や商店も休業し、国内の移動や海外への渡航禁止や受け入れ禁止等で航空機や船舶の乗員等が95%減という経済への悪化に、米中の摩擦もあって政治経済が混乱している時、国内経済と減益と就職先の雇用悪化の拡大を食い止める為、防衛強化へと舵を切る指導者も出て来る可能性が在る。日本は今こうした軋轢と防衛に向かい強靭化を進め野党と一丸になって、安倍前総理が纏めた（クアッド）日米豪印の提案と経済連携協定に集中している中、野党も世界情勢に目を向け日本の防衛に目を向ければ野党への支持票も増えると思う。

世界情勢と現在日本が置かれている危機的状況と、日本の今後の防衛問題と世界の政治経済防衛になると視聴者の目や態度は変わるだろうし選挙票も動く。また目を引いている事の中には、中東の政治の混乱に乗じて、内戦や近隣諸国への武器販売や供与使用等、空から飛来して来るミサイル・破壊力のある爆弾等の攻撃で、古代から美しい街並みや建造物が破壊され瓦礫となって道に転がっている。住人は隠れて居るのだろうかと思うと、たまに破壊され転がっている建物の大きな石の隙間から子供が時々覗き見るように顔をのぞかせた。古代文明の発祥地の多くがこうした現状の中にある中東。近代兵器が無ければこうまでは破壊されないだろう。こうした街を破壊した兵器は、内戦への勧奨と応援に因る外国の近代大量破壊兵器で近隣の軍事大国から貸与や販売に因り持ち込まれた兵器でしょう。「あたかも東西の武器の優劣を計る為の代理戦争をしているように見える」と戦争評論家が余談のように呟いた事がある。軍事大国の核兵器開発に、ミサイルや軍艦や潜水艦の開発等戦争の準備を着々と進めている国を窺い知る事が出来る。日本はジャーナリストがそうした事を報道しようと一人で潜入する人もいるが、詳細を知る案内人がいない為、失敗している例もある。戦争も内戦も殺戮と破壊とで人心は荒む事だろうし、一生悲哀は消し去れない。人間にはこうした戦争を無くすだけの知力が有るのだが、その知力を抑えて先行し煽動する人間が出て来て戦争にされ指揮される。反対しようものなら殲滅されるから口を瞑る。こうした事から独裁者が生まれ、人気が昇り国の拡大に進む。多くの英雄がいて国を大きくした人もいれば最後は小さくした人もいる。日本もそこに入る。これからの日本は国を大きくしようなどと思う人はいないだろうが、滅亡の危機的状況を乗り越え、未来永劫に存続し続けられる様に係わるよう動く事が必要なのだが実践に移すには困難の山の連続でしょう。まず存続し滅亡しない為には、世界の自由民主主義諸国と同調出来るように、日本憲法第9条を変えなければならないだろう。これはどこの国とも同調できない違憲憲法だからである。日本は自由民主主義を自認し世界も其れを認めている。憲法第9条は、世界の平和と自由民主主義に貢献し、日本の平和と自由を守る為に努める。とし、戦争をしない為の努力と自由民主主義国と協力する。其の為には化学技術力を高め、抑止力を世界に公示する、等を主体に入れて作るのが望ましい。

さて此れとは別に、日本が滅亡しない為の二つ目は、敵基地攻撃能力の早い開発である。ここから先は新聞の紙面を書き込んだものである。

日本への攻撃を思いとどまらせる抑止力強化の具体策の議論の中で、敵のミサイル発射基地を自衛目的で破壊する「敵基地攻撃能力」の保有を「有力な選択肢の一つ」と訴えているのに対しての半ば答えである。

『ただ、自衛のためとはいえ、他国領土を狙う装備の導入には世論の反発も予想される』との意見で、「敵基地攻撃能力の保有」を遅らせている議員もいる。そして党の代表者でも有るのに「国民の理解を得ることが最も大事なので、複数の議員の合意で方向性を示したい」と、政府だけで先走らないようくぎを刺している。解説（これは如何した事かと言うと抑止力を持つ事を遅らせている事である）紙面「敵基地攻撃能力」の保有は抑止力の有力な選択肢の一つ」と多くの議員は訴えている。

この事は1956年鳩山一郎首相見解が有る。首相は、誘導弾などの基地をたたく事は、法理的に自衛の範囲に含まれ、可能であるとしている。この見解は国際法的にも問題の無いものであると言う。67年前の事である、日本が滅亡しない為と、戦争しない為の防衛抑止力の一つであり、切り札としての「敵基地攻撃能力」を持つ事であり、誘導弾（ミサイル）などの基地をたたく事であって、他国の領土を狙う装備の導入とは少し違う。

現在ミサイルは超高高速でマッハ5～10のスピードで飛来して来る。これを防ぐのは現在の防衛システムでは防ぎきれない。そこで敵基地攻撃能力が必要と言う事である。世論は色々ある。日本防衛には無関心な人。面倒くさくて知りたくないと拒んでいる人。政府に任せている人。全く感知しない人等がいる。この超高高速マッハ5～10で飛来するミサイルに搭載する小型の核弾道弾が開発されている国と、実験段階の国とがある。防衛装備品の開発準備に早すぎると言う事は無い。それに直ぐ準備出来る訳でもない。国と国民を守る為に準備する防衛装備品である。こうした敵基地攻撃能力と言っても、直ぐ攻撃を開始すると言うのであるなら国民の理解を広げると言う考えも在ろうと思うが、抑止力を持つ事と、戦争をしない為にも敵基地攻撃能力を備える必要が有ると言う事で考え出されたものである。最先端の政治家で、しかも指導者であるのなら、防衛力強化や抑止力強化策を打ち出して、さらに国民の安全策を打ち出し、指導して行くべきでは無いでしょうか。であれば、保有を遅らせるのではなく、開発を進める段階で、国民に防衛力強化と抑止力強化の為に敵基地攻撃能力を持つ事の重大な意義を説明する事が望ましく思う。予見する事が無理だったら、一旦政府の一員から離れ国民の理解を得る方の運動をして貰いたいと思う。今は兎に角日本の危機的状況であるから、日本防衛強化策に対して言われる事は、日本滅亡にも関わりが有るので心配してください。

これまでが、日本滅亡を防ぐ2つの早急に対処すべき必要な意見である。

3つ目の意見も更に困難である。それは日本が再び、世界に先駆け原爆を再び落とされる可能性を阻止するための方策です。こうした事の議論も日本人の自国防衛と周辺国の動きを感じ、防衛力の強化にもつながる方策でもある。それとも他党の一部は、世界や日本の周辺国の動向には目もくれず、国民の目を、政権の失敗や不手際さに集中させ、不人気にさせる謀なのか、世界情勢の分析と近隣諸国の動向に傾注し、防衛に方針を固めるには、その方向性と人の動向には不安が付き纏う難局もあるから、日本の防衛よりは、身近に感じる政府批判の方が、政権をひっくり返す可能性が在ると踏んでの事なのかは分からないが、日本滅亡の危機的難局を乗り切る為には、憲法第9条維持を改正に180度の変更をしなければならないと踏んでいる人も一部の議員にはいる。それが出来る人と出来ない人。9条をそのままにして防衛力強化は不可能に近い。しからば憲法第9条の大問題に触れない、そして国民の関心が有る経済問題やコロナ問題の方が、身近な事と分かり易い事に加え政敵でもある政府の支持率を下げられる簡単な政策であるのかもしれないが、しかし、支持票にはあまり繋がらないようである。テレビの出演時間や国会で討論の持ち時間を使うには、身近に感じ、しかも分かり易く政敵のダメージが大きい事が良いのは分かるが、しかし、危機的な日本情勢と世界情勢を探究・分析している人も多く要るので、そちらの方を解説し国防に力を入れる方が支持率の増加が見込めるように思う。一日は誰も同じ24時間であるから、政府でない議員は現状のように国内問題に大方の時間を費やしていているが、国の平和と安定成長には世界との力の均衡を作るような批評をしてもらいたいと思う。国民も日本に住んで居て、国外へ逃げ出せない人は、日本が侵略されたなら、自分や家族はどうなるかを真摯に考え、そして日本の防衛をする事を考えれば、無防備で防衛は出来ないから武器が不必要で在るだろうと言うでしょう。日本は賢い先人たちにより憲法発布された時は、戦争での酷い遣られ方でもう2度と戦争はしたくないと言う状況から、『憲法第9条』は理想の憲法であったかもしれない。そしてそれは占領している世界最強のアメリカ軍が防衛に当たってくれていたからである。しかし時代は変わって、アメリカの政治家も『日本はこれから独自で、自衛できるようにする必要が有る』と言うような時代に入っている。最早、日本の現憲法第9条は外国からの侵略を助ける為の憲法第9条でしかない。というのは、『武器は持たない、戦争はしない』で、防衛もしないである。ある日本の政治家の多くが、多くの憲法学者の言う通りに、憲法第9条を守っていて、日米安保条約が無かったら、日本は太平洋戦争後アメリカの駐留軍が引き上げた以後、今の儘の状態で進むとしたら、直ぐに滅亡して行くだろう。何せ、戦争反対と、核兵器廃絶で国全体が動くが、国の防衛運動行事は無く、日本は防衛手段を持たないから、認識の無い線引きが有るので滅亡は免れない。

日本人に今一番必要なのは、自国防衛意識の高揚であり、戦争には悪と、善とが有る事を認識してもらう事と同時に、防衛戦争は絶対やらなければならない、善の戦争である事を認識してもらう必要が有る。今はその意識が薄いため、滅亡への幾筋もの道にも繋がっているからである。如何いう事かと言うと、自衛も戦争で勇気もいる事だから、認識が低ければ侵略された後の事は考えず逃げていて放棄に至り、その後が将来永劫に地獄を見る事の認識も無い事と、その低さから、先の判断が出来ない事から、占領され奴隷にされるからだ。日本が、アメリカに占領された時と同じではない事を認識する事と、今後侵略されたら自由や権利や財産の保証は無い事の認識は忘れないように。保障されると思い込んでいる無知な人が多いようである。日本の隣の国を見れば、自分が居住している国の方針とは違う事は知っているでしょうが、共同住宅に移らされる位を認識する必要が有る。その際、他国民だと金品等は没収されるかお金は使えなくなるだろうし、土地の所有権はない。こういう事で、侵略に対し戦争をするか、放棄するかは関係が無く、侵略されれば奴隷にされる。現代は、様々な思想や文化や映像その他が氾濫しているが、防衛戦争と侵略戦争を一緒くたにしないで、国際法でも認めている防衛が大切で有る事の認識を深めてもらう事が重要だろう。そして国際法では、外国に攻め入る事は一応禁止しているが、核軍事大国は自分の国の都合により従わない。こうした時代で国難を生きて行くには防衛力の強化だけは必用不可欠である事から、弱小国家である日本は『憲法第9条』を『世界平和』を前面に掲げ「日本の自由民主主義を守り自衛力の強化に努める」とし「日本の精神」の復興に傾注する必要が、国家の平和と安全にせがまれる。これら「憲法第9条改正や、日本の精神」という言葉を掲げれば、直ぐに「戦争をヤル気か」と、食いつかれるかも知れないが、「日本を守る為、防衛する為、国民の命や権利その他の多くを守る為、『自衛行動』・国際法でも認めている世界共通の善の戦争、即ち『聖戦』をする事が求められている」と、明確に説明しましょう。戦後から今迄、多くの先人たち政治家は、身の危険を感じながらも、激しい安保反対運動を乗り越え、集団的自衛権行使容認の憲法解釈変更等施策を打ち出し日本の防衛体制の強化に努めて来た。はじめは、憲法に触れないよう国土警察隊を創設し、その後、自衛隊と呼び名を変え、地震や豪雨災害時に危険を掻い潜って救助して来た事から、国民の多くはなくてはならない防衛庁となったが、災害救助としての功績を見る向きも多く、憲法9条からの因果から自衛隊として認めていない向きもあり、依然として憲法は改正されず其の儘残っている。この憲法は、現情況下でも日本に必要か否かが憲法第9条を読めば字の如く良く分かる。そしてこの憲法を理解しようとすれば、この憲法は日本を滅亡させる道標でも在る事に気付く。実際に、当時のGHQが、日本が復興した時軍事力を上げて、仇を取りに来るような事の出来ないよう作ったものである。イギリスの憲法を参考にして作ったと言う事であるが、作ったのはアメリカ人で在るから、アメリカ人の憲法意識も入って居ると思う。この二つの国の憲法には、日本憲法第9条は入っていない事は、両国の憲法を見なくても分かるだろう。何故なら、この憲法9条では武器は持てないし、防衛戦争も出来ないからだ。世界のどの国の憲法にも、自分の国を守れない憲法を作る国が在る筈がない。時代が変わり原爆の所持国が増え人と人の関係も希薄になり、地球上では戦争や内戦が無くなる事無く続いているし、戦争に関する軍事品は日進月歩で、核兵器にミサイルに宇宙衛星や光工学まで、そして核開発と軍事拡大強化は同時進行である。その強大軍事化は戦争に勝つ為であり、戦争に持ち込む相手は歴史上何時だって近隣諸国から始まり進行する。今、こうした戦争の機運と核開発や宇宙・人口衛星の開発全ての高まりと、その先に見える標的を、彼方は何処に見えますか…。日本の政府の批判と殆ど政府の反対を柱に運動している議員は安泰でいられるよう、波風が立たないよう中道的な政策を掲げ、沈着な方へと舵を切り、日本滅亡の危機を他の物に置き換えたり、世界軍事ニュースを少なくしたり、日本の危機的状況を否定する意見を取入れたりで、肝心な世界の核軍事拡大ニュースで、現実に起きている日本周辺のニュースを流し、日本人が自分の国の周辺に起きている、現実のニュースをテレビで流す事は肝腎だろう。国家には、軍事力を伴う硬質な力（ハードパワー）と強制力を伴わないが、国の方針や選挙を左右させる可能性を占めている柔らかい力（ソフトパワー）とが在る。今現在日本周囲の軍事大国が進めている核兵器やミサイル、人口衛星等の威力強大化を進め見ている先の標的は、日本とその後ろに在る同盟国アメリカの存在と懸念もある。日本が同盟国の無い国で、かつ、憲法第9条を持っている国であったなら、何十年も前に侵略され国は滅亡している筈である。日本は今も、アメリカの核の傘に護られて来ているのに、それすら理解が出来ていない政治家や法律家に国民も多い。そして今はその上に、日本を陥れ様としている工作員に、先に説明した様に『ソフトパワー』に因って国の政策や選挙での当選者を操ろうとしているのも伺われる。そのような事件がどこかの国の大統領選挙戦で、有ったとか無いとかの、双方の言い分がテレビや新聞で報道された。他の国の工作員の運動が、日本の沖縄県知事選挙や基地の移転先の反対を煽動しているようにも見える。正しい判断は、煽動される事に因って変わる事は当然起きるし、知事選の結果や、基地の移転先もまた、変更される可能性が有る。『知事選』は、政府が基地を作った当時から、周辺が発展し始め家やビルが出来た事と滑走路が狭い事に騒音問題や飛行機の部品落下問題、日本を守る為に配備されているオスプレーの問題に、太平洋戦争で住民の戦争犠牲者が全住民の4分の1の人が残酷な死を止めている遺恨もあり、移転先を巡って国外への退去要求を絡めていた。しかし政府は、国家と国民を守る観点から、街中から人家の無い海岸への基地移転を長年立案計画しサンゴの移植までもして来た経緯もある。移転問題で反対派が当選したので、基地建設と海の埋め立てとは辞めるべきだとして、司法に持ち込んだが、結果は、国や沖縄人の命や財産を守る為現在工事をしている移転を認める判決となった。国政を預かる政府や司法、そして国を守ろうとする個々人団体は一つの県の選挙結果の判断がともすると、日本全体を滅亡に導く可能性が有るとして、全て政府の決定が国全体の反対が無い限り優先するべきとの法整備が必要との判断を多くの人が持った。緊急を要する判断も、政府判断に委ねるべきだとする人も多く、一部の人が言うような道理に合わない判断をして、国を滅亡に導くような人間や野心家は、現代の日本政治形態の中では出て来てはいない。沖縄県の司法判断は、日本全体を見据えた判決結果の様に見えるのと、国政を守る政府の方針は道理に叶っている。また、沖縄の知事選がアメリカ国民の信頼を傷つけ無くした事も大きい。ともすると、アメリカ国内に与えた影響が引き金になって日米安全保障条約に罅割れを起こす事を沖縄の住民は考える必要が有る。兎に角日本には自分の国を守るだけの力が今は無い事と、侵略されれば奴隷にされる事ぐらいを知って、政治や経済同様に防衛への力の入れ方に注視し、民主主義国の政策をゆがめたり陥れたりする世論操作をしている国もある。今、世界の注目を集めているのがアジア3大核軍事大国の鋭い力『シャープパワー』だ。これらパワー分類はアメリカのクリストファーウォーカー米政策研究機関『全米民主主義基金副理事長が広めた概念で、アジアの3大核軍事大国の権威主義国家が自国の都合の良いように対外世論工作を指す行為を言う。この『シャープパワー』の脅威を認識する必要を、ウォーカー氏は説いている。放置すれば、民主主義体制の亀裂や社会の分断と言った深刻な問題を引き起こす可能性が在ると警告している。先程申し上げたように、今やテレビでの〝イチ〟コメンテーターの発言が多くの人の考えを変える可能性が在り、国政に大きなインパクトを与える可能性をも秘めている。日本はスパイ王国だと言われている。スパイ王国とはどういう事かと言うと、国の機密情報を探ったり操作したり基地内の情報や隊員の兵器類を遠方から写したりして派遣されている本国に知り得た情報を贈ったりする行為を指し、その行為の取締りが粗く拘束される事も少なく犯罪としての立件も少ない事と文化が発達していて交通の便が良好な国をスパイ王国だと言う。ところで、国内で動いている外国の活動家の中には、鋭い力『シャープパワー』で日本の国内の情報操作活動をしているようでもある。こうした中、今回のコロナで、日本の総理が持っている権限の小ささが幾つも露わになって対応の低さに繋がった。コロナが流行る前には、日本は立憲主義国であるとの認識から、政府の行動を厳しく制約しようとする動きがあったが、コロナと尖閣諸島の日本領海内に入ってくる軍用艦と、日本上空の識別区域内を毎日飛ぶ軍用機の多さに日本の危機感の意識が変わったのだろうか。

沖縄県民は、尖閣諸島の日本経済水域に入ったり航行したり、軍用機が日本の識別区域内を飛ぶ行為に付いて他国での事件のように見ているのでしょうか。沖縄県内に居る者に取っては、危機意識の無い人が多いのか、無関心と言うより無神経にさえ見えるのと、侵略されたら、米国が侵攻して来たよりも悲惨な目に合う等、如何なるのかとか、考えないのだろうか。憲法第9条の下で侵略されると、どんなに惨めな目に合うかを認識する事や、侵略者が、したい放題をされる中で生活をしなければならない。そのあと集団住宅に着の身着の儘で移動され、監視付きの生活が有る。そう言う国にはなりたくないだろう。沖縄は一時、侵略されて逃げ回った経験から、その惨状を再び見ない為に、あらゆる手段を考え防衛しようとかを、考えないのだろうか？　沖縄の現状を他県から見ると、悲惨な過去を引き摺って再びそれ以上の悲惨さを恒久に引きずる方向へ進んでいる様に見える。日本が侵略に対し防衛戦争に入って、現在の国民意識では勝つ方法は無いに等しいが、意識次第では負けない方法はある。戦争になっても侵略されず、戦火も浴びない、原爆も落とされないで負けない方法がある。その方法は抑止力を持つ事である。侵攻されない方法とは、どういう方法かと言うと、沖縄県民も、本土の人もそうだが、日本が焼土と化さないよう努める事と、日米同盟やクワッド（日米豪印）の他にイギリス・フランスにオランダ等との友好強化と、憲法第9条を改正し、2つの抑止力を持つ事にある。その抑止力の一つは敵基地攻撃能力を持つ事である。敵基地攻撃能力の開発進行を遅らせる事なく、開発が進まなければ、抑止力の一つは駄目となる。そしてもう一つの抑止力は、近隣諸国の軍事大国が持っている核兵器で、抑止力の最たる兵器である。日本は核爆弾を落とされた世界最初の国であると同時に、世界ではまだ落とされた事が無いのに、日本は再び落とされる可能性が出ている。今世界は核兵器不拡散条約（NPT）と専制主義・共産主義国家が持つ、独断で侵攻する素早い対応が、世界情勢の危機的不安定化に拍車を懸けている。この独断決行の速さとは対照的なのが、自由民主主義国家で議会を開いて決めてからの対応となるので処置に遅れがでる。それでもEU諸国は歴史上培った知力と明快な判断力を備えているから対応が早いが、日本は、太平洋戦争後は、アメリカの傘の下にあって、議会は2大政党的で政府与党と野党とに分かれ、政策は自由民主党と、野党であるから政策面で、議会で一致する事はあまりない。野党は一度融和的政策を立てた事から政権に付いたが公約の実行力が進まないので短命だった。今は再び野党として活動し、政府への批判と全面対決姿勢を打ち出し、総理が変わり年も明け、再び総理が変わっても、森友学園や桜を見る会をこれからも議題にするといっている。この問題は長い質疑がなされ、国会の会期切れとなるまで追求し、次の国会も再び野党はその問題を主題に添えた。この問題どう思いますか？

国家とは、現代の危機的変化の激しい国際競争の中で、国民の平和と命の安全を守る事を政府にゆだねている。政府は立憲主義の下で請け負って行くには、一定の権限を持っていなければ、今の独裁主義や専制主義の変革の速さと、日本の国会審議問題の方向では国際競争方向には付いて行けない。国会は立法府である。山積された問題の取り組みは審議に入らず時には流れたままとなり、新しい問題も取り組まれず流れてもいる。2大政党制が理想の様に、ジャーナリストやコメンテーターは言うが、それは、政策を政府と競い合う政党で有る事が、2大政党制の望ましい形態の姿を捉えて言う事ではないだろうか。日本の現状は如何だろう？　しかし、民主主義社会では政党が少数乱立傾向にあり、連立を組んだりしていて法案が決まらないようである。それに引き換え覇権主義国は党首の一存で運営されるから、世界各国でそうした傾向に進んでいるようです」。高野が区切ったので佐藤が安田篤に声をかけた。

「はい、安田篤です。日本も現在連立政権ですし多政党です。そして安倍元総理は、議案を決められる国会を望み選挙戦を勝利して、65年前の見解「敵基地攻撃能力の開発に力を入れたが、他にも決めたい重要議案等も多くあるようだったが、持病の悪化により、多くある重要法案の議決等に打ち込む為には、体力が続かないと思っての事で、止む無く総理の座を降りたようである。次に総理の座を引き継いだ菅総理は防衛問題に詳細でヤル気の有る岸を防衛大臣に指名し、敵基地攻撃能力の開発会議を直に持ったが政権を担っている他党の党首の慎重姿勢から会議は進まない。と言っても65年も前に出た取り組みである。こうした世界の動きに対し慎重で有る事も必要だが、67年前から現在も進まない。今の所、議会が議案に取り組めないのと、政府の小委員会でも一つの政党でない事から、日本の政府方針が決まらない現状にある。世界の自由民主主義国は、日本程議案が決議されない程ではないが問題を多く抱えていて、専制主義国のようには進まない。ＥＵ諸国の特にドイツは車の販売の為の貿易重視と動力資源の輸入とから専制主義国との繋がり重視で防衛と経済とのバランスに問題を抱えている。フランスも同様である。ＥＵ内の人口は中国の半分以下であるから、経済を支える為には、経済力の大きい中国は大事なパートナーである。フランスも、日本も韓国も同じである。如何してこうなるかと言うと、共産国中国の権勢主義と言うか専制主義と言うのか、物事の取り組みの決断の速い姿勢が功を奏しているとの見方もあり、発展途上国に真似る国が増えているようである。それに引き換え、自由主義陣営の考え方は、目先だけに囚われて居ると言う傾向がある。人口が多ければ消費の多さも見込める事で、ドイツもフランスも日本も韓国も消費量の多い事を見込んでいるが、統制の取れている中国は、貿易での絶対的な収入を見込んで、加入するとたちまち莫大な富を手中にした。中国の元は一時値上がりの様相が見えたがその後止まった。アメリカが「国が元を統制しているのではないか」と不審を呈したが「そのような事はしていない」との回答から進展はない。中国の国内事情は年々向上しＧＤＰはアメリカに次ぐ世界第２位であり、経済成長率が世界ではマイナスになっている時でも15％を上回る事もある。この伸び率からしてＧＤＰがアメリカを数年後には追い抜くと思われているし、中国自体、世界の覇者として、ほぼ半分程は手中にしているように見える。

アフガニスタンを見ている限りにおいて、日本にこうした勢力（改革革命派）とかが入り込んできたら、市民は憲法第9条の二項の「交戦権は、これを認めない」との文面を覚えている訳ではないだろうが、防衛を教えていない事と防衛器具の所持は犯罪と言う事と、戦争はしないと言う言葉が身に沁み込んでいて、抵抗することなく多くの人は従順にそうした組織に従うのではないかと思われるのが、今日この頃の現状でしょう。

やはり日本の平和と自由を守る為には、「日本の精神」を取り戻す事が必要ですし、日本でも、空襲警報が発令されると直ぐに、B29の轟音が鳴り響き、地下壕に駆入ろうとする人の直ぐ後から、B29の落とす焼夷弾が雨あられと降って来て、東京の街は焼け野原と化し幾度も続いた空襲で数十万人の命が奪われた。其れから広島や長崎に原爆が落とされ無残な敗戦となった。世界中で、原爆が投下されたのは日本だけであるが、長い歴史の中で、国民全員が殺害された例が幾つかあるし、男だけが全員殺され女は娼婦にされ子供は奴隷にされた国もある。こうした歴史を多く見ている国連は、悲惨な敗北の目に合わない為、自分の国を自衛する必要性を認めている。

憲法第9条の2項を要約すると『陸海空軍その他戦力はもたない。そして、防衛する事は認めない』としている。どうです、日本の憲法と、世界的見地に立った国連とのこの違いは？　国際法は、悲惨な敗北をしないよう防衛戦争を認めているのに対し、日本の憲法第9条は、防衛すると憲法違反になる。こうした事から、憲法第9条の改正派と護憲派とが在る。惨めな侵略占領下で、子孫が恒久的に奴隷にされるのを悲惨に思い、人間の信念とか純粋な気持ちを支持する国連の立場は慈しみであるのに対し日本の憲法はそれが全くない。

「人間とは生ある限り家族を守ろうと考える。動物もそうである」ところが、日本の憲法は家族も、国民も国家も守らないと言う憲法を援護している多くの人がいる。改めて言うと、憲法第9条は、侵攻して来る外国の兵に無抵抗で支配される為の憲法なのであると考えると、家族を守らないという点では動物以下になる。しかし日本の憲法第9条を護憲派は支持している。一方、憲法第9条の改正派は、国の平和と国民の自由と権利を守り、子孫代々の恒久平和の為に、清々しく正義の戦いをする方で、其の為に、「富国強兵」を目標に掲げ学校教育を抜本的に改革し、英語は幼稚園時から優しい会話を始め中学では中国語とインド語かドイツかフランス語の1つを選択科目に入れる。全て会話だけで文法は一切入れない。時間の無駄である。不登校拒否制度を作らない為テストは重要視しないのと、個人の能力とから、全教科を受ける事も無い。ただ大学への進学は期末テストの平均点以上の人が進学となる。教科は、理科に数学・化学・工学4教科に社会と国語は二つで1科目とする。

何故このような提案をするかと言うと、日本はデジタルも世界と比べると発展途上国並みだしAIも遅れている。AIは軍事面でも生活面でも工業力の開発にも、外洋の海の状態や人工衛星による日本の状況等、多くの問題を即時に指し示し解説にも早い。しかし日本では自国防衛の反対意見もあるから兵器開発への強力は反発リスクもあるかも知れない。ところがロシアや中国は国を挙げて取り組んでいる。AIは軍事とは全く別の物だけに活用すると言って、日本を守る為の防衛には一切使わせないと説いて回り、その結果国が消滅しても良いのだろうか。「アメリカでは、AIは人を傷つける目的では活用しない」と、大手グーグルが表明している。

軍事攻撃能力が遅れがちなアメリカと同盟国である日本は、このままでは近い内に外国に併合され、奴隷にされる可能性が出てきている。外国の核軍事大国は戦争を予測して軍備品の開発を進めている上、その方針に反対する者は、いないだろう。アメリカは、戦争兵器の開発が遅れ、今のままでは、何れ日本は隣の国の属国になるかもしれない。そうならない為には、日本は、アメリカが遅れ出しているＡＩを、日本がその分進歩して、アメリカを助けなければならない。10月20日の読売新聞に載っていたように、米軍のＡＩの開発を担当している幹部が、技術革新の遅さから辞任したという。日本は、今さらに遅れていて、高校専門学校生程度だと言うが、進んでいる生徒もいて、事業を始めた専門学校生もいるようである。こうした事から総て早い時期に学ぶことが出来れば、全ての教科に天才として進める可能性は早い時期にある。日本が生き残る為には、先を進んでいる隣の国から遅れる事は許されない。アメリカが日本の隣国の台頭から見て凋落がみられる事に因って、米軍のＡＩの遅れから開発担当者が退任した事と、バイデン大統領も世界に対して少し沈んでいるように感じる。

アメリカに世界の覇権国家であってもらうためには、日本が相当努力し支えなければならない。

それなくして、この危機的状況で日本が存命する事は出来ない。この間にも、アメリカを支えるにも、日本は自主防衛体制を強化し、憲法第9条を改正し、自衛力を高めるにも、サイバー要員の増強も数千人程度の増員が必要でしょう。サイバー要員だが、北朝鮮でも6千人と言う人員を使っているのに日本は２０２１年9月時に２５０人程度しか採用していない。これからの国防はサイバー要員やＡＩに因る防衛システムを先行させるようでなければ防衛もおぼつかない。そこで大卒は勿論だが専門学校や機械科学関係の高卒性の採用も必要に思う。アメリカではＩＴ大手のグーグルが２０１８年、軍事目的利用でＡＩ技術供与反対運動展開した事も一因でしょう。日本も今似た様な事で、戦争を遠ざける可能性もあり、抑止力にもなる敵基地攻撃能力の開発が遅れている。この敵基地攻撃能力の開発は、一党だけが先行するのではなく国民の説得が必要だと言っている政党もあるようだが、それは違うでしょう。立法府は国会であり、国会議員は選挙で選ばれ、政府はまた選出されて決める立場にある。開発する前から、しかも何処まで、何パーセントの人を説得するのか、地方選挙・国会議員選挙でも50％前後である。それをどこまで上げるのか、国の防衛をする為の、国民を侵略者から守る為の軍備品の開発である。それを一つ一つ国民に説得してから研究開発しなければならないとなると、それは議員内閣制を廃止して、国民全体会議になる。なんで国会議員を選挙で選んでいるのか考えてもらいたい。国民は、政府に生命や安全を守る事を託している。其の為、政府に一定の権限として、国と国民の命を守る為の防衛兵器開発決議をする権限は与えている。早い議事進行政策を多くの国民は期待している。

またこの敵基地攻撃能力解釈には狭い考えと、当然そのように理解されるべき解釈とがある。狭い考え方として、①固定型の発射台、②陸上での車とか列車、③水上とか水中からの発射、④飛行機とか宇宙船からの発射もこれからはあるだろう。

当然の様な理解と解釈である。①領土・領海を越え移動して来た地中からの発射地。②攻撃を実行させるべく命令系統に対し反撃する。ミサイル攻撃は戦争の一環であり、その意思決定システムに対し反撃するのは、今後、ミサイルの発射基地移動やミサイルの速さや変則飛行等でミサイルを不発で落す事等出来ない事から、命令意思決定システムも戦争を始めた本家本元の基地であり、其の基地に対し攻撃をする。

今世界は、大量破壊兵器時代であり、世界が競って新兵器を開発している。

アメリカのＩＴの大手グループではＡＩを使って開発した自立型致死兵器システム（ＬＡＷＳ）で殺されるのは良いのだろうかという議論がある。アメリカは倫理面で手を抜く事は無いとしているが、国によっては、ＡＩの技術進歩により「殺人ロボット」（ＬＡＷＳ）を含めた兵器開発を進めている。良し悪しは別として進むとしたら勝負はほぼ決まっている。それは、二つの問題に対しての考え方である。

其の①は倫理面を重要視するか。②無視するかである。アメリカも日本も倫理面を重要視するが、専制主義国は技術開発に力を入れる。

ＡＩの軍事利用技術革新は、速さと効率の良さにより、国家間の勢力均衡も破壊されるし、国の勢力図をも揺るがす程の影響力を持っている。

日本は、ＡＩ技術を高めアメリカを応援して行くかで将来は大きく違う。国も平和や安定成長を得る為に団結し、侵略して来る外敵と戦う戦争は、惨めな敗北をしない善行の防衛戦争（聖戦）にしなければならない。其の為にはアメリカを盛り立て、世界の覇権国家である様に応援し、ＡＩの緒技術革新に力を入れなければならない。しかし日本は、滅亡する為の案内板である「憲法第9条を持っている。この憲法はどこの国とも同盟関係や友好関係を結べない上、日本をも守れず、護るとすれば、国が滅びる方向でしかなく、最終的には国が滅び、個人も滅びます」、滅んだ時には国は在りません。滅びる前に、この憲法第9条を全面改正し「国連を中心とした世界平和と日本の安定の為に、日米最新兵器開発と防衛の為の軍備を揃え、国と国民と世界平和に貢献する」事を旨とする憲法を日本人の手で作る。防衛に関しては、同盟国・今後同盟を締結した国も含め、兄弟関係を築き、防衛に関してはEU（ナトー）と同じように互いの国を守り合い、平和と安定に協力をして行く。また軍事訓練は年に2度前後共同訓練を行い、互いの士気を高めて行く。民間の交流も平素から密にして、ビザ発行時にホテルや民泊の割引券を附与する。また、農村や漁村には体験教室も設け効率に因っては旅費や土産代も出るようにする。戦争が起きないよう、起こさないよう普段からの訓練と同盟国との連絡を取り合って、国を多くの人と守り合う事と、自分の身も大勢の人と一緒に守れるよう、横の関係を親しく持てるような関係を築けるような集会を開き、今後、近い将来駐屯地に行き正当な武器を持って戦い守る事の大切さを、大勢の人に教え学ぶ必要も出て来るように思う。私はここで終わります。

樋口さん宜しいでしょうか」

「樋口祐司です、日本人は国を護ろうとか、個人の命や財産を守ろうとか言う思想は薄く、滅亡主義が両手を広げ王道を歩いて来た。政府が国防費を上げようとすれば、一部の野党が「戦争をする気か」と詰め寄る事で、防衛費を1％に押さえられて来たが、国家と国民の命や財産、家族や家・平和・自由や権利を守るには無理が発覚している。隣の韓国では領海内に入った大軍団の漁船を領海の外に押し出したが、日本ではサンゴが取り切られるまで押し出せなかっただけでなく、今回は、領海内で漁船が拿捕されそうに追い回され、海上保安庁の船が間に入って拿捕されないように防備している状態である。其れだけではない。日本領海内にある石油を掘り出せないでもいる。

政府は国家国民を守るのが大道の一つである筈である。ところが、その大道をそっちのけにして、一部の野党は、政府各部署の失言や失敗の粗探しを長く追及している。民衆はその追及とやり取りに興味深げに様々な表情で聞いている。失言の謝罪で終わる事もあれば大臣が辞職する事もあり、個人の問題が殆どで、国政の問題があるのではないかと、冷ややかに見ている人もいる。

政府は、国防に関して審議したいところであるが、憲法第9条の関係が有るのと、野党には国防意識は、選挙運動中の公約にも無いので、国防の審議が遠のいている。今回敵基地攻撃能力を持つ事と名称変更と開発を積極的に取組考え進める動きが出ているので国民は、日本未来永劫の為に注視しましょう。そしてまた、自分の命や家族の命や生活に国の存亡に係わる大問題である国防費を1％で良いという政党ともっと安くしようと言う政党と、真実、隣国と比較してどのくらいが必要なのかを比較して見ましょう。中国にロシアに北朝鮮を…。

韓国は2・57％・日本0・97％である。

日本の国土は韓国の約4倍あり台湾のすぐ近くまで伸びていて長い。防衛費は韓国が2・64％なのに対して日本は1％である。日本はＧＤＰ世界第3位でもある。防衛費を一気に韓国並みの2・57％までは行かなくても、それに近い2・5％の要求をし、国家と国民の為必要である事を強く求め説明し、国民の納得と応援を得る様にしたい。飽く迄も、日本の国土は、韓国の約4倍の広さが有る事と、韓国は境界線を越えて来る外国船を追い出す力が在るのに、日本は外国船が侵入して来ても追い出す力も無いどころか、これからは日本の領海内で日本の漁船が拿捕され、外国に連れていかれ、その国の裁判に懸けられる事になると言う。日本の防衛力はここまで落ちているのに、政府の一部議員と野党の国会議員はそれで良いと言っているように見える。というのは、防衛費は少なく兵員も不足している上巡視船もミサイルも爆撃機も、そして銃弾も不足しているのに、防衛費は増やさないし敵基地攻撃能力保有は選挙の公約した事から割出した事である。

日本が今、滅亡するか、しないかの最大の危機的状況にある。しかも少ない防衛費で疲弊困憊し海上保安庁の巡視船や職員を移動させ休暇も十分とれず勤めているのが現状である。説明するのに一番近い事から引き合いに出させてもらうが、国土は日本の約4分の1で人口は半分程だが防衛費は日本の2・57倍である。そして兵員は日本が23万人で、即応予備自衛官が8千人、予備自衛官47900人、呼び出し621人に対し、韓国は兵員62万8千人と予備役300万人・民防衛隊400万人います。この国もアメリカと同盟関係を結んでいますが、日本と違う双務性で強い同盟です。だが自主防衛の出来る自信があるようで、日本とは全く違います。

日本は、今も守れていないのに、兵員を増員しようとしても、前にも言いましたが反対政党が有って出来ないし、敵基地攻撃能力の開発はしようとしても出来ないでいます。65年前に、日本を思う政治家としては、これから日本が危機的状況に入るのが見えているのが、今現実に足元がぐら付いているのに、まだ見えない政治家って……。思慮深いと言うのか石橋を叩いて渡ると言うのでしょうか。今はコンピューター時代で、まさしく専制主義国の時代とも言われ、南米では持て囃されています。そして更に進んでＡＩの時代です。軍備開発には多額の費用が掛かります。日本のどうして今までも巡視船も小型で不足しているし人員も不足している。侵略を繰り返ししている国の艦船は大型だし数も多く、激しい波間に白波を立て対峙している。空には軍用機も増強されているようです。ここは海である。日本が本土上で戦わない為には、戦えばどうなるかを知って置く必要が有るので説明しよう。

まず空からミサイルが雨あられと降って来る。電車や車・ビル内に街中や地下街に自宅に居る者はどうなる。考えて見て下さい。日本維新の会と自民党は考えて防衛費を上げ、敵基地攻撃能力の開発をし、抑止力を高め戦争をしない工夫をしようとしている。其れだけでは無いですよ。憲法第9条を改正し、米豪印に英とＥＵとの双務性のある同盟関係や友好関係を結ぶ事での2段目の抑止力を持つ事。ここまでは日本人の考え方で出来る事であるが、ここからは難しい。単的に言うと、抑止力の高い物として1位は核兵器である。日本は世界一核を落とされる環境にあるが、核を持つ事が一番困難な国である。一度落とされ3度目も落とされるように、結果的にはしている国でもある。落とされるのを知ってか防ぐ為になるのか核兵器不拡散条約の先頭を切って進めているが、核の所持国は参加していないし、日本のように同盟国アメリカの核の傘に守られている国の不参加も生じ空洞化になっている事を鑑みれば、日本の地理的環境から核武装を避けては国家の維持は困難でしょう。さあどうします。核兵器を持つ方にするか、核爆弾を落とされる方にするか、属国になり奴隷になるかの3つがある。その他は無いです。

日米同盟が有っても戦時にならなければ、効力が発生しない事や、憲法解釈変更と、1965年2月の鳩山一郎首相の自国の防衛に対する対策として「敵基地をたたく事は、法理的に自衛の範囲に入り可能である」と語られている事とで、日本の島々を防衛する事も自衛の範囲に於いて可能である事から、憲法第9条の「国の交戦権は認めない」とする②項とは、人間の生きる権利を取り上げた見解である事と、国際法は人間の生きる事も惨めな生き方でなく、自由と権利を主張できる事を根底にした基本的見解が国際法である。どちらが優れた方であるか明らかでしょう。国際法は正義の方であり、日本の憲法第9条は、これに対して邪道である。国際法と日本の憲法とは対照的な見解となっているので、日本に住んでいる日本人が、日本人を守らない憲法を守るか、日本人を守る為、国際法を守り防衛をするかである。多くの日本人は命を大切に考えている事を思えば、日本滅亡や奴隷にされる事を嫌って、日本防衛を支持するでしょう。肝心なのは、口を酸っぱくして言いますが、国民の命を大切に思う事も、自分や家族、そして孫や曽孫・日本の未来を考えた時、永遠に続けと思うでしょう。日本は神武天皇から計算すれば2680年以上続く国家です。しかしいま、神武天皇以来の危機的状況にあると同時に、日本を守らない憲法を守ろうとする政党もあったり、防衛費をケチッテ1%に抑えようとする政党も在ったり、今の科学時代に合った、戦争を仕掛けられない為の抑止力を持った兵器の開発を進めようとしているのに、それを理解できないのか、議会で遅らせるような発言をする政党も在ったりで、世界の進歩に付いていけない国会議員もいたりで、混迷を極めている。こうした結果なのでしょう。防衛費も1％に押さえられている。

今日本人は、2680年以上続いた国の「日本の精神」も無ければプライドも薄いので、今後を考える人も、憲法第9条の日本を守らない考えの方に組み込まれている人もいるようなので、日本が今後も続いて行くとは言いきれない程の危険な崖縁にいる。そして多くの日本人は、離れ小島の様な居心地の良い場所にいる事で、今後も安泰であると思い込んでいる。今日本は、安泰という訳ではないのです。

日本の隣の国には合計核弾頭が6765発もある。国別で言うと、ロシア6375発・中国350発・北朝鮮が40発以上である。

これだけの量の核爆弾が狭い海の向こうにあるのです。そしてその何割かは日本に向けられている可能性も有るのです。その核爆弾の何割か、ではなく、3発か5発で日本は滅亡します。1発日本に落とすぞと脅迫し、交換条件を飲めと言われればどうなると思いますか？　水爆の威力は、広島に落とされた原爆の550倍ありますので、沖縄を除いた日本全土が滅亡します。しかしこれは大き過ぎて海外にも影響しますので、小さい方を当て3発で十分だと考えるでしょう。今迄は、アメリカと言う名だけで守られて来たが、日本維新の会と自民党の声と、他の野党の言葉でアメリカの反応が違うので、核戦争となると、手を引く事の可能性が無きにしも在らずです…。

日本には非核3原則と言うのがあり、核兵器は製造しない、保有しない、持ち込みは認めない。という事です。常に言われているように、なにも核兵器が必ずしも攻撃兵器と言う訳ではない。核兵器が窮迫している国を脱する為に防衛力を高める兵器でもあり抑止力を持つ防衛兵器でもあるのです。そして最大の防衛力を有する事とは戦争をしなくても良いという事です。

核兵器禁止条約は2021年1月に発効されたが核保有国の米英仏ロ中は参加せず、アメリカの核の傘を頼りにしている日本やドイツ等も参加していない。この発行の締約国と地域は中南米やアフリカが中心である。こうした事を鑑みれば、地理的条件から普通に考えれば核武装をしないでは、今の時代を日本は生きては通れない中にいる。

世界的に日本の置かれている条件の中では、防衛には非常に厳しい悪条件の中にいる訳だから、非常に遠い国との連絡を密にして、防衛の強化を怠りなく進めて行かなければ、次の時代は来ない。自分の命や家族の命、家やマンション・平和や自由や権利を守る為、国の防衛を無くして守る事は出来ない事を日本人は認識するべきでしょう。

憲法第9条は、人の命や権利を無きものにした憲法で、「日本人の精神」を蝕んで来た。

この結果、日本人の考えは場当たり的で、目の前の利益を追い求める傾向が強く、自分の事は意外と欲張りで、人情や奥ゆかしさを無くして争っている。そしてそれが、自由民主主義だと誤解をもしている。その結果、日本の精神は薄らいで、自分たちが選んだ議員が選んだ政府にも及んで、非常事態に対応する権限を与えない迄になっている。世界の先進核軍事大国が軍事的に絶対有利である事は、独裁主義や専制主義であれば、時差を作らず単独の判断で即決出来る事により、命令式系統に遅れが無く、行動が起こされる事で遅れが生じない。そして、核軍事大国の国の兵隊の過剰な自信に因り、海や空での接近行為が、強風や荒波で接触した場合の判断を、戦争行為だと独自に判断し、侵略行為に移る可能性も無くはない。こうして侵略行為に移り出た時……ここまで極端では無いにしても、戦争が勃発すれば、日本には対応の能力が小さい。というのは、ミサイルと核兵器による戦争である。日本の国会議員の多くは、銃や爆弾を積んだ飛行機や軍艦からの攻撃を予想している様だが、今はミサイル時代。そして大量破壊兵器時代です。

同盟国アメリカも、日本が戦争に巻き込まれ、戦争が始まり、日本からアメリカに戦争の協力要請が無ければアメリカの出動は無い。要請があった時には戦争は終わっているかもしれない。これで日本は簡単に滅亡する。

こうした事の無いよう、65年前の鳩山一郎首相の見解がある。ところが、それが未だに出来ていない。如何した事なのだろう？　深読みが出来ていないのだろう。

皆さん、アメリカの政治家やジャーナリストの方は「日本も自衛能力を持つ必要がある」と、忠告している。それは普段の訓練や情報の伝達とか、あらゆる点で訓練はしているだろうが、日本に侵略している国への防戦支援対応が有ったとしても、アメリカにはアメリカ独自の検討と戦略が有るでしょう。また侵略する国に対して、同盟国アメリカがどの程度の武力介入をしてくれるかの予測を立て対応と防衛に備えるのでしょう。

世界の両陣営・自由民主主義国と、専制主義国も同盟を結んでいる関係から世界大戦争となる可能性もある。

それは兎も角として、別な想像をする人もいる。アメリカが日本へ侵略しようとしている国からの介入が在れば世界戦争になるから、米国は日本との戦争が始まっても介入しないようにとの打診している可能性も無きにしも在らずで、アメリカが戦争にならないような思慮を見せた時を見計らって侵略を始めるとか、時々通商問題や地球温暖化などの問題で話し合う時、また世界戦争防止問題等の話題を出して、時間延長して、以前にも提案されている話し合いが再び出される可能性もある。それは『太平洋を中間線にして双方が管理する』と言う提案である。地球破滅させるような戦争よりは、双方で妥協点を見つけ米国がアジアに干渉しない方が地球の為に良いのではないかとの戦略的な提案をされた時、アメリカが片務的な日米同盟の破棄を考えるかと言う事と、米国民の、日本への信頼度とアジアの核軍事大国との核戦争を予測して、日米同盟の破棄に動く可能性も見捨てられなくは無いともいう。そしてもう一つ、米国の国防予算が大幅に削減され、日本を守る軍事能力が無くなった時も同盟破棄になる可能性を取り沙汰している人も居ると言う。

日本は、GDPで世界第3位の経済大国である。そして貿易の経常収支ランキングは1位中国・2位ドイツ・3位が日本で330兆円もある。何度も言うようだが韓国は防衛費が、2・65%なのに、日本は、0・97%に押さえていてよいのでしょうか?…。自分の命を守るのに使うお金デス…。

多分アメリカの政治家やジャーナリストは、アメリカの凋落も長い間にはあるだろう事と、これからは米国の片務的同盟国ではなく、互いに補充しあえる双務的な同盟国である事を考えて、「日本も自国防衛が出来るように」と助言してくれているのでしょう。

アメリカの内部からの忠告を日本は真摯に受け止め自主防衛体制を強化し、アメリカの世界覇権強化に寄与出来るよう、日本は防衛強化を図り米国に手伝う、またはアメリカが防衛の一部を肩代わりする要請を引き受けて、米国の覇権の強化を手伝い、米国民の信頼を得て同盟に曇りの無いよう努める事が、アメリカが世界平和に動けるように協力を強め、日米の安定発展にも寄与する事が望まれる。世界平和を言う時、話す時、国連の話をする時、ここでも日本の憲法第9条が在る為言葉は空の話となります。然し実際は、政府自民党の憲法解釈変更や自衛隊の働きに、自民党の努力等で危険の無い地域への自衛隊の派遣はしているが、日本が侵略された時、国連は戦争にあまり関係の無い、危険が無い地域の派遣になるのかもしれない。一部の野党は言う「危険の無い地域」なのかと政府に正した。戦争には危険が付き物である。「危険が無い地域」と言う言葉の解釈は、国民の政府への批判を向ける為の言葉なのか？ それとも海外派遣の阻止を狙った言葉なのかは分からないが、あまり用の無い防衛地域でしょう。日本が侵略戦争に巻き込まれた時も、一部の野党は「危険の無い地域」への防衛援護の要請をするのでしょうか。

一部の野党は、世界の戦争を無くす運動と、今は少し方向が違うが、日本に於いては、侵略をされない為と、戦争をしない為に、強力な抑止力を持つ事に重点を移して運動してもらいたい。これは難問題です。政府もなかなか出来ないようです。問題は3点在ります。①は、憲法第9条を、世界平和と日本の防衛強化を謳うような9条の改正に。

②は、敵基地攻撃能力の開発、既に65年も経っているのに取り組みが為されていない。③は、これが一番難題でしょう。抑止力用と銘打ってアメリカの核を共同保有とすることです。しかしこれは日本人が決めた非核原則に違反するから無理でしょうか？　これは世界とは関係なく日本人の事です。

上記3つが今は、防衛力強化と抑止力です。その強力な抑止力は核武装をする事と、敵基地攻撃能力を持つ事と、憲法を改正して、同盟国や友好国を増やす事でしょう。まずは、③の核武装をする事は1部の野党が大反対するだろう。国民の皆さんは戦争をしない方より核爆弾を落とされる方を選びますか、どうします？　非核原則は容易に日本で作られたものですから、どこの国に気兼ねすることなく廃止すればいいだけです。

②の敵基地攻撃能力の開発です。これは1956年の鳩山首相の時に語られ国際法的に問題は無いとの事で開発が進んでいると思ったが、去年安倍総理が取り組んで進める方に動き出したが病気悪化で菅前総理に引き継ぎ、岸防衛大臣が意欲的に進め会議を開いたが、委員会のメンバーは自民党だけではなく、反対の党も入って居るので進んでいない。こうした事で、国家の根幹である防衛問題は、今の儘では日本滅亡の方に進んでいる。

③は、国民の皆さん。今回の選挙では、どの党も公約が在ります、どの党が、どの人が日本防衛を考えているか、又はいないかを、選挙公約として掲げていました。それが党の方針ですので、自分の命や国を、どの党なら守ってくれるかを見極めて応援してください。日本は危機的状況にあります。日本が滅亡し国民が未来永劫に奴隷にならないようにする為には、例え防

衛費が2割3割になっても頑張りたいと思います。自分の為です、子供や孫国家の未来永劫の為です。

日本の自国防衛強化ですが、憲法第9条の改正が必至です。この憲法は、日本の心身の虚弱化と政治混乱を招いている事に加え、日本の国を日本人が守れないようにしているのです。その上、自由民主主義国との同盟や友好関係強化をする事の障害にもなっていて、世界平和の文言を憲法第9条の中に入れてはいるが全くの飾り文言で、1990年のイラクが石油の全権を得ようとクウェートに侵攻した湾岸戦争に、アメリカをリーダーとする多国籍軍が、戦争阻止に踏み込んだ時、日本は憲法第9条に縛られイラクに自衛隊を派遣できない為、1兆円の莫大な資金を援助と言う形で拠出し、参戦とした。この参戦には30カ国が在り、後日、ニューヨーク・タイムズとワシントン・ポスト紙にクウェート政府より感謝の言葉が掲載されたが日本名はなかった。今度は日本が侵略された時、アメリカが防衛をしてくれたとして、憲法第9条に因って、日本との同盟関係や友好関係が結べない事から、アメリカの他の外国の国が、日本の防衛に参加してくれると思えますか？　今の憲法第9条の儘では参加は見送られると思います。何故なら、日本は同盟国アメリカがクウェートの戦場に行って居るのに、日本は憲法第9条に縛られ、自衛隊を派遣できなかった。今度日本が戦場になった時、憲法第9条が在る事から、世界の自由民主主義国も同盟国・友好国でもないから、日本防衛の為に軍隊を派遣してくれるとは考え難い。ここでも憲法第9条は日本防衛の妨害をしているのです…。

憲法第9条はどれだけ日本に害を成しているか分かったと思いますが如何ですか？

今日本が戦争に付いて対応を考えているのは、4年後5年後を目途にして武器の製造完成を計画しているのと、アメリカも戦争をその辺りに見ているようです。しかし、侵略して来る国の動静から割出した予想とは一致しない動向も在る戦争で、有事も自然災害も最悪の事態を予想し、法的整備を進め、いつでも対応できる人員と、予備の為の普段の仕事と休日の訓練を月1度前後地域単位で進めて置く事を勤めたい。

自然災害の多い日本であるから、今後予想される南海トラフ巨大地震や東海沖地震そして再び予測される東日本大震災の他、台風や豪雨による被害等で各地に自衛隊が派遣されている。また今年はコロナでも自衛隊の世話になっている。何か、コメンテーターは自衛隊がコロナの対応に当たるのは当然の様な話し方に聞こえるが、これは普段緊急時の災害時に応援出来る訓練を受けている団体が無い為であり、今後も有事や巨大自然災害も予想され、年々豪雨や台風も巨大化し被害も出ている。その都度自衛隊の出動をお願いしている。今後予想される南海トラフ巨大地震は死者32万人から33万人に上るとの予想もある。これは、我々がテレビの画面を驚きと悲哀の目で見つめたあの惨劇の、20倍もあると言われている重大事です…。

外国の有事をテレビ画面で一時見るのと、毎年広島や長崎の原爆の日にテレビ放映で様々な画面を見るのとでは多少の違いがあるが、悲惨さは同じです。

核兵器廃絶を訴える外に、国土に攻め込まれない事も重要です。侵略されない為の防衛をする事をも発信する必要と、戦争が起きるから核の開発が進み使用がされようとしている。そして核所持国は核兵器廃絶の議論には加わらない。これでは国連が廃絶を進めても核兵器廃絶は進まないで、開発と個数は増加し所持国も増加するでしょう。根本は戦争です。国際法的には、国家は自衛以外に武力行使をしてはならない事になっているが、核軍事大国には、これを守ろうとする様子は見えず軍備増強や核開発を進めている。小さい国も軍事拡大や防衛の為の核開発もしたいところだが、金銭的に続かないので、隣の小さい国同士で纏まろうとするようだが、その間に経済的に豊かになった核大国が入り込んで来て纏まれずにいる。

現在の地図上と第2次世界大戦後の地図とを勘案して国境線を引き、国連で侵略してはならないと明言し、違反する国は国連が制裁するとして、戦争がなくなれば、軍事費を平和利用に回せば、世界の貧困世帯や、子供が戦争孤児になる事もなくなるだろうし、教育も進み、世界は平和で住みよくなるだろう。しかしこれは寝言でしょう。人間の英知を結集すれば、言葉の上では簡単ですが70数億人の怜悧な代表者が集まっての意見でも利害関係が交差して、そうはうまくいかないのが人間の世界です。

内戦にしろ、外国からの侵略戦争にしろ、陸上で戦う事は最大に悲惨で悲劇で、悲哀に満ちた惨劇です。一生懸命に生きている人間が突如悲惨な目に合わされ絶命したり、不自由な体にされたり、家を破壊されたり、国宝や文化財も破壊される。国際法を拡大し、国連が乗り出し、戦争の廃止を訴える事が出来ないかと思う。

戦争が無ければ、世界の貧しい国や貧困層の大半を救えるだろうし、世界は平和になる。

知力のある、万物の霊長である人間が、歴史ある貴重な建造物を破壊し、人を殺害し、大量虐殺兵器の開発と製造競争をし、殺し合っている。これは野に住み歴史を積み重ねる事の無い野獣以下の行為ではないだろうか。人間は戦う動物ではあるが、現代はそれを、スポーツに取り入れたり、古くから伝わっているゲームを競い合うよう組み立てたり、趣味と遊行に生かしている。一方、野性的な狩猟も取り入れ、川や海での釣りや水中での魚や野山での狩猟もある。また、異性の取り合いも対面では知性によってほぼ無い。

人間の欲望は、個人の栄誉欲や栄華に繋がると、欲望は大きくなって更に膨らみ戦争を引き起こす方向へと延びる。

世界の国々は、大小と温度の高低差に気候変動差と土地の起伏や、土地も荒地や肥沃な土地があり人口の差が有り、貧困と裕福の生活の差がある。ここで、国の思想や構成要因で外国に侵略しようという国が昔から続いている。

こうした事から、世界の国々は自分の国を侵略されない為、防衛力の強化をしている。

日本は今迄、アメリカの核の傘で侵略される事の心配が少ない事から、防衛を等閑にして来た嫌いが在ったが、今後米国から呆れられない為、日本の役割分担を増やす事や、自主防衛の強化を推し進めて行く努力が不可欠でしょう。日本が滅亡しない為の方策が必要です。終わります」

佐藤が礼を述べたあと、宮尾さんお願いしますと指名した。

「はい宮尾義雄です。人類の歴史を見ると、国家の興亡が記録されています。長く続いた国と歴史に刻まれない国もあるでしょう。人間の命は僅か90年位ですが、歴史に残る国は1千年ほど続いているという事です。日本は今迄大陸から離れていた事で2680年以上続いてきましたが、それで良いと言う訳ではありません。今後長く日本を守って行く為には自分の国は自分で守って行く覚悟が必要です。其れに付いて反対する人はいないでしょう。国を安全に保つには、防衛費が必要です。戦後から今迄はアメリカによって守られて来たが、アジアには3核軍事大国の台頭が、アメリカを凌ぐ程の力を持っています。核戦争ともなると、アメリカは、日本の防衛には参加しないかもしれません。何故かと言うと、アメリカも核の攻撃を受けるから、アメリカ国民は日米同盟を破棄する事の運動をするかもしれません。そうしたとき、日本は単独で防衛するだけの力は在りません。さあどうします。切羽詰まってから慌てふためいてもどうにもならないでしょう。今からの準備でも遅いくらいです。しかし、しないよりは良い。

如何して核戦争からアメリカが手を引くかと言うと、アジアの国には、極超高速マッハ5～10の核弾頭ミサイルでしかも低空変則飛行で追尾撃破は不可能に近いのです。それが今何百機あるかも不明なのと、2030年には1000機を所持する予測が有るのです。

日本維新の会と自民党は防衛費の値上げをして国土強靭化の考えと防衛力強化の取り組みをしようと考えていますが、其の為には防衛費の値上げに賛成は、維新は89％・自民79％でした。これとは反対だった公明党も、ロシアのウクライナ侵攻を見て、今のままでとは違い公明党も80％前後に上がりました。敵基地攻撃能力保有に付いて保有に賛成は維新93％・自民77％でした。（2021年10月28日読売新聞）

核戦争になる可能性が今は低いようですが、無いという事ではありません。日本が自力で防衛するには、今迄の遅れを取り戻す為にも、隣国の核軍事大国に近い線が必要ですが、10％前後となるのでそれは無理でしょうから、最低でも2・5％以上の防衛費が必要でしょう。この防衛費は日本と海を挟んで隣で環境が似ている韓国の防衛費を参考にしています。国土は韓国の約4倍ですが、防衛範囲は北海道から石垣島迄です。一目でその長さが分かるでしょう。防衛するのは、細長い列島線なので艦船と機種の違う航空機の配備も必要でしょう。今迄は差し迫った危機的環境が無かった為、防衛力・化学力で後れを来して来ましたが、数年前から日本の危機的環境が大きく変わり進んでいます。野党の1部と政権与党も日本の防衛に付いて、甘く見ている傾向が有るが、もはやそれは許されません。日本が滅亡しない為の予算としてはまだまだ不足ではあるが当座として、2・5％の要求で、化学力を上げる事と非常に長い列島を守る為の海洋国家として空母やフリゲート艦、その他艦船等新設も必要でしょう。防衛に付いての軍備とＡＩへの取り組み・兵員の確保や訓練に研修・肝心の教育と開発とで、敵基地攻撃能力の保有を早い時期に持つべきでしょう。開発費用は65年も遅れている分も含めて捻出する必要がある。

防衛は海と空と孤島とに力を入れるのと、本土を戦場にしない為には防護は海上と周辺の島で課すよう計画を立て、極力本土に近寄らせないよう配意をする。その事を、今後の防衛対策に生かす事が肝心でしょう。次に防衛費ですが、隣国の国防費を例として見れば、2・64％で、兵員は、日本の約3倍に＋予備役と民防衛隊と言う存在がある。この2つを合わせると700万人以上となる。有事と自然災害に対処する要因である。日本に当てはめ試算すると、予備役と民防衛隊を合わせた人員は1400万人となる。ところが、国会議員は国の防衛を軽視しているのか、国民の命を軽視しているのか、予備役と民防衛隊は〝0〟であり、兵力も約3分の1程度しかいない。まえに説明したように日本維新の会と自民党は防衛費の増額と日本にミサイルを撃ち込まれない為に、抑止力を持って敵の攻撃を阻止する事と、戦争を避ける為の二つを持つ敵基地攻撃能力の保有の所持について『保有賛成』は、維新93％・自民77％・です。『また、野党の立憲民主・共産・社民は全候補が反対である。防衛費の増額の是非でも、『増やすべき』は維新89％・自民79％であるのに対し、『今のままでよい』が公明69％・立民59％・共産の全候補が減らすべきだと答えている。この新聞を見てどう思いますか？　これでも日本は守れると思いますか？　国防が第一だと思っている私には考えさせられます」

第二章

「依田隆志です。よろしくお願いいたします。今度、新内閣が発足され国家と国民を守る防衛費をどうするかを国民は見守る必要が有る。侵略されれば国は滅亡するでしょうし、個人は新しい形の奴隷にされる。その国の国民は何十万人か何百万人かの人が政策に反対したとか、反旗を翻し行動したとかで粛清されていて、今も、政府の政策に反対しているとかで投獄している国でもあるから、その国に侵略されれば勿論自由や権利は無いでしょう。

日本は防衛強化をしても自衛隊員数が、決して多くなり過ぎる訳ではないが、韓国に近い数の60万人が必要でしょう。アメリカのバイデン大統領も、同盟国に一部を担ってもらうとの政策を打ち出している。その対応には憲法第9条の改正が必要になってくるし、国防費の増額や兵力の増強無くして協力も困難でしょう。この3つを満たそうとすると、先程述べたと同じく、当然各方面からの反発が在るだろう。家を土石流に圧し流され、家族が巻き込まれたり、津波で親子兄弟・家や店・船を失ったり、生活の糧を無くしたりと、如何にもならない悲痛さが脳裏から離れないだろう。侵略されたら更に多くの命や未来をも無くし、苦悩や無念さも計り知れなくなるだろう。こうした自然災害を最小限に食い止め復興をする方策と試案に因って軽減は作り出せる。そして人災である有事・侵略についてだが、国内で戦う事になれば、言葉で言い表す事が出来ない程の悲惨さや惨めさは消し去れない。だから韓国並みにするにはプラス1・64％だが、それでも自国の防衛力強化には相当役立つだろう。だがその1・64％をけちって、個々人の命や国家の滅亡に繋がる可能性が有ることを突き付けても、防衛費の増額は、要求する側としては、日本を防衛するには海軍力・空軍力・宇宙、人工衛星力・そして通信力（サイバー要員）。そして抑止力を高める為の最先端の戦力機器ＡＩの開発等を上げ防衛力を強くする事です。一説には、戦力の競争は無駄だと言う人もいますが侵略しようと占領や原爆の増産をしている国が在れば、日本としては防衛に力を入れなければ滅びてしまいます。滅亡しても良いと言う人や、奴隷にされても良いという事であれば、防衛費の増額も要らないし、敵基地攻撃能力の保持も要らないと言う事になるが其れで良い訳はないでしょう。防衛予算を満額近く取るには、説得を粘り強く、どうしても満額を取る気概で説明し、国民にも分かり易い簡明な説明をする。加えて、今迄防衛費を安く抑えて来て経緯と化学面で外国との遅れを少しでも近付ける為の予算要求で有る事も説きましょう。そして、自然災害や・有事を防ぐ為には、現段階で韓国の軍事費と同額になるのに、１・64％で有る事も。これを常識的には取るのが普通でしょう。日本は韓国の国土は約4倍の広さが在り、人口は2倍強でもある。

侵略はされない、戦争をする事の無い為の抑止力を持つ強かな国作りをする為の方法を編み出す事の方が賢明な筈です。その対策には一時も早い方が良いではないですか。

戦後77年、現在の人々は、平和慣れして、戦争の脅威と負けた日本の荒廃と焼け野原の荒涼とした東京、手や足の不自由な人や敗れた服を身に着けて道のあちらこちらに立って物乞いをする大人や子供。拾って来た板切れや棒切れを釘で打ち付けた家らしくない人家、食べる食料も無く栄養失調で亡くなる人々も多かった戦後。それでも自由民主主義の下で見違える様に復興した東京。ところが、これからの敗戦国は着の身着の儘で集団住宅に入れられ監視され強制労働もさせられ、未来の夢も描けず、子供や孫、ひ孫と恒久に自由な生活が出来ない可能性が有る。侵略される恐怖。それを知る為に、井戸の中の蛙から飛び出し、世界とアジアを見比べて見よう。すると、侵略されればどうなるか、そしてもう一つ、日本が再び世界に先駆け核の攻撃を受ける可能性が有る国である事にも気付くでしょう。原爆攻撃を受け、記念日を作って核拡散防止条約運動で先頭に立って、今度はアジアの国から原爆を落とされ、国が滅亡する可能性もあるのです。こうした事の無いようにするには以前からズーット同じ所に立っているより、立ち位置を変え見渡せば核兵器不拡散条約が核所有国に広がりは見えない上、核拡散条約が空洞化での広がりを鑑みる間、日本は両刀を携え国防を進める事が求められている現状を知る必要があり、核の所有は避けけては通れない。

自然災害についても然り。緊急事態が豪雨だけでも多く発令されている。今年は台風の上陸が少なかった事で、被害範囲は小さかったが土石流で人家や人命にも及んでいる。外国でも豪雨や台風による被害は数十年ぶりとも言われている。地球の温暖化が関係している様で雨量も風力も巨大化しているようです。日本では自然災害は自衛隊を派遣しているが、自衛隊の本来の任務は侵略者に対する対処である。韓国では民防衛隊と言う部署があり400万人以上の訓練者がいる。勿論有事にも対処するが普段は様々な仕事に付いているようです。またコロナ対応に因る緊急事態宣言がなく「お願い」と言う形でされ、その対応の仕方だが、初めの頃、テレビに出ていた大学の女性教師の発言がコロナ対応で正確に的を射て居たが、その取り組みはされないで来ている。それは現在、日本では人口減少により、公立学校や体育館等が空いているので、こうした学校や体育館を利用してコロナ対応に当たるのが好ましいとの発言でした。病院やホテルをどうして無理やり空けて使っても、コロナ患者全員を収容するのには無理が生じる位の予想が出来ると思う。当初から大流行の予測は付いていたのに、どうして判断が出来なかったのか。ホテルは病人を収容する所では無いし、病院は流行患者が入院させる程空いてはいない。また病院を作ればいいと言うジャーナリストやコメンテーターもいた。費用と日数がかかる。日本は借金王国でもあるし、さらにコロナ対策でも相当の借金を抱える筈である。この流行状況を見れば病院を作るぐらいの事は無理である事の判断は付けられよう。また野戦病院と言う人もいるが、野戦病院と言えばイメージとしてテントが浮かぶ。学校や体育館は鉄筋コンクリートである。設備を導入すれば立派な臨時病院で有り医師もスタッフも経費も少なくて、コロナ患者をすべて入院させるだけの病室は確保できるし、医師や看護師さんも少なくて済む。また最後にはどうにもならなくて患者様を自宅療養と言う事になった。結局流行病を家庭に持ち込んで広げる事になった。

日本は自然災害の多い国で、大地震に毎年台風や豪雨被害で公民館や体育館で非難をしているのに、どうしてそれが出来ないのか疑問を持っている人も多い。野戦病院を作ると言う人もいるが、建物を作る費用や日数に、各都道府県や大都市にも立てる事になる筈だから莫大な費用が掛かるし設備にも掛かる上、高い土地を広く使う。学校や体育館の建物は耐震性のある鉄筋コンクリートで診察や入院の設備もすぐ整うし、区切られた病室も直ぐ出来る。救急車その他の車の駐車場も校庭だから広くあるし、出入りも道路が広いから利用しやすい。今後も様々な事が起きると思うので、この対応が出来るよう法の整備も必要でしょう。

日本は大小様々の自然災害に直面して来たが、人災の予測と対応も考える必要時に来ている。この人災に、即ち侵略があった場合も即対応できる軍備と法整備が必要である。それもあるが、自衛隊員が少ない事と、75年前とあまり変わらない男女差別をなくして女性隊員を5対3とか4に広げる事を望む。今は男女平等、女子プロレスリングも在ればボクシングもあるし、バスケットも在ればサッカーにバレーボールもある。これらは男女別々で戦うが戦争は一緒に戦う事になるから無理だと言う人もいるだろう。戦争は武器で戦う。映画は見せ場を作る為武器を捨て、肉体美の優れた男優の見せ場を作っているだけである。現代の戦争は機械とコンピュータが主流で人対人の取っ組み合い等は無いと言っても良いだろう。

憲法第9条の軍備は持たない、侵略されても防衛する事が憲法違反になる事から戦えないと言う状況を作りだしている、日本の憲法と、国際法では特段の違いがある。国際法は自国防衛を推奨し、悲惨の無い対処がなされるよう言っているのに対し、日本の憲法は、国が滅亡し、国民が悲惨な目に遭うように作られている憲法で、陸海空その他の軍備を持つ事は憲法違反だとし、家に侵入して来た侵略者のへの反抗も憲法違反になるという事である。国内弁護士の大半は軍備を持つ事も反抗する事も交戦権として捉え憲法違反であるとしているが、砂川裁判判決と、国際弁護士や自衛隊の様々な国への貢献に、被災地の救助活動等への感謝の気持ちから、憲法第9条に違反しているとの思いより、自国防衛に必要で有るとの考えに変わって、自衛隊は違法であるとの判決は出なかった。

憲法とは、国民が平和で安定した生活が営める為にあるもので、国や国民を侵略者から守る為には、陸海空その他の軍備を揃え、侵略して来る軍隊を押し戻す兵も必要である。国や日本人を守るべき弁護士がどういう事で作られたかの検証をし、また国際法の理念との対照をし、どちらがより優れているかの考慮や検証と、国連への拠出金が今は3位だが数年前までは世界2位の国であった事は、国連を重要視している事と、国連加盟には規約が当然ある。どっちを重要視するかも規定されている。どういう規約を了解し、入っているか、そして国際法と日本の憲法ではどっちが優れていて国民に必要か、適法か違法性が有るかを検証するのも司法の役目ではないでしょうか?…。日本防衛に違法性があれば国会に検討するよう勧告を司法が出して国会で検討を出来ないものでしょうか。憲法第9条の文言を読めば軍備を持って自衛する事は、憲法違反で有る事は義務教育を受けた人なら弁護士でなくても分かる。ところが、裁判は様々な方面を検証し多角的見地から見て判断されると思って見ているが、国内の弁護士の多くは自衛隊を持つ事や軍備を揃え防衛する事は違法との見解で有るが、国際弁護士の判断は必ずしもそうでないようである。また、日本で生まれ育った人間が、自分の家、自分の家族、自分の国を護る為に、外国の侵略を阻止する為の軍備と兵を持つ事が、人道上、当然の行為である在る様に考えるが、これを否定する憲法を作って運用するとしたら、何処かの国の閣僚が軍隊を連れてきて国を支配する為に取る行為以外に考えられない憲法である。そのようでなければ、日本の司法に問題があると思うのは、憲法第9条が国際法上や人道上に国益をも守ろうとしない憲法で有る事の判断をして、司法から、憲法第9条は国家や国民の平和や命を危うくする事が予測されるので、国際平和や国民の命と権利を守るべく文言を入れた憲法に改正する必要がある。との判断と判決が出来ないものだろうか、その上で憲法第9条が国際法上も、国内法上も、国民が平和で安全に生活する事を不安視させる原因をも作り出している、因って憲法第9条は法の理念に照らし合わせ、憲法自体が違法であると言う判断をする事も出来るのではないだろうか。国家が軍備を持つ事や兵を持って国や国民を守る事が、憲法違反であると言う判決を下すよりも、憲法第9条の判断を、日本人弁護士として熟慮を重ね判断を下す方が国民感情として重要ではないかと思う。

また少し違うが、選挙人の1票の格差是正裁判の判決で改正するべく判決も出して居る事から、日本を守る為と国際法と比較を挟んだ判断も必要では無いでしょうか。勿論、民主主義国家であるから、法律に従うのが優先でしょうが追徴も出来る。弁護士に対する最高の敬意を国民は持っているし、信頼をしているのと、努力家で頭脳明晰で知力や機転も良いので国の最高の難関である試験の合格者で有るから、更に踏み込んで憲法9条が国家や国民の精神まで悪影響している事等を挙げ、憲法改正を促す言葉を醸しだす新たな発言を希望したい。

法律を作る場合や会議で何かを決める場合は、民主主義の理念に因って過半数で決めるが、その理念から、憲法改正をするに当たっては、過半数ではなく3分の2と規定し、改正を困難にしている。その理由は憲法をしょっちゅう（度々）変えられる可能性を抑える為だとしていたが、そんなに憲法を変える事が在るのかと、思った事もある反面、世界情勢の時代の変革が激しいから、それに対応する為には憲法改正も多くなるとも思うなり、世界を見ると第二次世界大戦時、同盟国であり同年で敗戦となったドイツですが、憲法改正を50回もしている。インドは100回も憲法改正をしている。日本は0回である。

最近時代の変革が早い事から、それに合わせて憲法改正の必要性が出ているが、日本は1945年から2022年まで憲法改正の必要が有っても、3分の2の規定が在る事と、憲法第9条の改正も、持ち出される懸念もある事から、現在まで1度も憲法改正はしてはいない。

今日本の国は侵略が始まりそうな危機的状況にあるが、あまり報道されていない事から、知るべき若者にはあまり伝わっていない。

これから、去年は衆議院選挙が終わり、今年の参議院議員の選挙戦も終わったが、憲法第9条改正の改正は争点にはなって居ないが、重要で有ると思っている国民が多いようで、憲法第9条改正派が票を伸ばした。国家が国家である為に必要なのは国が滅亡しない事と、国民が平和で命と権利が守られる事でしょう。どんなに良い国を作ったとしても、国が侵略されれば、奴隷になるのが必至で逃れられません。其の為には、まず憲法第9条が如何いう憲法であるかを国民が理解できるように説明し、この憲法の先に見えるものは、自由民主主義国との同盟や友好関係は持てない事や、アメリカとの同盟も破棄されかねない事も説明する必要もあるし、肝心な時である。日本に外国の侵略が始まり､核戦争になり兼ねない時､同盟国に戦争が始まった時、アメリカに応援を求めた時、アメリカは戦略を練っている時、自分の力でも侵略者を押さえ込むのは困難と思うかもしれない。アメリカも侵略者の軍備の分析は出来ている。脅威なのは、アメリカのミサイルを上回る数を備えている事と、極超高速の核弾頭ミサイルを数百発揃えている事と、日本に加担すればアメリカ本土が核のミサイル攻撃を受ける事になるのと憲法第9条が改正になっていない事を踏まえれば、アメリカ国民は、憲法解釈は変えたものの片務性は残っているとの解釈と、憲法第9条も変えられない国民性を、アメリカ国民は信頼性の無い方の人間に解釈するでしょう。また、衆議院選挙の公約からも、日米同盟の解釈にもつながる可能性もあるので、アメリカの国情が危機を感じた時、国会議員の公約や運動が日本人に与える感情よりも強く受け止められる可能性も発生するので、日米同盟の破棄にも繋がりかねない。日本国民は、今迄アメリカに多くを支えられて来たがこれからは、自分の事だけでなく、アメリカの一部を支え、アメリカが世界の覇権国家であり続けられるよう英国やEUとも強調して行くように努める必要が有る。

日米同盟は双方のどちらかが破棄すると通告すれば、そこで日米同盟は終了となる条約である。

隣国中国は地政学的に近い事から通商は、アメリカよりは多いが決して平等ではなく、相手の言いなりになる配下的存在でしかない事を事業者は知るべきでしょう。通商にあまり関係の無い国民は、どっちを向いて、公約を見て選挙に臨むかが、自分の命と国の維持と自由と平和に繋がるかを考える時期に来ていると思う。アメリカが同盟を破棄した瞬間、現状での日本は滅亡に入ったと言えよう。現在日本の安全保障環境は一段と厳しさを増していて、それを報道しないのは、あまり相手を刺激するなと言う事で、報道を控えているようである。もしかすると、報道されないまま漁船が拿捕されたり、小競り合いの戦争が始まったりと言う事になり兼ねない。現実を直視しないで其れで良いのだろうか。日本は今、外憂の時代にある中での参議院選挙である事から、日本維新の会と自民党は、外患に対処すべき政策をソフトに掲げてはいるが、野党はいつも通りの政策で外患に対する政策は見当たらない。ここでどの党が日本の将来を担える党で有るかは解る筈であるが、その反応は出たのであろうか。

憲法第9条の改正問題もある。この憲法第9条は、日本滅亡の道標でもあるのだが何故か、国を守って行く為には、外国からの侵略を防ぐ必要がある。多くの国民はその事を心配しているが核軍事大国を前にして、日本はどうなるのかと案じている国民も多いようであるのと、日米安保条約が有るのを深く読まないで、手放しで信じている人とがいる。南西諸島のニュースはあまりにも少ないので、危機的状況を知る事は出来ないのと、あまり他国を刺激しないようにとの意見も出ている事から、報道がされないようである。だが、挑発され続けて来た結果、更に進んでいる様ですし、今では日本の領海内で、日本の漁船が外国の大型巡洋艦に追い回されると言う事態になったままである。この事はあまりにも知られていない。此の儘日本が甘い対応を続ければ覇権主義的国家は益々動きを大きくするだろうし、取り返しのつかない事にも成り兼ねないので、せめて柔軟なメッセージでも広く出し続ける事を求めたい。日本は今外患の中にあるのに、多くの日本人は気付いてはおらず、大半の国民は優雅に過ごしている。しかし、日本の領海内で日本の小型漁船が、日本の海を、命を懸けて守っている事と、その船を外国の大型軍艦が拿捕しようと追い回している現状と、日本の海上保安庁の小型巡視船が命を張って間に入り守っている現状を、日本人に知らせるべきでしょう。そして、この小さな漁船がここで漁をしなくなれば、この海は外国の大型漁船の漁場となり、日本の海ではなくなる可能性も出て来ます。そうならないよう、この漁船と海上保安庁の方に応援と感謝すると共に、外国を刺激しないで、国民が何か出来ないかを、検討する事も必要でしょう。是非共この領海に、アメリカの力を借りる事は出来ないものだろうか。また他の、自由民主主義国の力を借りる事も重要に思います。台湾が11月7日頃イギリスの訪問を受けたように、日本の状況を世界に知って貰う為にも連絡を取り合う事も重要に思います。

日本の皆さん。どの政党が、日本を守る事を考えているかは選挙公約で分かると思います。日本に住んでいようと思うなら、選挙公約を見て日本を守ろうとしている党と人が、今の日本の危機的状況を救ってくれる、信頼出来る人のように思う。『富国強兵』と言う言葉は、国を栄えさせ守る事で昔も今も変わりません。どちらか一方では国は滅亡します。

世界一の軍事大国の党首も言っていました。『富国強兵』で銃口が国を大きくすると。ところが憲法第9条は全くな裏腹な事を書いています。『戦力は保持しない。交戦権は認めない』では国は守れませんが、司法はこの憲法を守っています。やれやれどうしましょう。憲法第9条は、このように戦力は持たない、攻め込まれても戦ってはいけない、と言っています。戦後武器を放棄した事で、竹島や歯舞・色丹・国後・択捉が外国に占領され何処の国を侵略する為の軍事基地も作られています。地図を見ればどこの国を攻撃する為の基地かは大概の人は解るでしょう。先日ウクライナ迄訓練した兵を送っていました。

憲法第９条は日本滅亡の道標で在って、この憲法を守っている間は日本滅亡を呼び込んで、全国民が奴隷にされる憲法だと思って居て間違いないでしょう。そしてここを取られた関係で魚は獲れず近づく船は拿捕される可能性もあります。同じ様に今、領海がなりそうです。また尖閣沖、この波の荒い海で突発的な事故が発生した場合現状のままでは侵略戦争になる可能性も大きくなっています。それもまた、憲法第９条に因っているのです。上記にも書いて在る様に、陸海空軍その他の勢力は保持しない。国の交戦権は認めない。です。外敵は、訓練を受けた屈強な軍人が完全武装して家の中に自動小銃を片手に飛び込んでくる。防戦出来ないですが、こうした侵略が有れば如何しますか？　彼はされるままになっていて、その挙句、着の身着の儘で家から連れ出され、侵略国に連行されるけれど、それでも良いのですか？

其れが憲法第９条の本質です。

日本は今も世界第３位の経済大国です。

憲法第９条を、『世界平和の為と、自由民主主義の為に、陸海空軍の戦力近代化を図り、自国の防衛と同盟国や友好国の共同歩調を取る』の文言を入れて改正して、軍事大国と肩を並べる。

国連憲章は、日本の憲法とは違い自衛する事を重要視しています。

それは世界の人と仲良くするのは日本人の精神ですし、どこの国の人間でも、また国連憲章でも、侵略して来る人間とは国と人間を守る為戦う事を認めています。

どうでしょう。日本の現状と、党の公約とを読んで、どの政党が国の平和と国民の命と権利を守る人であるかを見極める必要が有ります。。また、憲法第9条は、国が滅亡する為の道標である事を日本中の人が理解できるよう話し掛けて行く事から始めよう。そこで、憲法9条に何が書いて在るかの説明は、国民が解る迄何度でも説明しましょう。

ここには『陸海空軍その他戦力は保持しない。交戦権は認めない』とある。即ち、侵略して来ても戦う軍備は一切持たない、家の中に入って来て、したい放題をされても戦う事は憲法違反であると書いて在るのです。しかし、これでは日本が守れないとの意見が出たのも当然だが、当時、日本は独立していなかった事と、言論の自由も無かった事から、GHQの作った憲法だから、反対すれば投獄される可能性が有るので多くの議員は黙し、この場を我慢していたので憲法が成立し、憲法第96も成立した。

この96条は憲法改正を困難にする為の必要な規定が盛り込まれている（それは全国会議員の3分の2以上の賛成がなければ、憲法改正は出来ないという規定である）それも成立した。その後憲法第96条の関係から今日まで憲法改正に関わる審議はされていない。現在は3分の2の議席は、阿部元総理の努力に因って取れてはいるが、憲法改正の議案が纏まっていないのか、今回の選挙結果と社会情勢に選挙結果から国民投票の機は熟している様には見える。日々、日本周辺の安全保障環境は、一段と厳しく差を増している。

これで大方良いという事だから、アジアの3大核軍事大国の攻撃型軍事力のAIを駆使した科学的開発と強大化をしているのに、日本の防衛費当初から低いまま来ていて1971年に1%に決まりその後1981年頃撤廃を見たがほぼ1%で、現在も1%で推移して来ている。

その結果日本の軍事力は落ちて来ているし軍備の新しい武器の開発も出来ず遅れている。このように、日本に侵略が始まっていると言うのに、敵基地攻撃能力の保有や、防衛費の増額を要求に対し数字的には必要ないと言っている政党もある。国防をしなくても良いと言う事でしょうか？

これも憲法第9条の下では当然なのと、日本が滅亡するように作られた、専守防衛と非核3原則ですが、アジアには核が6500発以上あります。そのうちの数発を日本に先制攻撃されたら日本は滅亡です。水爆なら1発でも日本は北海道から九州まで灰になります。専守防衛とは、攻撃されてから、攻撃をした国に攻撃をすると言う事です。日本全土が焼土になってから、誰が何の為に攻撃すると言うのでしょう。何しろ広島に落とされた原爆の550倍の威力が有るそうですから、これは大きすぎて外国にも被害が及ぶと言う事だから、今小型化を進めているそうです。とりあえず日本を守る為には米国の核を共有出来るように早急にするべきでしょう。憲法との兼ね合いを考慮する事が求められるでしょうか？　日本滅亡を、原爆投下を希望する人、侵略を希望する人は、反対してください。まあまあ…この件も非核3原則（製造しない、保有しない、持ち込まない）と言う法が有りまして、駄目ですかね…。こちらは憲法ではないが、憲法第9条との関連が有りますが検討の余地はあります。

では核の無い国が、核保有国から『指示に従わなければ』核を落とすと脅迫されたらどうするのです。自国で非核3原則等と言う法律を作る程愚かしい国になっているのです。これも憲法第9条が出来ているせいです。今世界で一番抑止力のあるものは核爆弾です。軍事弱小国が核大国から国を守る為には核の保有が必要ですが、核を世界中に広げる事は、世界滅亡に繋がる危険性が有るので核兵器禁止条約が出来、核拡散防止条約もあるが、こちらは核保有が認められた国々である。

現在、日本防衛に地上発射式ミサイルと海上の軍艦や巡洋艦などからミサイル発射の方向も考える必要もあるだろう。また日米同盟条約を発展させる事が必要です。それが現在唯一の防衛力強化で有り、今後いかに日本の防衛力が自国の防衛を出来るまでに上げて行かなければ日本は滅亡する。軍事力の開発競争は何処まで続くかは往き付く所迄続くだろう。人間の英知で終わるか開発疲れで終わるか、戦争で終わるかである。AIでの開発を止めた方が敗北する。そして、現在は、専制主義国内には、AIでの軍備品の開発に付いて、科学者も同意して研究開発をしているのに対して、アメリカも日本も科学者の反対者が居る分後れを取っている。アメリカはアジアからは遠く離れている事と、国も大きい事で、滅亡しないと安心しているようだが、ミサイルは極超音速のマッハ5〜10程の速さと低空変則飛行をするとそれ程遠い国でもないし核兵器を使えば、亡ぼすには、別段変わった兵器を使用しなくても大丈夫と踏んでいる向きもあり、常にアメリカとの戦争を対象とし研究開発をしている。日本は対象外だが現段階では、後ろ盾にアメリカがいるので侵略を控えているだけの事で、米中会談は貿易や地球温暖化の問題等で話し合う中で、日本を切り離す話も出ないとも限らない。米中は力関係が全てである。そしてコンピューターシュミレーションに因る第一列島線で開戦したところアメリカ側が苦戦したと言う事である。

何処の国も核戦争はしない。このコンピューターシュミレーションと実際とは違いが出るが、中国の力が圧倒的に上回った時、アメリカは犠牲が当然出るので、それを払ってまで同盟国日本の為とは言え応援には出てはこない。当然のように思う日本人もいるだろう。そうなれば当然日本は滅亡するだろう。ゆくゆくはアメリカも、世界の自由民主主義も滅びる可能性が出て来る。そうならない為、日本はＡＩの技術研究に開発を進化させ、アメリカの一部を担い、アメリカが世界の覇権国家であるように協力する事が、自国の防衛力を高める事にも繋がる。この為には、現在の国家滅亡予算でもある防衛予算の増額と、敵基地攻撃能力の保有が必要になる。其の為には、日本を弱小滅亡国家の儘でいるのではなく、真の独立国家とする必要があると思う。何も軍国主義を主張すると言う訳では決してなく、世界第3位の経済国家であるからには、せめて自国の防衛だけを出来るようにし、アメリカの覇権国家応援団として支え、世界の平和に貢献する必要が有ると思う。日本は世界貿易に因って発展して来た経緯から今後も世界と共に進歩して行く必要が生じている。其の為の予算を組む事と、発展する為には日本人全体の力の結集が必要でしょう。

今、国全体が不平等な雇用関係を結ばされています。それは非正規社員制度を取り入れている事で、社員の腰が定まらず、結婚できずにいる人が多い事で、総合的には生産能力が落ちている事と消費も落ちています。というのは、一組のカップルが出来て子供が二人出来たとすると、その時点で数千万円の消費が生まれるでしょう。というのは、非正規社員で、方や、結婚しない男女は一戸建ての家やマンションは必要ありませんから買いません。ところが、正社員では将来も見通せるので結婚も出来るし子供も作れるでしょう。子供が出来れば部屋の数も増やす事になるでしょうし子供も学校に行かせるでしょう。この消費は様々な分野に広がり数千万円になります。人口減少の歯止めにもなります。其の歯止めには、学校教育が在ります。其の参考になるのがドイツです。ドイツでは高校の普段のテストで平均値より低い生徒は就職か家族企業を継ぐのだそうです。高校で就職した人の方が結婚も早いそうです。何も不平等と言う訳ではありません。大学へ進学したい人は自宅で学んでいる勉強をして平均値より成績を上げればいいだけの事です。そして4年後、高卒者と大卒者と同じ給与での一斉スタートとなります。高卒者は4年間会社に奉仕した事の功績もある事と、大卒者は勉強をしてきた価値もある事を評価した事を認めています。勿論、職場で特別昇給をした人とか役職者になった人とか大学で特別の免状を受けた人は、それに対してのプラスをするのは当然でしょう。こうした取り組みも、日本が末永く滅亡しない為の措置です。そして2つ目は、憲法第9条の改正を早急に行って同盟国・友好国を増やす事でしょう。この憲法第9条は何度も言うようですが、国が掲げるような価値を持つものではなく日本滅亡への案内板です。其の案内版を守って行くと確実に滅亡します。今迄、滅亡しなかったのは、強大国アメリカの核の傘の下に居られた事と、アメリカを凌ぐ国が近くには無かったからです。今は、日本の隣国に3つの核軍事大の台頭が在ります。何れも、日本とアメリカを切り離そうともしているし、日本の防衛力低下をも画策しているとも言われている。それには、敵基地攻撃能力を妨害する事と、防衛費の増額を阻止する事に加え、憲法改正を阻止する事が、日本の防衛能力を低下させる事であると、工作員は考えている事だと言う。そして、3つ目は、韓国並みの防衛予算を取る事、2・64%です。現在日本は1%です、あまりにも少ないでしょう。日本が滅亡すれば、何度も言いますが、奴隷にされる可能性もあるのです。そしてこの増額の防衛費で出来る事を、自分の家で例えて言うならば、数十年に渡って出来なかった家の修復と家族の教育と、向こう三軒隣との防衛機器合わせにAIの玩具の研究開発でしょう。解説すれば、日本の国土内に侵略者を入れない為に、まず戦艦に巡洋艦に駆逐艦とフリゲート艦が不足しているし、中、長距離ミサイルも無い。自衛隊員も少なく、北朝鮮と比較すれば、兵員は僅か4分の1しかいない。また、北朝鮮はサイバー要因が6千人もいると言うのに、日本は僅か350人である。次に軍用機である。隣国には多種多様の軍用機が日本の数倍ある。先日飛行させた無人機は長時間飛行するし、核も搭載可能との事である。国防予算は、軍備品の購買と軍備の研究開発と自衛隊員の増強です。今までは憲法第9条が日本の防衛の邪魔をしていたから、様々な解釈と工夫と苦労とで現在の自衛隊が在るが、この間、自衛隊が違法で有るとの訴えもあって、憲法裁判もあったがどうにか自衛隊が解体されない事は、自衛隊の功績が多方面で活躍して来た功績である。。しかし、今のままでは、自由民主主義国家との同盟や友好関係には罅割れの入る片務的な関係以上にはならない事と、社会への説明を短くすれば理解が困難になるし、理解される為には説明に時間が掛かる。憲法第9条の改正には国会を二分しての混乱が生じる可能性が有る事から、国民が一番気にして見る経済問題を優先する事から、憲法第9条改正問題は横に於いたままであったが、日本が侵略されれば経済問題もムダ金として消える。また経済問題に優先されているが防衛問題を第一に考えている人も少なくはない。それは国を案じる大勢の人がいて質問や指摘が有るからです。例えば、防衛費を1％に抑え、ほかに99％注ぎ込んだとした後、侵略されたら元も子もない事になる。防衛に5％注ぎ込んで自衛出来れば、その方がどれだけ国や国民の為になる事だろう。片方、侵略されれば国外に連行され奴隷にされるから、日本と言う国名は消え、外国の企業が入って来て荒れている農地も整えられ作物が実り、今35パーセントしかない農作物が100％の自給率になって居るかもしれません。そうならない為に『敵基地攻撃能力の早期開発』をここでも挙げます。ところがこの兵器は素案の段階なのに、先制攻撃をしようとしていると捉えられていることと、敵基地は移動式や海底からの発射もある。との考えもあり、開発を進めないと言う政府の人もいるが、敵基地攻撃能力の開発は、先制攻撃はしないが、領土領海を超えて、攻撃してきた基地や他の基地、攻撃を実行した意思決定システムに対して反撃を加える事も加味している。しかるに、抑止力を大いに備える武器に違いはない。事実率直にミサイル阻止行為用ミサイルであり、ミサイル攻撃阻止手段であるとも加えて考えられる。今、世界の戦略兵器が何処まで進んでいるのかを学ぶ必要性と、日本が侵略されるかも分からない時期に来て、依然数十年前に言われた一言、日本の防衛を打ち消す為に発した『自衛隊に戦争させる気か』との言葉を使った。その言葉は突然発せられると不快感が漂う。誰もが直ぐに実直な言葉で返答しなければならない。『日本が滅亡しない為正義の戦いをしなければ成らない。国連が推奨している正義の戦争が在る。侵略は悪意の戦争である。この世界には絶対に戦わなければならない戦争も在る。それが正義の防衛戦争で、聖戦である』と言い返し、発言者に対し『あなたは侵略者の言いなりになり、国を明け渡し奴隷になるのを望んでいるのですか』と聞き返しましょう。

まずは、自分の事としての説明を丁寧にして国民が一丸となって防備の意識を高める事が望まれます。

『日本防衛は日本人全員の戦いです』

先ほど質問者の貴方は正当戦争でも戦いませんか？　日本防衛はしませんか…と。現在、国を拡大しようとする国は兵器の開発や訓練に勤しんでいる。超小型で千匹もの蜂の集団で襲撃する新兵器から、小型で攻撃する爆撃機、そして無人爆撃機、これ等は原爆でしか落とす事は今の所無いようです。そして低空滑降するミサイル・人工衛星に通信機器、イージス艦に潜水艦と軍備の進歩拡大は続いている。それに対し、外国の兵器の進歩を学ばないで発言している人がいて、軍備の進歩を知らないのと、国家が滅亡しない為には防衛隊が必要です。防衛隊が無ければ侵略して来る軍隊を押し返せないから、国は占領され国家は滅び、国民は侵略国に連行され奴隷にされます。それと、戦争と武器を研究開発している国は、自分の国内では戦わず、侵略する国の国内を爆破する事を目的にした兵器を使用しての戦争を画策しています。日本には、日本が滅亡する為の憲法第9条が有り、専守防衛と言うのが在り、丁寧に非核3原則と言うのもあり、最小限度の兵力を有すると言う法律もある。

これは、何処の国の為に、何のために作っているのかは、少しは分かります。世界に気兼ねしているのでしょう…。

先月（2021年10月18日～23日迄の間、核軍事大国ロシアと中国の核弾頭を装備したミサイル100発以上を盾に設置配備したフリゲート艦に巡洋艦他5隻ずつ計10隻が津軽海峡を通過し太平洋上を日本列島沿いに南下し、九州の鹿児島から日本海に出て二手に分かれ、中国の軍艦は台湾方面に向かい、ロシアの巡洋艦他は日本海を遡りロシア方面に向かった。衆議院が解散している所を突いてのロシアと中国が組んでの行動活動である。

これを見て選挙民の方々は、公約と照らし合わせ、日本防衛にはどの人と、どの党が日本を守れる党であるかを見定めてもらいたい。それは一に、敵基地攻撃能力を保有する事が日本防衛をする方です。次に、防衛費の増額を要求する事です。現在でも防衛費が不足しているので日本を守り切れていない事から、外国の軍艦が、しかもミサイルを配備した巡洋艦が日本領海内を6日かけて堂々と日本一周をしている。今回はミサイルを発射しなかったが、日本には、防戦の方法は無い…。これで皆さん国の防衛をしなくても良いのです？　日本は世界で第3位の経済大国ですよ。経常収支でも世界ランキング3位で、しかも330兆円持っているのです。（その金は予算を算出しないお金です）その国が何と、防衛費予算を1％に押さえ今にも滅亡しそうな国に成り下がっていて、防衛とは個々人の命と同じ重みのある行為で、1億3千万人の命が懸かるお金です。其れにお金をつぎ込まないで2番以下の物に99％と注ぎ込んでいるのです。もう少し2～3％位を増額し、国の平和と国民の命を守る必要が有ると思います。現在日本独自では防衛出来ず、アメリカが防衛を助けてくれなければ完全に奴隷にされる所にいます。そんな国民で良いのですか？　何か変ではありませんか？

三つ目として、憲法第9条は、大勢の人が言うように、日本滅亡への案内表示板です。『説明』します。

憲法第9条は『陸海空軍その他の戦力はこれを保持しない。国の交戦権は、これを認めない』とある。今回中露の巡洋艦からミサイルをバンバン打ち込んで来たとしても、日本憲法第9条が有る事から防衛する事は憲法違反となります。と言うのは、憲法第9条が、交戦権はこれを認めない、としています。したがって、憲法上は、日本の海上から追い出すとなれば戦争になり兼ねません、そうなると、戦争になるから、まさに難しい立場になり防戦してはいけないから、戦争仕掛けられても憲法上防戦できない。司法はどのように判断しますか？　憲法違反をして国家の平和と国民の命を守りますか。それが正常でしょう。この際どうせ憲法違反をする訳ですから、第9条の破棄を宣言しましょう。

さて、今回ロシアと中国の巡洋艦は、ミサイル100発を装備した軍艦10隻の内5隻が半周、残りの5隻が一周している。選挙中で対応に当たる政府と国会議員が不在中という中で起きた事件ですが、国会は開けません。だが、それで良いのだろうか？　日本は今、国家滅亡の危機的状況の中にあります。だがその認識を感じ持っている人はどの位いるのでしょう。

核軍事大国のロシアは、人口は日本より1千人ほど多いだけです。日本も防衛に力を入れれば自分の国は守れるだけの国力は十分持てる筈です。しかも同盟国アメリカが覇権国家で有る様に英国やEUとも協力し、AIを使った攻撃力を開発し、アメリカの攻撃力向上と、自国の防衛力強化にも繋げるべきでしょう。日本を単独でも防衛する事が可能になれば、アメリカの覇権国家活動は世界に活躍の輪を広げることが出来る。そうする事が日本の為にもなるし、世界平和にも繋がる。

日本は、国家と国民を護る為にも防衛費の大幅な引き上げをすべきでしょう。自分の命を守るためです。増額を反対する人は、他人の命に国を大事に思は無いように見えるのと、信用のおけない人のようにも見える。何故かと言うと、人の命より重い物が無いと思う事と、国家が一番大事にすべき事は、国民の命を守る事だと思う。まして今、日本が危機的状況に有る時だから、使う金が有るのに使わないで国家が亡びるのを見て、手を拱いている人を信用出来ますか？ 国が滅び、国民も惨殺され殺されなかった人は侵略国に連行され、奴隷にされるのです。嘘を吐いてそうはならないと言う人も信用できませんね。いま現実にウクライナではこう言うようになっています。

今回、国会が閉会中である事と、国会決議が出来ない事に加え、侵略されても処理も出来ないし、第一負ける事が決まっているから、胸を撫で下ろし出て行くのを願っていたのではないかと思う。

国家と国民の命と権利と財産を守ってくれる党は、どの政党かと言う事になる。

憲法第9条で、軍事強大国が侵攻してくれれば、日本は何も出来ずに手を拱いているしか能がないのです。これは、防衛費を1％前後に押さえて来た結果でしかない。

核兵器廃絶を叫び続けるのは、役員に選出された個人のその会での役員で在って、日本国民の命を守る力では今はないから自重を願う。核を増産する計画を立て、他の国との話し合いには応じない独自政策を進めている国とは、それなりの協調路線を取る中で進めて行く必要が有る。現在、核兵器保有国の幾つかの国は、使用すると言っています。核兵器廃絶運動と、核攻撃されないようにする為には、現段階では何が必要かを考え、その運動の方が更に必要でしょう。核爆弾を落とされない為には、核爆弾を持つのが一番効果的だと言われます。口先運動で核所持国から核を取り上げれる程世界は甘くは無いし、民主主義は広がってはいないだけでなく、民主主義より、社会の進歩が速い専制主義の方が広まっているのにも、若い女性には見て貰いたい。また、日本の危機的状況にある事と、滅亡を阻止し平和を維持する為には、何を如何するかを考え運動をすれば、最初に見えて来るものが有るでしょう。ところが、日本の国力を高め、平和で安定した国を築こうとすれば、あれやこれやと様々な事が浮かんで来て、普通は呼び起こされ何かを始めるでしょう。若い女性は見地が狭いように思われます。もっと広く見れば、今日本の永劫には何を1番に進めなければならないかを考えて、力を入れて貰いたい。

日本は今、防衛力が低く自国では守れない状況にあるどころか、数時間か3日で全滅します。その理由は、銃弾が3日分しか無い事と、ミサイルが0である事に加え自衛隊員が23万人しか居ません。それに引き換え核軍事大国は同盟国と友好国で3００万人4００万人といますし軍需品も最新兵器を持っています。日本もアメリカも会議をしてから立ち上がります。その間に日本は滅亡する可能性が有ります。侵略から我が身を守ろうとか考えれば、何か手を打とうと思うでしょう。何もないと思っている人は、現状の予算で良いと思うでしょう。そして現状の分析もしていない事に、結果的にも、侵略されるのも厭わないと言う事になります。未来を大切に考え希望を繋いで居る人は、日本を侵略者に渡さない為に、自分が奴隷にされない為にも、日本の周辺国の軍備増強や兵器の開発進歩状況を見ても、日本が遅れている事は解る。まして衆参両院の議員なら分かって当然でしょう。今回の中露の日本一周事件を見ても分かる様に手も足も首も亀のように甲羅の中に引っ込めたままに見える。アメリカだって戦争などしたくはない筈である。アフガンでも、国民の防衛意識が小さければアメリカも引き上げる。日本はアフガニスタンより60年以上長くアメリカに守ってもらっているのに、自分で守ろうと言う意識が小さい。アメリカ軍が撤退したら直ぐに侵略されよう。先月10月18日から23日の日本一周事件（ロシアと中国）は予行演習とも見えなくはない。この事は国民にも知らせるべき事件かもしれない。日本に防衛省が出来た頃は、日本と中国との戦力は横一列状態であったが、今では月と鼈程の差ほど開き、此の儘ではさらに広がり、防衛も出来ない状態に広がってしまう。ある野党が言う「日本で防衛費を上げる事は、外国も防衛費を上げる。そこで戦争になる」と言う。それを真面目に信じる人は世界情勢に疎い人でしょう。日本を非難する国は何でも非難します。例え日本が防衛費を上げなくても防衛費を上げ、月と鼈程の差に広げて来た。軍拡競争と言う事はあるでしょう。競争に負ければ、やがて競争に勝った国に飲み込まれ奴隷にされる。奴隷にされない為、近隣諸国との防衛力の差が出ないようにする事が重要でしょう。残念ながら、軍事費の値上げに不信を抱いたコメンテーターが日本の防衛の現状を知らないで1％と2％の批判をしていた。防衛費を削って来た結果が10月18日に明確に出た事と、今後、憲法第9条を改正出来ない事と、防衛費の大幅値上げが出来なければ、軍事力も上がらないので、侵略され、奴隷にされる日が短縮されるだろう。国民の皆さん、奴隷という言葉が時々出て来るが、マンネリ化させることなく感じて下さい。奴隷とは主人が居て、その下で命令を受け、ほぼ人間扱いはされず、売買され動物並みの扱いとなる。それを望む人は居ないでしょう。其れでしたら、憲法第9条の改正と、国防費の値上げは、自分達の自由と権利を守る物で、必要経費である事を知って貰いたい。それでは値上げする国防費を何処から捻出するかと言えば、日本が侵略され、着の身着の儘で連行される時資産は没収と無くなる訳ですから、そうした事を守る為に中流以上の人に防衛費を所得税として支払ってもらう事が良いと提案します」

17人の参加者は話の先を見ようと周囲に気を配った時、高瀬裕也が名前を言い発言を始めた。

「日本には資源が無いから何処の国も侵略をしようとはしていないと言い、憲法を改正すれば同盟国の戦争に巻き込まれるし、国連の要請で戦争地域に出兵しなければならなくなり、戦争をする事が多くなるとの野党の主張もあるが、日本は一国では防衛出来ないので、アメリカにEU（ナトー）との同盟も結びたいと思う訳です。そこで相互の対立点を対比して見て、日本人にとってどっちが良いのかを比較してみよう。

護憲派は、「日本には資源がないから侵略される事はないので、侵略はされない」と言う。

改憲派は「資源がないと言うのは昔の陸上の話で、山には建築用材木が在り、海には世界3大漁場があり海産物も豊富である上、海底にはメタンハイドレートも無尽蔵にあり、石油も他国との境界線の日本側にもある。それに世界で2番目に頭が良い人種説も現代の研究結果からも出ているのと、戦後ノーベル賞受賞者も多く出てもいるし、特許も多く取っている。

護憲派は、「憲法第9条を改正すれば、国民が嫌う戦争が多くなり命を落とす人も多くなる事から、改正反対運動をしています」と言う。

改憲派は、「日本が戦場にならない為に自由民主主義国の同盟国や友好関係を強化する事に因って戦争防止にもなり抑止力にもなる。憲法第9条が現状其の儘の状態であるとすれば、日本には侵略の魔の手が伸びて来て国土は戦場になる。現状では簡単に占領されます」と言う。

憲法第9条を国際平和への貢献と自国の防衛を主題に掲げれば、同盟国に友好国が増える事で侵略しようと考えている国は自重するから、戦争は無くなる可能性もあるが反面、国連の要請に加わる事で、戦争する事は多くはなるだろうが、それは、日本防衛にも日本が行った国数よりも多くの国と兵士や飛行機や軍艦が日本防衛に来てくれる。ところが護憲派が言うように、応援に行かなければ、日本の防衛にも来てくれないし、憲法9条の縛りが有るので戦えないし、されるがまま我慢しなければならないし、その挙句殺されるか、国外に連行され監視下で働かされる一生闇で在る。

現実問題は、日本を攻撃できる上空を戦闘機が年間1000回以上も飛来しているし、海上には大型の軍艦や潜水艦も接続水域から日本の領海近くを航行している。これは憲法第9条が作る汚点により発生している。

高瀬の主張が終わったと思い、鈴木孝雄が待ち望んでいたのか、手を上げ指名を待った。「どうぞ」と言われて鈴木が始めた。

「原爆反対は、原爆生産拡大国には少しも届いてはいないし、原爆の所持国は増加とミサイルに乗せる為に原小型化も開発している。こうした中にあって日本は原爆反対運動に力を入れているが、個別の領域でも、周囲の核軍事大国には劣勢である上、宇宙の領域と電磁波は何とか同程度ではあるがサイバーでは大変後れを取っている。北朝鮮でもサイバー要員が６５００人もいると言うし、中国では20万人とも言われているが、日本は増員され３５０人程度となったようです。この遅れは防衛費の不足とかで、中期防衛計画で示されている防衛装備品の数量は、日本列島の長い本土と島々を守るには防衛予算が絶対的に不足している。固まっている陸続きの韓国の防衛費が２・64％あるのだから、それに比べ日本はたったの０・97％です。この防衛費で長い列島を守るのに軍艦を配備するだけでも四苦八苦している筈です。若い女性には是非知って貰いたい。青森方面の船を沖縄や石垣島方面に回したりして耐えている状態のようです。これから更に苦肉の策は続くようです。

日本も、侵略されない為と、陸上での戦争を避ける為には、海上での防衛をしなければならない。それには軍艦はスピード化を図り空母やイージス艦とか巡洋艦はミサイル配備用の軍用艦が必要になって来る。この要求にも答えられるのには、若い女性の熱意も必要です。日本の防衛は、本土での防衛ではなく、海上での戦闘で終われるような防衛力の強化が必要です。それは、本土で戦闘行為があれば、ビルや家は破壊され、人は子供や女性や高齢者も殺されるからです。ウクライナでの防衛戦争をテレビで見ていて思う事は、侵略戦争をされっぱなしで有る事です。侵略戦争をさせられれば日本もこうなります。この様にならない為にはどのようにする事が良いか考え、その為には防衛予算を付けなければなりません。今安易に5年後を目標に話されているが、戦争を5年以降で間に合うと言う事ですか？　今銃弾は三日分しか無いそうです。自衛隊員も10分の1以下しかいません。アメリカは当事国が防衛する気が無ければ引き揚げます。アメリカ軍が引揚げれば、日本は数時間から数日で侵略され、日本人は奴隷として連行されるでしょう。今、防衛費は後付けさせても防衛強化策は実行するべきでしょう。それが日本の為です。防衛力を高め、日本の平和と安全確保の為です。飽くまでも韓国と同じを入れての要求であると言う事が国際関係と、野党への対応に必要である。防衛すべき国土も韓国の約4倍ある事も付け加える必要もあります。こうも言わないと外国の人も、自国の野党の人も理解しない人が多いから、防衛で2歩も3歩も先を行く韓国を見習っての予算要求で有る事を話す必要が有る。

ところで、飛来して来るミサイルを全部撃ち落とす事は現段階の科学力では至難の業と言うより無理です。攻撃力と言うのは日進月歩であるが、防衛する方向は牛車の様に遅い。この差を埋める事はほぼ無理でしょう。従って、敵基地攻撃能力を持つ事か、核兵器の保持しか防衛手段は現段階では無い。当然侵攻して来る前にはミサイル攻撃をして来るでしょう。そのミサイルの発射数を、発射した国に向けて発射する整備が出来れば最大の抑止にはなるでしょう。これは最も有力な抑止力でしょうが、現段階でそれだけのミサイルの製造は無理でしょうが、防衛の為早い段階でミサイル製造に取り掛かるべきでしょう。日本は専守防衛と言う事で、攻撃用ミサイルは持たない事で来たが、防衛にはミサイルが必要ですし、侵略して来る軍隊に対して所持しないと言う事は可笑しいでしょう。専守防衛とはスパイ活動工作の一環として作られたのでしょうか?

今日本は、AI(人工知能)や電波関連にロボット・無人機に人工衛星等に大胆投資してミサイル数量の少なさと、長い列島の防衛には軍艦の持つ数量が少なすぎるのと、AIを駆使した先端の軍需品の開発で抑止力の補充をする事をしなければ日本は沈んでしまう。これ等を若い女性が、日本の防衛を率先して学び、先頭に立って活動に精を出してくれる事が日本の防衛力向上に役立つように思う。それと、世界から遅れているのは、日本人の防衛意識や教育問題にIT産業に於いても先進国から後れをとり、部署に於いては、今や世界が後進国並みとの評価もされていて、それが様々な関係に及び、経済の発展が世界でも下位に沈み、GDPの伸び率も0・2%と下位に落ちている。所得も低迷し、人口も減少の一途を辿り輸出も年々落ち込んでいるのに、御上りさんがいて現状維持の生産組織を変えようとはしない。また若い女性の社会進出も少なく時代の進歩や社会の変革にも遅れている。

例えば日韓関係には順序を付けて改善する事が望まれるのに、若い女性が快楽的で無秩序に振舞っている事が目に付く、それでいいのかと…。また、インフレが進んでいるのに大企業がお金を貯め込んでいるのは、いつでも安全な国へ逃げ出せる準備をしているようにも見えなくもない。如何いう事かと言うと経常収支は、世界ランキング上位3位であるからだ。1位は中国、2位はドイツ、3位が日本で484兆である。この484兆円を非正規社員の形態の雇用関係を無くし全員正規社員に引き上げたら、結婚出来る人の増加も見込め、消費も増加し景気も良くなり、日銀の金利〝0〟政策が金利プラス政策に変わる可能性も含んでいる。これにプラスし、自衛隊員を男女同権・雇用均等法に従って女性隊員を4割程度増やす事も検討するべきでしょう。昔は戦場で格闘する事が予想されたが、今は武器の操作ですから男女差はあまり関係ない。映画では、男と女が素手で格闘する見せ場はありますね。それは映画の世界です。

484兆もあるのに、このままでは経済の落ち込みが原因で侵略され滅びる可能性も出ているのと、外に幾つもあるトラブルから戦争になり日本が2020X年代を超えられないとの予測をされているのも頷ける。

日本も過去に於いて、国土が小さい事と資源が無い事から資源の獲得と領土の拡張を求めて向こう見ずに侵略を始め、最後には悲惨な敗北を喫し島はとられ小さくなった。

国の拡大政策を取っている大国は、戦争で自分の国が被害なく侵略出来る確信を持てた時、戦争を正当化する理由を作り侵略に向かい短時間で征服を終える策を立て、体制と理由付けに万全を期し侵略を始めるだろう。その時は当然原爆の力を借り自分の国には被害がなく、しかも短期間で征圧しようとの方策で始めるだろう。日本の憲法9条はそうした侵略に加担し手を差しだしている憲法です。何せ、侵略されても反撃すると、憲法違反となる憲法第9条を作って大事に持っている国だから、侵略者は安心して征服出来る訳だが、人には良い人と、分からない人がいて、国家と個々人の命や財産を守ろうと言う事から、そうした人が同盟国を作り、自衛隊と軍需品を持ち憲法解釈を変え防衛に尽力しているため、容易には侵略出来ないようになっているが、しかし日本の法律家は、軍隊を持つ事や戦力を持つ事は違反だとして裁判をしたことも有ります。しかし何でしょうね。日本人が日本の国を防衛する事や、自分の家に土足で公然と入り込んで来る侵略者を追い出す事も出来ず、何をされても、我慢していなければならない、というのを若い女性の方、どう思いますか?

憲法第9条下の日本を、現在は同盟国も立ちはだかっているので、容易に、簡単には問屋が卸さない状態になっている。と言う事だが、情報網を持っている大国だから、アメリカを同盟国から切り離す作戦の手も多く持っているので、切り離される可能性も少なくはない。対象は、アジア一帯である。日本は自主防衛でも、対戦するには、領海か外に出て軍備を整え一斉に対戦するかで、国土内に潜入されたら、惨めな大被害が及び、敗北したようなものである。外国が攻撃を始めるか、又は原爆攻撃の準備完了を伝え降伏を迫って来たとしても、その行為を考えられなくは無いのと、対抗する方法も現在は、アメリカで対抗してもらう方法しかない。この時原爆不所持国の日本には対抗措置が無いため、原爆を投下されるよりは全面降伏をするしか方法は無いところだが、同盟国アメリカの核の傘の下に守られているということで、原爆所持国の要求は今の所ないだろうが、そういう事を仮想して、脅迫された時を想像して見て下さい。今は日米同盟が有るからそうした脅迫は無いが、日米同盟も絶対的な物では無く、アフガニスタンの様に日本自身が戦おうとしない戦争を、何で米兵が命を懸けて戦えるだろう。先の衆議院議員選挙の公約でも、政権を担っている立憲民主・共産・社民は片務性である憲法第9条の護憲派である事と防衛費現状維持と、戦争の抑止とミサイルの抑止の有る、敵基地攻撃能力の保持に大方進めない方向で有る。

日米同盟は、日本の憲法第9条について、米国は好感を持っていないのと、平和憲法だとも思ってはいない上、日米同盟強化の阻害の一因でもあると思っている。

日本に侵略して来た敵を押し戻す武器を持つ事が憲法違反になる事も、防衛する事も憲法違反である事もおかしいと思っている。また、国連から平和を守る為の出兵要請があっても、憲法9条の文言の中に世界平和を希求するとあるが、イラクがクウェートに戦争もしていないのに侵攻し、一般市民が殺害されるのを見て、アメリカをリーダーとする多国籍軍戦争に踏み切り追い戻した時の戦争に、日本は憲法9条の「武力の行使は、国際紛争を解決する手段としては、永久にこれを放棄する」とあるので、同盟国アメリカがリーダーであるのに、紛争地に日本の自衛隊が行く事は出来ない。という事で、平和を守る事は出来ない憲法である。仮に、攻撃されたのが日本として、アメリカ以外の国が日本の防衛に来てくれる可能性は無かったが、安倍元総理が当時憲法解釈変更で、今回日本と軍事訓練をしてくれた、クアッドの米豪印の、日本を除いた3か国と英国にEUの仏独の3か国も参加してくれている。ところがこの憲法解釈変更が無ければ、これから先、片務的でいつ壊れるか分からない同盟国だけしか日本は頼れる国はない。憲法第9条はまやかしの平和を謳った憲法であり、国連の要望にも応えられないし、日本からの応援も出来ない憲法と言う事が出来る。

同盟国アメリカに因って、日本の国は守られ侵略されずに来たから、憲法も護り続けられて来た。だが、憲法第9条は依然として日本の国を防衛しようとする前を塞いで横たわっている。憲法第9条を改正しないで、安全保障条約反対運動や憲法第9条の自衛隊の違法などの運動をした時、アメリカの国民も日本を完全に信用しない上、重複するのは日本の安全保障体制に憲法第9条の反対運動が不穏な動きに重なるだろうから、その結果、何時どういう事で同盟条約が破棄されるかは不透明である。こうなると、原爆の不所持で侵略者の要求されるが儘、成すが儘の国民になり下がり、何%の殺戮でどうにか回避され大半の者が生き永らえるだろうが、不自由な生活は当然起こるだろうし、しかも人間としての名誉もなく、国は滅亡し属国となった地区で生き永らえるか、又は、侵略した国の本国に連れていかれ、監視下に置かれ教育され、自由の無い強制労働をさせられ、子供を作れる可能性もあるのか無いのかも分からない。こうした社会に入れられるようです。これが憲法第9条を死守した結果となる可能性が大である。これでも、憲法第9条は守るべき憲法でしょうか?

国連の仲裁とは、5つの常任理事国の賛成があれば決議案は決定を見るが、一つの国が反対し拒否権を行使すると議案は破棄となる。

日本は敗戦した為出来た憲法と、原爆を落とされ被爆国として原爆廃絶運動の先頭に立って運動しているが、原爆開発を始めようとする国は、制裁されてはいるが、開発国は止めるには至っていないし、次の開発国も様々な理由を付けて核兵器を作れる最終段階まで進んでいる。今後もこうした国は出てくるだろう。また大量の原爆所持国は留まる事なく核開発を進行させている中で、日本は、核兵器廃絶を訴え、最前線に立って来た関係上、国民全体が、自国防衛に関してあまり考えてはいない事もあって、日本も防衛抑止力としての所持をしたい状況にあるが、同盟国は、日本も核兵器を持つべきであるとの助言や、環境状況から核所持に目を瞑ってくれるが、足元である日本の一部野党と支援団体に、日本に敵視政策を続けている国の反対は激烈極まるだろう。核威力はそれ程に強力であるから、世界の国々を見方に付け、2度目の原爆を投下されない為、また原爆の脅威に晒され、脅迫させない為にも軍事大国と、先端のITやAI技術兵器にロボット兵器製造に大変後れをとっている。サイバー部隊の設立強化にも、どの位後れを取っているかを北朝鮮と対比して見ましょう。

サイバー要員、日本は350人。

北朝鮮は6800人。

如何です、この遅れ、防衛費を削って来た結果です。これだけ防衛に関した遅れが出ているにも拘らず、野党の一部は、防衛費の現状維持を、2021年の10月の選挙公約に掲げて居ました。因みに、中国のサイバー要員ですが、20万人と言われています。

この差は防衛予算から出来た結果です。これが日本の防衛に関する現状です。ところでこれから北朝鮮並みに持って行く気は内閣に有るでしょうか？　旧統一教会議員の混合内閣では大変苦労するでしょう。

自主防衛が出来る兵器、敵基地攻撃能力の開発が必要不可欠であるが、それをたとえ原爆に変えたとしても、日本の地理的条件から賛成を得るのは無理であっても、隣国で行なっている敵視政策から酷い批判をされるかも知れないが、自国を守る為、ひるまず反撃しよう。日本の一部政治家にジャーナリストとコメンテーターは外国の批判に対し、反論しないように言うが、誹謗中傷に明確に反論しないのは国家の滅亡にも成り兼ねないので、反論するようにすべきでしょう。日本にはやましい事は無いのだし、過去の戦争も相手国の要求に充分応え、妥協点ですべて解決済みであるので、コメンテーターの意見に因れば総てがぶり返される。古い話になるが、紀元前814年頃シチリア島サルディーニャ島、イベリア半島の南岸を支配していた大国カルタゴはローマ軍に初めは連勝していたが、ローマの煽動作戦「カルタゴを亡ぼせ」との揺動作戦が在ってそれに反撃しなかったのが滅亡する原因になった。日本もアジアの国の誹謗中傷に安倍元総理と政権与党は反論していたが、コメンテーターの人は反対の事を言って居た。そう言えば、民放のBSにはその国の映画が随分多く放映されている。

情報戦では、日本の政府は借り物の猫みたいに静かで無口で動かないようにしているが、日本を批判している国は、日本商品の不買運動もしているので、日本の正統派の市民運動員は、日本批判に対し、批判の仕返しと小集団で、プラカードを持ってその国の批判をしていたが、運動しないよう押さえ込まれた。これは何だろう。

押さえ込んだのは何処なのだろう。日本は世界中でその一国から常に中傷的な批判をされている。それに同調するコメンテーターは日本の沈んで行くのを手伝っている訳では無いでしょうが、日本批判に批判を正当化しているような言葉を言う。

不思議に思う事は、日本人は日本の行政や社会の動きと反対を行う人を勇猛視している向きが有る。何処の国に於いても、抽象や批判にははっきり反論している。

紀元前814年頃、まだ情報が直ぐに伝わる訳では無いころでも、ローマの宣伝揺動活動に因って、それまで連戦連勝していたカルタゴが、誹謗中傷に反論しない為に滅亡した。

安倍元総理は誹謗中傷に対し反論していたが、最近また、反論しない議員が増えてきている。それは選挙応援をして貰っているからでしょうか。皆さん立派で優秀ですので反論又は論戦をして下さい。今は情報化時代で誹謗中傷が数分で世界を駆け回り、其のままにしておくと、全世界で日本が悪者になります。国の事であれば報道関係者を10人程度付けて絶えず政界を注視し、問題を見つけ検討し、反論なり論戦をする必要が有ると思う。報道する事が今後大切になるでしょう。

日本は、言われっぱなし、遣られっぱなしで今まで来たが、結果良いとは言い難い状況です。そうこうしている内に侵略を画策している国は、取るべく実行計画の中身の精査確証と、同盟国が取った時の対応や、自国が受ける損害と政府の受けるダメージ等、全て計算済で、あとは実行の日取りだけであるが、それ以外にも、偶然の切掛けで開戦になる可能性もある。しかしこの開戦は違った国への開戦となり、日本にも飛び火となる事も有りえる。何かの記念日から開戦が決行されるのではないかとアメリカは予測を立てているようだが、世界に釈明できる偶然の突発事故に因る一弾目と、仕掛けを作って侵略を開始すると言った二弾目と、三弾目は準備万端整え侵略計画の開戦となる。1と2弾目はいつ起こっても不思議ではないが、平和ボケと憲法9条で戦争放棄している日本は、一部の野党は、自分から戦争を仕掛けない限り戦争は起こらないと主張する。政府は、核軍事大国と戦争をしようとする愚かな人間は政府にはいない。それが解っていない国会議員もコメンテーターもいないだろうが、一部の野党やコメンテーターは「戦争する気かと」言う。こう言う人は何を考え、何の為にそう言うのだろう。

日本が生きて行く為には世界との繋がりが無ければ、生きてはいけないのです。例えば、日本のエネルギーの95%を外国からの輸入に頼っているし、食料の65%も外国の物です。特に燃料はタンカーで幾つもの国と国境を越えて運んで来る。この食糧と重油がなければ日本人は生きては行けない筈です。ここでも憲法第9条は日本人の滅亡をさせる為に立ちはだかっている。日本の食料やエネルギーを輸入する為にも防衛力が必要なのです。もしその運搬船が攻撃され沈没したり拿捕されたりしたら、または危険海域を通行するので航行不能に陥った場合、エネルギーや食糧不足に陥る。その時、日本の滅亡を阻止する可能性はなく、戦争しなくとも亡びる。ホルムズ海峡の航行は日本の生命線でもあると同時に、航行する船の国別では日本のタンカーが70%と多く、「自分の国の船は自分で護れ」と言われているように、ここで日本の船を守る為に武器を使うのは憲法第9条違反である。この海峡でのタンカー襲撃拿捕事件は起きていて、日本の国会でも取り上げて来たが憲法9条の関係があって航行の安全保持に有用な手立てを見つけられないまま来ている。今回日本が輸入する原油のタンカー2隻が攻撃を受け破損した事から政府が緊急を要する案件としてタンカーを護る為閣議決定で護衛艦1隻と戦闘機1機を派遣する事を決めたのを、一部の人間が憲法違反であると言う見解を述べていたが、派遣を阻止しようと言う広がりは、現在民主主義を世界に広げようとした時代とは違っている。その後退は、世界平和を考え自由民主主義社会に力を貸していた時代のアメリカが「世界の民主化と混乱している国への軍隊の派兵撤退」を選挙公約に掲げた頃から、アメリカの凋落が始まったのを意味した。そしてアメリカ大統領に当選し、オバマアメリカ元大統領が世界に発信した、「アメリカは世界の警察では無い」と言った事から世界の国々が混乱し、国内の反乱と外国との戦争状態も広がり、外国に自由民主主義を支援してきたアメリカではあったが、国費削減の為と言い、自由民主主義を打ち出している準同盟国を見捨て撤退を始め、同盟国EUから避難されると自国優先を口にして反撃もする。自由民主主義の良さを世界に広げようとして来た少し前までのアメリカと、オバマ元大統領が初回の大統領選でアフガンからの撤退を打ちだし好評を得て選挙に勝利した後のアメリカとは、世界に対して少し変化している。トランプ前大統領もまた、この方策でアメリカ国民の気持ちを掴み支持層を固め、次回の大統領選を見据えての一環として、この方策なのでしょう。オバマ前大統領とは、殆ど正反対の政策を実行されて施策をも廃止していたが、アメリカ優先策を打ち出し、この点は同じに実行している。日本に取って安全保障や同盟関係に大変な重大事態も予期しなければならない筈だし、貿易立国としてアメリカとの貿易に頼り成長して来た我が国に取って、金銭だけの計算で国交交渉するトランプ大統領は強敵で先を見通すのは困難に近い上、日本の貿易は現在伸びてはいずれ今後落ち込んで行く要素はさらに進み改善策は見当たらない。しかし、安倍元総理とトランプ前大統領との親密な関係の構築で、無理や難題が少なく日米関係は良好で、日米同盟問題・安全保障問題・貿易問題・北朝鮮の拉致問題も自ら米朝交渉の中で発言返還要求をしてくれるに至った事、核開発問題では、日本の地理的条件と環境を考慮し自衛には核保有国になる事の発言もしてくれた事と、元安倍総理が提唱したクアッド（日米欧印）の成立にも協力してくれた事と、日米同盟の片務性を無くすため安倍元総理が憲法解釈変更を国会で決議した事も安倍元総理の世界観と功績であると同時に、トランプアメリカ前大統領の信頼構築でもあった。過去の総理には見られない大きな安倍元総理の功績でしょう」

湯谷が軽く会釈し終わりますと言った。すると、佐藤は矢頭の方を向いて会釈した。話が付いていたのか、矢頭が立ち「忠則です」と言い挨拶し話し出した。

「防衛と経済とは車の両輪です。よく言われるのは『富国強兵』と言われます。一世紀前、資源が少ない日本は、『富国強兵』を謳って資源を求めて国外に進出した。今中国は『富国強兵』を進めている上、「銃口が国を統治」するとも言っている。大きくするとの考えもあるようです。米中は力関係が全てであり、日本とは米国は同盟関係で、中国と日本は「互恵関係」である。両国とも関係は深く切っても切り離せない程深い関係である。中国との関係は古く卑弥呼の時代から様々な影響を受けていた。アメリカとはそんなには古くは無いが黒船来航から近代文明を学んでいた。一つは同盟国であと一つは切っても切れない古くからの親交には警告が出ている。そして今、歴史関係と思想の相違で親交は薄い。

ところで日本は、国の安全を占領された米国に任せて来たが、今になって、マッカーサーが関与したと見られている憲法第9条で、同盟国アメリカや友好国との強い絆を持てない状況にある。この憲法第9条が有る限り、何処の国とも強い同盟や友好関係を持てないだけでなく、「世界平和を希求する」と、憲法第9条の前文には書かれてはいるが、それを次の文章で、「国権の発動たる戦争と、武力による威嚇又は武力の行使は、国際紛争を解決手段としては、永久にこれを放棄する」としている。その結果、例えば国連の平和維持活動の要請が来ても参加出来ないから、日本が何処かの国からの侵略を受けても、何処の国からも応援されない事になる。これでは、世界平和の希求も、日本の平和維持にも巧妙のない空呼ばわりの文言である。従って憲法第9条は、この点からも改正し、世界平和と、日本の平和と自由民主主義と防衛を基本にした、日本人の意思を入れた憲法に改正すると同時に、自由民主主義国家と双務性の持てる、同盟国や深い友好関係の持てる憲法に改憲する事が日本の未来永劫の為にはやらなければならない事でしょう。

日本には今迄資源が無いとされて来たが、海底資源としては、メタンハイドレート（シャーベット状で海底に眠って居る天然ガス）が、何百年消費出来る程の量が横たわっているし、金、銀、銅の外レアメタル（希少金属）等を含んだ海底熱水鉱床が多数発見されている。レアアース（希土類）も泥状になってあります。石油が国境を挟んで日本の海にも広範囲に横たわってもいる。この他エネルギー関連では、日本近海を流れる黒潮の潮流発電は大型船をも流す程の力は莫大で、一定に保って流れているので風力や太陽光発電よりも安定した発電が期待できる。経済安全保障の観点からも再生エネルギーや、鉱物資源の独自調達を進めるべきでしょう。海底海洋資源の利用には、採算面で当初資金の調達が困難な事から手が出ないようですから、政府の支援が必要でしょう。経産省は、来年（2022年）から1年程度で30人から50人の起業家の支援を行うようですが、日本では熱エネルギーを海外から輸入していることやCO_2削減の目標にも役立つ、メタンハイドレートの採掘会社の設立企業支援をお願いしたいのが1点。2点目は、レアメタル（希少金属）や金、銀、銅等を含んだ海底鉱山からの採掘会社の設立である。3点目として、レアアース（希土類）の海底からの掘削会社の設立です。採算性に課題が有る事と当初経費が掛かる事から手が付けられていません。更に、黒潮の潮流発電に付いては発案も在りません。アメリカの調査会社によると、新興企業「ユニコーン」（約1150億円を超える未上場の新興企業）は、今年9月時点で、米国は424社、中国は165社、日本は6社と大きく水を開けられています。これ等は日本の経済の発展と富国にも繋がりますので、ぜひ取り組みをお願いしたい。

次に、水産資源です。

日本沿岸部には「世界3大漁場」の1つが有ります。日本に近い公海には外国の大型船の操業が増加しています。日本の漁業従事者の操業実績は現在ピーク時の2割以下です。小型船の操業には危険が伴う事と漁獲量の減少から、若い従事者が敬遠しています。日本も、小型船から大型船に切り替える時期に来ています。特に、日本の海を守っている尖閣諸島の漁師には大型船を貸与するべきでしょう。海の資源を開発する事に因って、以前、世界一の造船業を誇っていた日本だが、世界の十傑にも上がらず、韓国にも差を付けられている有様です。造船業・海運業の発達も、国の安全保障上の基盤強化にも繋がる筈です。最近、多くの国々は大型船での漁獲量を主に力を注ぎ、水産資源の争奪戦が繰り広げられ乱獲が問題化している。この結果、これだけ急峻な深い山林から流れ出る清流と、日本全土を包んでいる海に囲まれていながら、魚類が輸入されてスーパーの一角を飾っています。不思議には思いませんか？　自然界の利用ですが、日本は又将来を見据え、「捕る漁業と育てて取る」の二刀流の力を持っています。海の養殖業も清流の養殖業も細々と、個人経営で男性がやっているが女性の参加と企業で大きな養殖業に広げる事が出来ると思う。ここも政府の企業活動の一環として成長産業にする事を提案したい。日本の養殖技術は世界でも最先端の技術を持っていますが、個人経営が多く起業家によって大企業経営が望まれます。こうした取り組みで、世界に養殖した魚類を輸出する事も出来るし、結果造船や海運の発達にも繋げる方向で進める事が出来ると思いますので、政府の支援をお願いしたい。

日本の3分の2を占める山林には家具や建築用の杉や檜に様々な用材が切り時にある。降雨量も多い事から水資源も豊かで、清流の美味しい淡水の養殖業にも適しています。また、自然を其の儘で熱量を生み出す工夫。

日本の急峻な流れを其の儘に利用し、ダムを造らない発電所の設置は有望でしょう。経費も安く工事日数も、普通1日程度で可能ですし、大きな川で、引水をする場合にはその工事日数や費用が嵩みます。簡単に説明すると、円状や角上の長い管を川に敷設するだけで発電が出来ると言う管で、その管の中に発電装置を工場で作りその管を急流に設置すれば発電するという管である。管の種類は水量の少ない場所用の細いものや、水量の多い場所用の物を作り、繋げて長くも出来るようにして、水を管の中を流し、圧力でスクリューを回転させ発電をすると言う物です。注意する事は、集中豪雨時の川の反乱時の破損被害を受けない為に直流の場合は、管の両側に太い鉄の杭を斜めに、発電用管の長さに打ち込んで固定し、水量の増加に因って、自動的に上下し破損から守れるように設置するか、水を横に回し設置するようにして、耐用年数を伸ばすような工夫をする。これで発電は完了、方法も簡単です。

ここからは、少しだけ教育関係になります。日本人は、世界第2位の頭脳を持っていると言われています。1位は小さな国です。その頭脳の開発利用をしなければ、宝の持ち腐れになります。現在特許数ではアメリカや中国に桁違いな程少ないようです。何故なんでしょう？ 其れは、あまり必要のない教科が多い事に起因しているようです。例えば国語ですが、将来文学に進む人は、それは必要でしょうが、そうでない人は、文法は試験の為の教科のようで何の役にも立ちません。この時間を物理や化学等に英語や中国語にインド語（英語圏と人の多い国です）等外国語の時間にする事で特許や国際感覚が身につく筈です。

起業家の支援ですが、次は、清流に住む淡水魚の養殖場開発支援です。

日本は山が高くその渓谷を清流が走っていて、魚影が美しくカラー模様が綺麗で姿が美しいヤマメにイワナ等中型で美味な清流の味が有り骨が柔らかくて食べられる日本特有の魚がいます。海の魚には無い清流の味が有るのだが、養殖が進んでいない。又、海から遡上する肌も綺麗でスイカの香りもするアユも昔は何処の川でも見られ、解禁日には、川の両岸に釣り天狗が前日から焚火をして場所取りをし、夜明けを待って長い釣竿を両岸から重なる程に伸びて来て、交互にアユのいそうな所を攻め交互に釣り上げていた程だったのと、橋の上から澄んだ川の流れの中が見え、水中に群れを成し大小様々な魚が泳いでいるのを見る事が出来たが、今は魚影も全くない。それでも以前は魚を狙う害鳥が見られたが、食い尽くされ今はその鳥も河口近くでは見られるが、川の上流では見られなくなった。東京多摩川の立川や、浅川の八王子辺り、

50年程前には走る電車の車窓からから釣り人が見えたが、それが時代と共に害鳥しか見えなくなり、その害鳥も今はほとんど見えなくなった。川で繁殖できる魚は食い尽くされ、絶滅している。海から遡上する魚だけが中流域まで遡上しているようです。人間も今は善と悪との判断が付かないようで、渡り鳥が運ぶ鳥ウイルスが、鳥の飼育場や養豚上に運んで来てニワトリ数十万羽や豚の数万頭を殺す事になっているのに、その鳥をビルの屋上や川の中州とかに保護要地を設けたりしていて良い事でもやっているように思っているが釣りを楽しんでいる人や、豚や鶏を飼育して生計を立てている養豚業の人や、鶏を飼育している養鶏農家にとって、生死を分ける大問題でもある。昔は猟師大勢いて大型の鳥やシカやイノシシや熊を獲ってくれたが現在は少なくなった事と、川は人家の近くを流れている場所が多い為禁猟区で、また禁猟期間が長い事も有って害鳥獣が増える一方なのと、これから先、渡り鳥がどんな鳥ウイルスを運んで来て人に被害を及ぼすか計り知れない。また山に行けば熊がいて人を襲い殺傷事件を起こしている。猿も増えて農家は頭を抱え、廃業する人や、漁業も海獣で一集落が廃業に追い込まれた地区もある。春は山菜取りや山登り、秋はキノコや木の実取りに山登りと行楽に出かける人が多いが、クマが出る地域は広がって、早朝から夕方まで畑に行くのも恐ろしく、夜の通勤帰りにも恐怖を感じる時代になっている。害獣の専門家は「山に木の実が少なくなったので、クマが人里に現れる様になった」と言うがとんでもない。熊のメスは、縄張りを持っていて、自分で生んだ子熊でも2年経てば自分の縄張りから追い出すので、山の方々には他の熊の縄張りが有る事から、人里には縄張りが無いので追い立てられて出て来てみれば、山中よりは旨い物が簡単に手に入るので追い立てられない限り出没する。農業や漁業を営まない人に、山登りや釣りをしない人で都会に住んでいる人には、害鳥や猿や熊や害獣の出没などは関係がないでしょうが、専業農家や漁業関係者は命が掛かっています。これから起業を目指す人にも猿や熊に猪やハクビシンにアライグマは大敵です。人は農漁村から出て行く人が増えると言うだけではなく、地方では過疎化が深刻でもある上、小中学校も3校や4校廃校になる程人口は減少しているから数十キロに渡って本屋も無い地区もある。こうしたことに全く関係の無く、時間に余裕のある人や鳥獣害を受けない人が害鳥獣保護を叫んでいる。蚊やノミやダニにスズメバチに蝶・特に紋白蝶などの為毒の有る駆除剤を散布する事になる。其の駆除剤を散布したキャベツやブロッコリーに白菜・トマトにそしてキュウリ・桃やプラムを人は食べる。小さい虫や昆虫の駆除は何時でも出来るが少し大きい害鳥は保護をしている。例えば泥混じりの砂浜を浄化してくれる小さな昆虫を掘り出して主食としている渡り鳥の害鳥に、魚専門に食うアジサシや他無数の害鳥、川では真っ黒な大食いの鵜。そして猿に熊である。九州には熊が居ないので生活に良い影響をもたらしていると思うが、人は慣れると気付かないが熊が居る所から見ると羨ましい限りである。害虫蝶鳥獣、これ等がいないと人の生活幅は広がる。何でこんな事が憲法第9条に関係あるかと、お叱りが出るでしょうが、日本は熱量の95%は輸入で有り船で運ばれてくる。輸入が止まれば計算はしなくても6割以上の人の職は無くなり死ぬかもしれない。また、食品も今は6割以上が輸入である。これが止まれば、国内でも農家の生産者と、非農家や小農家の生産物の争奪戦が起きて4割以上の人が亡くなるでしょう。そこで、止まる事の無い海流発電や、水流発電の起業家への支援には、大きな費用の補助金が必要でしょうが、農漁業には鳥獣害の駆除を人も知る必要が有る事と、大きな事業にする為には、政府が起業家を募集し新興企業の支援をして、アメリカ、424社、中国165社、日本6社と少ない。これは日本が今のままで良いという考えから、日本の非正規社員が多い事で、購買力は低く、国力は小さい事と、自国防衛を考える国会議員も少ない事から防衛予算を今迄どおりで良いと言う意見を持つ政党が、2021年の10月の衆議院議員の選挙公約で防衛力の強化が必要であると言う事の判断は、防衛費の値上げと、敵基地攻撃能力の所持を公約に掲げて居る事が判断の基準になるでしょう。

日本は、憲法問題が有る事から自国を守る為に、1950年警察予備隊を発足させ、保安庁保安隊に変更し、次に防衛庁陸上自衛隊となり、そして4度目で防衛省陸上自衛隊と、庁から省になったが、隊員も防衛予算も1%と増えてはいない。

防衛はアメリカ任せで来ているが、アメリカだって戦争は嫌いである。故に、オバマ元アメリカ大統領は中東から兵士を引き上げると言う事で多くの支持を得た。バイデン大統領は、「アフガン自身が戦おうとしない戦争で米兵が戦い、命を落とす事は出来ない」と述べている。日本人の政治家やコメンテーターは「対米重視」の思いと、「アジア重視」の考えが有るが、双方とも相手側の考えが有り、「対米重視」の場合は、今迄と変わりがないが、「アジア重視」の場合は、歴史問題や思想問題もあるので、侵略した国とは同等では無く、集団居住区に移され監視と思想教育も有るでしょうし、強制労働もあり自由ではない事は決まっている。一部の政治家やジャーナリストやコメンテーターは国民の何割かはアジアをえらんでも今までどおりの居住や自由や権利があると思って居るようだがそんな事は絶対なく見誤りです。

台湾は、米国のアフガン政策を見て、蔡英文総統は「台湾の唯一の選択肢は、自らをより強くし、より団結し、断固として自らを守ることだ」と談話を発表した。自衛力の強化であると断言したのである。そして、やるべき事は、自衛力の強化で有ると断言し他国の動向を見る事ではないとしている。台湾は小さい島で人口も日本の4分の1以下であるにも拘らず、自衛力を強化し、海上決戦と水際は撃滅の構想を掲げ、不沈のイージス艦になる決意を決めた防衛構想だと言い、自由と民主主義を掲げ、人道重視の世界に誇れる国である。それに引き換え、日本は如何だろう。世界第6位の領土領海を合わせ持っているにも関わらず、防衛力は台湾とほぼ変わらず、兵力は韓国の3分の1以下ですから、自国の防衛は当然できずアメリカの力に頼っているありさまです。ところが今の日本の現状は、アメリカ軍がアフガンから引き揚げた理由に該当しなくもないのだが、アメリカがアフガンから撤退した理由を知らない人が多く、憲法第9条の改正ではなく、自衛隊を追加明記すれば良いと思って居る人が多い。この追加明記はアメリカのバイデン大統領がアフガンから撤退した理由を知らない事と、ロシアがウクライナに侵攻しない前の、憲法第9条改正のたたき台としての素案の様に話された事で、憲法改正しなければ自衛隊を明記しようが憲法に違反する事と、矛盾を書き込んだ複雑な憲法となり収拾が付かなくなる。

『日本が戦おうとしない戦争を、米兵が戦い命を落とす事も出来ないし、アメリカ本土にも火の手が飛んで行く可能性が出れば日米同盟は破棄される』事もある。と考えねばならないだろう。今の日本はこんな状況下に有るのを日本の国民は気付いていない。

日米同盟強化とか、防衛協力の進化とかを政府は言い現実を濁している。

蔡英文総督が言うように、米国の動向を心配する事では無く自衛力の強化で有ると断言している。それに引き換え、日本政府も国民も、自衛力強化策を案じず、侵略されても対抗案も無く、そっとしていて公表もせず、挑発され続けてもいる。此の儘では日本の国際的な立場も損ねる恐れがあるだけでなく、ＥＵに加盟したくても断られる可能性もあり、多くの国民が知らない間に侵略される事すら予期の内にある。

蔡英文総統の談話は、「台湾の唯一の選択肢は、自らをより強くし、より団結し、断固として自らを守ることだ」と。

それに引き換え、日本では政権争いが支流で、２大政党制を目標にして正反対を主張している事から、国力は低く、団結はしないし、国民も自国を守ると言う事は言わないから、国力は落ち危機的状況をひた隠しのようにしている訳ですから、状況報道は少なく見える。

日本は団塊の世帯が積み上げげた、世界第3位の経済大国ではあるが、今では、発展途上国並みと言う評価もあるのと、非正規社員制の導入に因って、平均給与が世界は、グラフの線が35度前後上に向かって伸びているのに日本のグラフ線は何十年も前から横這いで有る。此の頃から結婚率も下がり、当然の事だが出生率も下がり、購買力も下降線を辿り、今では、低い線が横這いに伸びて行くが、国内企業の内部利益蓄積に当たる留保は、21年3月末時点で４８４兆と過去最高となっているが、日本国も２０２Ｘ年内に滅亡すると言う説もある。国会議員も人気投票の傾向もあるのと、形式上宗教団体の選挙応援に因って議員になって居る自民党の議員も多々居る事と、膨大な日本の金が霊感商法と言うか因縁商法に因って吸い上げられ国外に持ち出されている。その根幹をなして居るのが日本の政治を動かしている国会議員で在る事から、日本の行方は急に暗雲が立ち込め混沌として来た。政府の役員人選に当選回数5回とか6回を線引きしている事と派閥から選んでいるので大変でしょう。また国民の支持率の評価を受ける事か大衆の人気を得る為と政策の本流を進める為と、国家防衛の為と憲法第9条下で国防を進める事も難しい。また日米安保条約が有る事と、その条約を国民の大多数が誤解をしている事も理解させなければならないでしょう。この条約は永久的な物でもなければ、万全な物でもない。日米双方の何方かが破棄すると宣告すれば条約は無い物となる至って簡易な条約で、しかも攻撃されたら直ぐ反撃するのではなく、日米両国会議を開いて、結果反撃すると言う事である。ウクライナの戦争は長く続いているが、日本への侵攻は数時間か3日程度で終わる。何故なら日本は国土が狭く、兵員は23万人で、軍事力は最小で有り、銃弾は3日分しか無く、ミサイルも無いし敵基地攻撃能力（反撃能力）も無いし、侵略国の軍艦が日本列島に自由に近づく事も上陸することも出来るし、無防備で殆ど兵員もいない。全自衛隊員が23万人しか居ないから自衛隊員の配置も出来ないのだ。

台湾は小さい島国で人口は日本の4分の1だが兵員はほぼ日本に近く島が急峻で上陸出来る箇所は少ない様なので兵員を配置出来るようであると同時に、日本の様に逃げ腰や及び腰ではおらず、堂々としている。

ところが日本は如何だろう。領土領海を合わせれば世界第6位の領土を持ちながら、自国の主張もはっきり出来ず、口頭でEEZの主張をするのみで在り、結論的には無視の常態で繰り返され侵犯され常態化されている。

自分の国を自分で防衛しなければ、米軍は撤退する可能性が含まれているのを政治家も国民も知ってか知らずか放置している。台湾は其れを知っているので、アフガンの二の舞にならないよう蔡英文総統が直ぐに談話を発表している。再掲です。「台湾の唯一の選択肢は、自らをより強くし、より団結し、断固として自らを守る事だ」と…。

蘇貞昌行政院長「自らを助ける者だけが、人に助けられる」と語っている。

米軍がアフガンから撤退した理由は、「アフガン軍自身が戦おうとしない戦争で、米兵が戦い、命を落とす事は出来ない」と、バイデン米大統領は述べている。

さて日本はと言うと、日米同盟の強化を相変わらず口先では言っているが、施策は見当たらない。アメリカ人とすれば日米同盟が、戦争が無い間は有っても無くても問題がないが、日本が戦争に巻き込まれた時、其の相手国が核軍事大国でアメリカにも核攻撃がされる可能性が出た時、アメリカ国民は日米同盟の打ち切り運動をする可能性がある。

其の大きな問題の一つは、アメリカ軍の維持費負担の問題。其の二、沖縄県民の米軍への対応の問題。其の三、普天間基地への対応の問題等から良い印象は当然持たれてはいない。

沖縄の人たちは今何方に付くかである。アメリカか重視政策を取るか、アジア重視政策を取るかで。アメリカ側重視政策の場合は今迄どおりだが、アジア重視派政策を取って、国の流れがその方向になった時。日本とアジア側は歴史問題もあり、思想が違う事から沖縄人は、侵略して来た国の寒い地方に移送され集団住宅に移され、思想教育を受けされ、教える側の満足がいくまで教育は続くし、自由では無く監視され、強制労働も有るでしょう。

本土でも、現在二手に分ける事が出来るようです。それは2021年10月の選挙公約ではっきり出ています。防衛政策を重要視するか、今迄どおりの自国を守れない防衛政策で良いと言う政策を支持するかである。又、日本ではどちらとも言えないと言う、曖昧と言うのか、中間を行きたいと言う事なのか分からない、というのが有るが、これは戦力にはならないので良い選び方の要ではない。で、日本が侵略されれば奴隷にされる事は知っておくべきだろう。アジアの覇権主義国家は、思想教育が有る事と、集団住宅に入れられ監視付きで強制労働もあり自由はないでしょう。それを知ってアメリカ重視政策派か、現状維持派は自国防衛関係上アジア重視政策派と理解されるでしょう。

台湾は、国土は日本の10分の1で、人口は2360万人で、兵力は21万人で、日本の兵力23万人より、台湾の兵力は2万人少ないが、団結し、断固として国を守ると言う。それに引き換え日本はどうだろう。世界第3の経済大国で内部留保分が21年月末時点で484兆円も積み上がっていて、経常収支ランキングで世界第3位である。其の日本が、自分で自国を守る能力が無いし気力もない上、侵攻されれば3日も持たない状態に在る。と言う事は、外国から見れば、国が混乱している事態で在るかの様に見られる事にも繋がり存亡の危機にもなり兼ねない。

安倍元総理が残した外交の功績は多くあるが、その中でも、オバマアメリカ元大統領から引き出した『尖閣諸島は、アメリカの防衛範囲で有る』と、言う事を頂いた事の他にも、TPPやクワッドに憲法解釈の変更等で日本の抑止力は大きく変わったが、その後、日米同盟の強化は進んでいないまま、10月の選挙の公約で防衛強化に良い影響は齎《もたら》されてはいない。唯、日本維新の会の躍進は光っていて、良い影響を齎したようである。当然、アメリカも同盟国である日本の選挙には関心を持っているし、22年度の参議院議員選挙と、沖縄県の知事選挙には配意していると思うが、特に沖縄県の知事選挙には、日本全国の関心は集まっている。これは沖縄県民だけの事では無く、日本全国民の問題でもあるからだ。何故かと言うと、この選挙は、日本全体の防衛に関わっているからだ。何が、であるかと言うと、アメリカがアフガンから軍隊を引き揚げた理由とも関係が有るからだ。沖縄の選挙は、アメリカ重視政策を取るか、現状維持は政策を取るかの選挙戦であるからだ。勿論本土の選挙もこれからは、その何方かを選ぶ選挙になる。実際、こうした選挙だと銘打っているのではないけれど、この選挙に因ってアメリカ国民が、日本人を評価する見方と、日米双方の政治家の評価と、日本国民が、米国の防衛評価をどれだけ感じているかの評価もある。この他の評価もあるが、アメリカの評価次第では、日本から米軍を引き揚げる事態に発展する事態になる可能性もある。この時、日本では自衛力も無いし、核爆弾も無いから当然侵略される。此処に至ってアメリカ重視政策か、現状維持派かの結果がでて、日本の未来永劫に繋がるか、日本名が消えて、新らしい国名でアジアの属国になるかの選挙でもある。このアメリカ重視政策を取るか、現状維持派を押すかの重大な選挙である。前回10月の衆議院議員選挙公約がアメリカ派か、現状派かの判断基準になっている。

先日、2021年12月10日の読売新聞に掲載された一部を抜粋したものであり、22年度の予算案とは関係がないが、今後の政局の方向性を占う事で明示出来るのではないかと記し、今後政局運営に期待し、関係あると思い維新の会の馬場共同代表の「強い決意を示してもらえないか」と頼もしい発言があったのに対し、

首相「私自身、真剣に向き合っていく強い覚悟を持っている」と応じている。

この会話は衆院代表質問での事であり、ここで記しているのは、22年度の予算案ですが、日本では未だ2%と国民の命を守る為の防衛費を組み込んだ事が無い。隣の国の韓国では2・64%の防衛費を取っていても、18歳から2年間の徴兵制もあるが、最近では多くの点で日本を追い抜いている。しかも、韓国の兵力は約63万人、日本は23万人、韓国はその他「予備役」が300万人と「民防衛隊」が400万人以上存在すると言う。

国土は韓国の日本は約4倍ある。人口は倍あるが、「予備役」や「民防衛隊」近い即応自衛官に予備自衛官と予備補助自衛官で6万521人と少なく観光の700万人には及ばない。

日本は自然災害が韓国より遙かに多い国です。台風もそうだがゲリラ豪雨も多い。況して地震や津波も世界と比べても問題にならない程多い。東日本大震災の脅威はまだ忘れてはいないでしょうが、ここで自衛隊災害派遣数は10万7000人が投入されているが、自衛隊員の約半数に当たる。今後予想される南海トラフ大地震は最大で死者32万から33万人と予想されているので、災害派遣に必要な人員数は約160万人となる。この他、岩手県沖の日本海溝地震で20万人、北海道沖の千島海溝地震で10万人の死者数が出ると予想されている。この二つの地震

は寒冷地と言う事も有るので低体温症にならないような対策をする事も必要になる。この他にも大地震の予想もされている…。

自然災害と外国の侵略とが同時に起きる可能性もある。こうした事に備えて、アメリカでも国外の脅威には主として国防総省が対処し、国内の脅威には国土安全保障省が対処する仕組みの二本立てになっている。韓国では有事は予備役が、有事と災害時には民防衛隊が当たるようである。

さて、日本では白物家電や大型の軍艦製造でも韓国に抜かれているし、防衛力から基礎的な防衛の在り方から考え方迄まるで遅れている。有事と自然災害への対処では防衛の仕方もまるで違うのに、少ない自衛隊を頼り切って、それが本来の仕事だと思い込んでいる人も多い様です。韓国と人口比で自衛隊員を割り出せば120万人超えとなるし、予備役と民防衛隊では1400万人以上になる。そして防衛費は韓国2・64%に対し、日本は0・957%です。日本は世界第3位の経済大国ですが、それが何と防衛費がGDPの0・97%です。

これで日本国民は自国を守れると思っているのだろうか？　疑問は平和が続いて来た事で国際情勢に無関心であるようである。それでも最近テレビで国際情勢を取り扱う放送が少し増えてきているが、関心を持って見ている人は多くはない。その結果なのだろう。防衛費が0・97%に閣議決定された。

日本は米国に因って平和が保持されて来たが、アジアの3つの軍事大国の拡大化に因ってアメリカの凋落と言う流れの中で、日米同盟が後退する3つの流れがある。その一に日本人が、自分の国を守ろうとしていないのに、アメリカ人が何で日本防衛の為命を懸けて戦えるかと言う問題である。アフガンからの撤退もこの事で始まっている。林外相も、『日米同盟は外交安全保障の基軸だ。とし、自らを守る体制を抜本的に強化し…』としているが、年々拡大している軍事訓練等での経費分や軍備開発費には1％以下の防衛費では当然付いてはいけないし、『自らを守る態勢を抜本的に強化し…』としているが、防衛費を0・97％に一閣僚として押さえた事から判断すれば勇ましい事を言うが口先だけに見えるのと、私が「中国に近い」との指摘もあるが、（そうではないとの）理解は、閣僚として、防衛費の2％台の要求をして居るかで決まりもしよう。だが、この予算ではじり貧に、滅亡へと落ち込んで行く。防衛費も少なければ、国を守ろうと言う青年も15％と少ないし、母親も戦争反対である様だ。又政治家も口先と実の有る無しの話や態度方針とを米国の政治家や国民の見方は違う。判別は防衛予算で理解され、アフガンの二の舞にならないよう、アメリカが引き揚げたら日本の滅亡はあり得る。その引き上げる理由が出来つつある。今あげたように防衛予算の低さにある。今安全なEU内でも2％台であるのが、滅亡の危機的状況の中にある日本で0・97％とは低過ぎませんか。

其の二は、米国の世論と、米軍がアジアの軍事大国との衝突を避けるため、介入を見送る可能性と、核戦争にならない為の取引等で、日本を見捨てる場合もある。

其の三、米国の国防予算が大幅に削減され、事実上軍事能力がアジアの軍事大国より落ちた場合である。事実米軍の来年度予算は大幅におちている。このため、バイデン大統領が言うように、同盟国には役割分担を増やす事が求められる。心よく、米国のアジア・太平洋戦略に可能な限り協力する事となれば、それも防衛費の増額に繋がるでしょう。その他等閑にしているミサイルも開発出来ていないし、軍艦も不足しているし、自衛隊員もえらく不足しているし、サイバー要員も話にならない程少ない。例えば北朝鮮でも6800人いると言うし、中国は20万人いると見て居るのに、日本は350人である。笑えないだろう。これで本当に日本が守れるというのでしょうか。アメリカ軍がいるから奴隷にされていないが、アメリカ軍がアフガンから去ったように、日本から去れば、日本の滅亡を救うのには何が現時点であるでしょう。日本は防衛に関して何をとっても不足している。それが言葉の上では「国際社会の平和と安定の礎の役割を果たしている…そして防衛協力を更に深めながら…」としているが、外国の侵略を阻止できるような進んだ兵器は何一つないのが現状である。その上、隣国は防衛費が2・64％に対し0・97％が日本の防衛費で在り、隣国の国土より約4倍・人口は2倍あるにも拘わらず、兵員は隣国約63万人、日本23万人である。そして隣国は『予備役と民防衛隊を合わせた総数700万人』日本は『即応予備自衛官と予備自衛官・予備補助自衛官で6万521人』と少ない。隣国を基準にして『予備役と民防衛隊』を計算すると日本は1400万人以上となる。

日本防衛に当たって、閣議決定した予算要求が依然少ないのは、閣僚の中に現在日本の危機的状況も良し、と捉え、滅亡を予知しての謀なのか、社会への気遣いなのだろうか。しかし防衛費2％以上の狼煙を上げてくれた人と、国民の命と平和を守る為と、有事や自然災害に対する取り組み拡大と、国家安全保障戦略の為に、防衛費を隣国に近付ける予算を組んだと言って国民を説得すれば民主主義は守れる筈である。

それが軍拡競争となるから反対すると言う政党もあるけれど、軍拡競争で在っても負ければ滅亡する。そうした政党を支持して行く事は、その人の自由だが、負けて奴隷になるよりは、今の主流である日本防衛強化に基軸を置く事を進める。備えあれば憂い無しで有る事から、侵略されない為にも防衛力強化は必要であり、競争に負けない限り滅亡する事も無いし、競争していく限り後退も無く社会は進歩して行く。日本は其れだけの資産と資源と技術力と能力がある。

現時点では、日本は台湾以下の精神と、防衛力も無く、アメリカのご機嫌取りでどうにか国の防衛が出来ていると言った状況にあるが、これが日本の真の姿ではない筈である。先程も触れたように、世界の潮流が二分しているように、「アメリカ派」と防衛が出来ていない現状でも、其のままで良いと言う方の「現状維持派」、あるいは「アジア派」とに二分されている…。

今は兎に角自主防衛出来る様にする事が大事な筈です。では、憲法第9条とは何なのか、鳩山一郎首相見解では『座して自滅（滅亡ともとれる）を待つべしと言うのが憲法の趣旨だとは考えられない』と述べている。

国際法でも、自衛を推奨している。何故かと言うと、過去の歴史から見れば、占領された国々の惨めさを見て来ているから、自衛する事は、その惨めさを払拭する為に必要だからです。国連でも推奨しているのに、日本の憲法改正が出来なかったのを、今国会12月10日新聞に掲載された発言者、維新の馬場伸幸共同代表の憲法改正について「論議が停滞して来た要因は、オールド野党の必要な妨害と、本気度が疑わしい自民党の優柔不断さに尽きると』と断じ、「自民主党総裁として憲法論議を主導する強い決意を示してもらえないか」と迫った。これに対し、首相は「私自身、真剣向き合っていく強い覚悟を持っている」と応じている。

日本の憲法第9条は、国民を守らないとはっきり謳っている下位の憲法である事を認識して貰いたい。何故かと言うと、護憲派の言うように、憲法を守っていたら、竹島や北方4島のように総てアジアの隣国に侵略され、国外の集団住宅に入れられ、監視の下思想教育を受けさせられ合格した者は強制労働に付くようになる。しかもロシアに押さえられている択捉、国後島には地対艦ミサイルシステム「バスチオン」の配備をしている。これは日本向けのミサイル基地な筈だが、新聞では、アメリカ向けだと紛らわしい説明をしている。その後の新ミサイル基地、マトゥア島(松和島)は、千島列島で、日本から離れた北に位置しているので米軍を牽制しているとも読める。こうした事からも、日本は現在危機的状況にあるのを、国民はあまり理解していないが、知るべきです。

国防についてだが、防衛装備品は自分の国で作れる事が必要不可欠な筈である。ところが機関銃の生産を大手メーカーが撤退したと言う事と、自衛隊車両の新規開発を行わないと言うメーカーも出ていると言う。今迄、防衛装備品は輸出を行わない方針で来た事から、開発費が係る反面納入先が限られている関係で、利益率が少ないので、国内企業の新規参入も無いまま、撤退が増せば防衛にも支障をきたす。政府は、国民の理解を得る様にして、今回バイデンアメリカ大統領主催で開いた、民主主義サミットの参加110か国の内で日本との友好関係の深い国にとの、互いの防衛協力と平和発展の為に、防衛産業維持発展に　政府も真剣に向き合うべきで、防衛軍需品の輸出も、輸出先の国の状況を見て販売や支援をして生産の拡大を図るべきでしょう。ロシアや中国と北朝鮮で今回発表したマッハ10の超高速のミサイルですが、日本では30年前に実験段階で出来ている物です。このように進んだ技術を開発しながらも防衛費の無さから作れないでいる。しかし今回、長射程巡行ミサイルを艦艇や戦闘機から発射可能にする開発費393億円が盛り込まれたと言うが、少ないし、満願ではないでしょう。

防衛装備品の多くを外国に依存する事になれば国の危険度も増す事にもなるし、高騰する可能性も出て来る。外にも軍用機からミサイルも外国に頼っている。ミサイルも軍用機も国内で作れる技術は、日本にはアメリカより進んだ変則と速さを持ち備えている。これを作り出して米国の主力ミサイルに提供する事も、アメリカの支援になる。

戦闘機だが、航空機をホンダが短期間で作ったが、一方、部品をアメリカから輸入しているにも拘らず何年懸けても完成しない有名大企業もある。部外から見ていれば癒着している様にも見える。ミサイルも軍用機も防衛省とホンダで開発すれば早期納入に漕ぎ着けると思う。また機関銃ですが、全世界に広がっているロシア製の機関銃は部品も少なく、成功で容易に作れて、内戦最中にある反乱軍自身が、ロシア製の機関銃をまねて作って内戦に使っていると言う。これも本田と防衛省で開発しホンダに生産を依頼する事が最善の策だと部外者は思うが、ホンダが協力してくれるかは分からないけれど…。

以前、日本の領海内で石油が出る事が分かっていたが、今の経産省ですか、海底からの採掘には費用も掛かるので、石油は買った方が安いと言う政府事務方の意見で採掘しないで来たのは大間違いで、国土領有権に火種を残し戦争に発展する可能性も出て、日本は採掘の言葉も閉ざした。これも防衛予算の少なさかと、憲法第9条の関連からで、日本の領海にある石油も掘り出す事も出来ない。

軍事大国のトップが言うように、国の発展には、「富国強兵」事を上げている。これは昔から言われているので、古い考えだと言う人もいるが、それは意気地の無い人の戯言に過ぎない。兎に角国が富む事は、侵略されない為の防衛が必要であるからで、過去、国が富んだが滅亡した国は多くある。現在も国が裕福でも小国である為、軍事力は小さいから、隣国の軍事大国に侵略されそうな、滅亡が危ぶまれている国は幾つもある。又、貧困に喘いでいる国もあり、そうした国は、資源が無いか、得てして文明が遅れていて、更に政局も不安定である。

日本は全体が海に囲まれた海洋国家であるのと、平地が少なく、高い山々が多いが鉱物資源が少ない事から加工業で発展し、資源が少ないと言われて来たが、文明が発達するにつれ周囲を見渡せば、日本を取り巻く海には多くの様々な鉱物資源が有る外、黒潮の流れや漁場の多さと世界3大漁場も有る事に加え、雨量の多さから、涸れる事のない大きな清流が渓谷を走っているし、山には木々が生え茂っている。これ等の開発と利用は始まったばかりで今後利用と開発に政府と個々人が向かう事で国は更に豊かになる。海底資源は他に幾つもあるが、取り敢えずメタンハイグレード（ガス）を海底から取り出し、CO_2の関係もあるのと、危険地帯を通っての輸入には、日本の明かりが消える以上の大変な危険が付いて回っているのを、回避できるよう真剣に取り組むべきでしょう。経産省は、海底から採取する費用と、外国から買い取る単価の計算だけして、高いとか安いとかの判断を以前はしたが、再び同じ失敗を繰り返さないよう、早急に官民一体となって発掘を進める必要が有る。深い海底からの採掘となれば、様々な困難や難問が有るでしょうが、日本の技術力と官民一体で、公募で取り組めば成果は出る筈です。民間には大きな事業を起こす絶好の機会にもなるし、輸出国にもなりえる好機です。そうなれば、大型ガス運搬船も必要になるでしょうし、そのガス運搬船の造船技術も発達するのと、これらの起業には大きな資金が必要になります。この事業は、政府と銀行の融資として立ち上げ動く事で、金利も上がるでしょうし、銀行の活性化にもなる。株式では、個人の利益で終わる事から、社会の活性化という事で、銀行からの借入金での運用した方が国にも銀行にも良い筈ですし、もっと銀行の活躍の場を広げる事が、国と多くの国民の懐を豊かにする要素を持っている。起業して立ち上げた場合、1150億円以上の新興企業の経営に当たっての人事だが、山とも川とも付かない事から、会社三役の会長は経産省からの出向とし、社長は発案者で、専務は銀行からの出校とするのが望ましい。その他人事や経営には、会社の運営が失敗しない為の様々な支援が必要でしょう。会長が国家公務員であれば給与が高額ではない事と、専務が銀行からの出向という事で経営にも明るいと考えられる。

これらの新興企業は日本が輸入に頼っている重要な物、95%以上の物の開発であるのと、其の物が日本の海に横たわっている物の採掘で、その一つが天然ガスで日本人が100年以上使えると言う、メタンハイドレートである。次に、こちらも海底に広がっているレアアース（希土類）で、日本での消費の数百年分が海底に泥状になってあります。このレアアースは最先端技術には欠かせない物で、例えばスマートフォンに使われています。その次も深海5600メートルの海底の鉱床にある物で、金、銀、銅にレアメタル（希少金属）の採掘ですが、安全に掘削するには技術開発が必要になりますが、日本域内にある物は、自国で開発するべきでしょう。現在は中国から輸入していますが、産出国が少ない為高騰したことも有るし、不安定なので、自分の国で産出出来る物は、多額の費用が掛かるとも産出し、市場の安定を図るべきで、起業家がいなければ公募をし、政府の資金援助と経営支援をし、会社設立の後押しをして早い運営に尽力する事が、日本の為でしょう。以上の3つの会社は、赤字が考えられる事から、資本主義社会では、会社又は個人が手を出さないので、日本人が豊かに生きて行く為に必要なのと、国政としても必要な物なので、まず資金援助をし、そうすれば会社設立運営が国を支えるでしょう。

次は海流を利用した発電です。簡単に説明すると、日本近海を流れる黒潮の海底に杭を撃ち、そこから海面へ向けて太くて錆びないロープ又は鉄の柱を建ててスクリュー又は風車の様なものを取り付けて回転させ、発電をする。そのスクリューは海中にするか、海面にして船の様なものを浮かべるかは研究の余地があるが、黒潮は一年中流れているのから発電にむらが無いし、必要量の発電が出来るのと、設置すれば相当の年月発電可能だと思うが採算を取れるような経営が必要でしょう。

人が生きる為には、食糧と熱量、これ程絶対的に重要なものはないが、普段常に備わっている物で有るから無くなる迄は気付かないが、今日本はその近くに居る。また戦争が無く、平和が続いたことで、侵略される危険が無いと思っている人も多いが、此の儘平和が永久に続く事を期待したいが戦争は常にあった。しかし、1955年頃から今迄自由民主主義国から始めた戦争はない。歴史から見て、小さい戦争の周期は短いが、大きい戦争になるにしたがって戦争の周期は長くなって、忘れた頃にやって来る。今迄、覇権国家アメリカが世界安定の面倒を見て来たのと自由民主主義国から他の国に戦争を仕掛けた事は無いが、政治形態が変わり、今、銃口が国を大きくすると言う国の出現もあるので、防衛には最大限力を入れなければならないのを、平和ボケと外国の軍事力に首を甲羅の中に引っ込めている亀の様な政治家と、コメンテーターに国民がいる。日本人の知識層は、核軍事大国の出現で、亀のように、甲羅に首を引っ込めていて、周囲と対抗しないようにしているが、それでは最早日本の平和は保てない処に来ている。それは、安全は米国任せで来た事と、防衛費を1%以内に削ってきた付けで、航空識別圏侵犯や海上の領海侵入の常態化もされているのに対して、対応も取れず、あまり刺激するなよとの意見もでている。今迄日米同盟が在るから、この程度で収まってはいるが、米国との関係で今後の平和は安定しているかは不明である。こうした事からアジア情勢を熟知している政治家や、ジャーナリストにコメンテーターは、亀のように頭を甲羅の中に引っ込め、憲法第9条の改正や、敵基地攻撃能力の保持や、防衛費の2%以上の増額には退廃的である。世界の流れは今、専制主義へと流れている。それは指導者が強い権力を持って政策を推し進め、批判する場を設けない事から運営はスムーズに運ばれる。そうした運営を外国に見て、長期政権者は、専制主義国家に変える事で、他の出頭を許さない事が、更に長期政権となる。国を個人でもって動かせる事にあるのも、専制主義国家の増加にも繋がっているのと、政治経済が不安定な国が覇権主義と言うか専制主義国家に繋がっている。今や体制の優位さと、個々人の幸福さを計るとすれば、優劣は、その時の長で決まるが、しかし人間の理性的能力は、自由が根源的で幸福の原点でもあり、ヨーロッパでは圧政から長い闘いで勝ち取った権利であるが、ともすると、覇権者によって簡単に壊れ易いのが自由民主主義でもある。ところが、日本は敗戦に因って自由民主主義をアメリカ人に因って得た事から、日本人は自由と民主主義を誤解している面がある。それは個人の目の前の利益と、国民全体の利益との相関関係で、非常時又は今後全体の利便性で重大な欠陥が生じる場合、互いの妥協点を探さず自分だけの利益を追求して来た。

又、今外国人が投機の為各地の山間部等が買われていて、国内に居ない外国人の場合、その先が開発地区に入って居た場合道路が作れない、と言った事も起きているのと、これから先、来るかもしれない災害や防衛に供する場合の発生もあるので、そうした対応に備え法的な整備を整えておく事も重要であるが、その法も政府に整える力が無い。同時に今は、世界の自由民主主義国家と手を結べるように考え、自主防衛と、友好と同盟関係を結べるように、憲法第9条の改正と国が富む事と、自国の防衛を強かな独立国家として果たす事が政府に課せられた重大な責務でしょう。ところが、政治化は半分逃げていて、強い態度を打ち出せない。何で逃げているかと言うと、安全は米国まかせで防衛費を、憲法第9条に照らし合わせた低水準に落として来た為と、外国から比べると軍事力が劣っている事から侵略されても無難な言葉を選んでの、口先だけでしか注意が出来ない上に、あまり刺激をするなという意見も出ているのを国民も知るべきでしょう。此の儘で行けば、属国になるのは目に見えている。２０２１年10月の選挙公約を見て下さい。ほんの少し深読みすれば、防衛は今迄道理で良いと言っている政党は、日本を守れない、防衛が出来て居なくても良いと言う事でしょう。皆さん侵略されれば、財産は侵略した国が没収し、個人は集団住宅に入れられ、監視と思想教育をさせられ、その後は強制労働が在るのです。こうした事は有史以前から起きている事です。国際法は自分の国を防衛する事を奨励しています。知っていてください。自分の国は、自分で守るのです。では何故、自分の国を守れないような憲法を作ったかと言うと、これに付いては何人も話しているように、大日本帝国憲法は１８８９年から１９４７年まで明治天皇によって制定、国民が作った民主憲法は無かった。そこでＧＨＱマッカーサーが日本の首相に作らせたが民主主義憲法ではない為マッカーサーが側近に作らせたのが日本の憲法の基である。ここから先は省略すると同時に、自然資源を使って産業を興す事の推奨をしたいと思う。

日本は資源が少ない事から侵攻を始め敗戦苦慮し、資源が無い事で原料を外国から輸入し品物を作り輸出して著しい発展を遂げた。今では、海底を掘削すれば資源もそこそこにある事が分かった。そして、山岳地の多い日本には、山林や激流の流れや清流と海流・海底とに多くの自然資源があるのを発見したので、それを文明の力とＡＩを駆使して如何に開発するかが、この先日本の行く末が豊かになるか、外国の侵略を受けて奴隷にされるか二者択一の選択が懸かっている。これを政府がアイデアマンの着想を募集し、起業を増やし雇用の拡大安定に繋げれば沼津港沖合には広大な養殖場も可能でしょう。日本各地にはまだまだ大掛かりな養殖場も可能だし、ＧＤＰも上げられる事から「富国強兵」にも繋がり、個々人の生活も豊かになれるし、日本人も強かになり自分の国を守ろうとする人も増えてくる。

東京の近県では、静岡には広大な広い海が広がっている事と、県が豊かなせいも在るから養殖業はまだまだ開発の余地があるし、広大な養殖場も見込めるのと、果物の栽培や川魚の養殖も見込める。川魚と言えば、どこの県でも有望な養殖場を広げる場所があるし、交配種の淡水魚でも鮭のように大きく体長70㎝程度で美味な魚で、富士の介なる魚名の魚が現在売り出し中の人気種で、刺身でも良く、焼いて旨い有望魚で売り出し中です。まだ養殖中だが、有名なキャビアが取れるチョウザメの養殖もしているが有望株だと思うので、広い養殖場を作る費用や、キャビアが取れるまで普通7年位かかるのを短縮する研究と、その間の資金を政府の援助を基で、官民一体となって進める事が望まれる。この他海には無い魚、日本のスイカの澄んだ香りのするアユや色や形の綺麗で、しかも骨が柔らかく美味しいヤマメやイワナにその他、例えば日本最大級のイトウ等の川魚の大々的な養殖場を山梨に作る事を官民一体の事業として進める事は産業の少ない県には必要であると同時に、次に掲げる産業と同時にＧＤＰを押し上げ、外貨獲得の目玉商品になる可能性もある。それは渓谷を利用した、発電でダムを造らない発電である。鉄又は樹脂製のパイプの中に発電する装置を組み込み、水を流し込み勢いよく通す事で、組み込まれた危機が作動し発電すると言う設備である。其の発電させる装置は街工場で作り、目的地の渓流に伏せる事で発電が始まると言った極めて簡単で、しかも日本では川の水が涸れると言う事が無いので半永久的に発電は続く。機械が故障や摩耗した場合は、新品と交換するだけの事で事足りる。この渓流発電とヤマメにイワナに富士の介なる魚に、北海道のイトウなる日本最大級の魚や、チョウザメ等の大々的な養殖の取り組みで日本各地の適地に広めると共に、魚や渓流発電の機器製造をし、輸出産業としても成長を目論めるよう考案を期待したい。

以上ここで取り上げて来た事は、国が富む事と国民の所得の向上の為の施策と憲法第9条改正で、自由民主主義国との同盟と友好国を増やす事を主眼に置いたものです。以上で、自主防衛と防衛費2%以上の増額と起業家に因る産業振興で『富国強兵』なる政策発表としたい。色々の提案ですが実現は難しい物ではありませんので日本強化に繋げたい。では次に山田慶磨さんお願いします」

「はい、山田です。よろしくお願いいたします。中国政府は、今資源の総てを政府に集中させ国家総動員体制を組んで、資源を外に広げている。アメリカは、個人が莫大な金を貯め込んでいるが、国家には金が無く防衛費を削減し、赤字経営であるが、個人30数人で、世界の金の半分程を持っているが、それが個人ですから、国が潤うと言う事ではないのと、貧富の差が大きく富の配分に問題を抱えているが、個人の金であるから政府が手を付けて金を貧困層に分与する訳にはゆかない。更に政権によっては高額所得者から税金を取らないように優遇税制迄も敷いているが、それを支持する貧困層が居るのも不思議である。

日本の経常収支は484兆円あるが、政府は一一〇〇兆円の赤字で非正規社員は、年間所得が一三〇万円前後である。これでは、生きて行くのも儘ならないし、食べるのもやっとで消費に回せる余裕はない。再三に亘って多くの人が指摘しているように、社員は、社会的な判断に置いて特段の異常が認められなければ、半年程度で正社員として採用し、初任給は年間350万円程度給与所得とする事が必要でしょう。その程度の所得が無いと食費と住宅費や電気水道代と言った最低限の費用だけで、衣類や靴は安価な物で間に合わせ、切り詰めた生活しか出来ず、消費は少ない。結局、国内で生産された商品は買えないので、日本製商品は売れない。市場での商品の占有率は下がる一方で、ホームセンターで展示されている商品の中に、日本製商品の無い展示場も多くある事に驚く。国産商品は高価なのと作っても売れないから生産していた企業が撤退しているのだろう。

今回、コロナでマスク不足が表面化したことから、マスクは国内で生産されていない事が表面化した。そこで政府がテコ入れでマスクを作れる会社に依頼し急遽製造したが、売れずに残留商品の山が出来小売店では引き取らなかった。生産コストが高くつく為、安価な外国商品とは競争にはならないようである。しかし、当初からそれは分かっていた事だと思うから、結果論だが、マスクに一工夫、売れる対策をほどこして居たら如何だったたろう。例えば、白いマスクで在ったら、マスクの左右の片側に、赤色でJapanと明示する事で、輸入品とは区別する事に因って売れ行きは上がると思う。赤色でJapanを入れる事でコスト高になったとしても売れ筋は落ちないと思う。と言うのは、高価なマスクをしている人を見るので。もしかしたら、考えていたかもしれないが、更に高価になる事を懸念したのかもしれない。

このような事があるので、国内で作った商品は、小売店で展示する際に日本製である事が分かるように、大きな字で日本製である事を一目で分かるように明示する事も必要に思う。

日本人は、日本人である事に誇りをあまり持っていないのと、強《したた》かさがない。韓国の人はその点強かさがあり、自国の商品に誇りを持っている。日本人は今所得も少ないから、自分で、自国で作った国産商品を多くの人が買えないで、安価な外国商品を買っている。その結果、日本商品の消費は上がらず生産性も落ちる事から、商品はさらに高価となるため購買も儘ならず、安価な外国製品を選ぶ結果となり、悪循環が繰り返される。非正規社員は低所得と不安定な雇用関係により結婚が困難な事から、人口は増えず、国力はじりじりと衰えてゆく。会社は非正規社員制度に因って一時的には利益は上がるが、長くは続かない。何故なら日本の人口減少が続き非正規社員の減少、又は廃止が起こら無い限り、外国から流入する安価な商品が増々市場を占める事になって行く。勿論低所得層が多く利用している比較的安価な食事処に勤務する職員を正規社員にする為、給与を値上げする為、食品も値上げしなければならなくなれば、営業が立ち行かなくなる事から、こうした食事処には、低所得者用のパスと食事券を月決めで交付し、利用ごとに1枚商店に渡し月初めに請求と支払いをするようにする。この食事券は現在食事が出来る額面と雇用関係が変わり本採用となった時に勤務者に支払う給与との差額分の金額である。こうした商店の営業活動を支持して行くのと、雇用の拡大と、個々人の所得向上の為でもある。（ただしこの制度は大型のチェーン店に限る）。

少し横道に逸れたので本論に戻そう。貿易の自由化と言うのが広がっているが、新しい貿易制度で、進んでいるように思いがちだが、これは対外的には大きな歪みを生む結果となっていて、しかも是正されない問題を生む。と言うのは、国力の在る国が価格統制をする事に因って価格変動を変える事が出来るからだ。この通貨の変動は、その国の国民の生活や所得とは全く関係がないが、取引先の国には大変な負担を及ぼす。例えば、月の生活費が1万円で在る国と、10万円で在る国で、同じものを作って市場に出した場合、10万円の国で作った物の商品は10倍高いのは当然ですが、売れ筋は当然10分の1以下しか売れない。

そして生産者にも10倍の給料が払われる事になる事から、生産している国は生産を止めてしまう。自由貿易とはこうした弊害を生んでいるのに、何故か進められている。インドのシン首相は、安価な国の商品が入って来るので、インドの商品が国内で売れなくなると言うので、TPPには現在入らないという。日本の商品も、人件費・電気水道代・交通費・通信費・土地代が高いから商品も高くつくのでしょう。大型電気店やホームセンターの売り場には小型の電機商品は、殆ど展示されていない。電機釜程度になると多く出回ってはいるが、外国商品は炊飯も複雑な調理をボタン一つでやってのける圧力鍋で、商品価格は日本商品の4分の1前後の価格である。だが同じ様に2種類やってのける釜の日本商品は無かった。国際通貨＝基軸通貨に因って商品価格が付く為である。其の基軸通貨の価格を決めているのが、世界の長者30人である。そして、国が操られない為に価格変動を抑えている国が一番の金持ち国である。

アメリカでの大金持ちの収入の多くは国債と株の売買で、これも物の生産にはあまり関係が無い事から、国力は減少して来ているし、防衛費も減額の目にあっていて、軍備開発も中国に遅れて来ている。今アメリカは、貿易量も、軍備開発力も、サイバー要員もＡＩを使った軍事面等にも中国に後れを取っている上、益々遅れつつある。アメリカが覇権を高めて行くには、個人が持ち過ぎている金を、国防と国民の格差是正に使う事が出来れば、アメリカは絶対的な覇権国家である筈なのだが……仮定の話ですが……二分している国民の団結が出来れば、仮定の話です、アメリカは覇権国家で偉大になる。アメリカが世界の警察官であった事が、アメリカに大きな富をもたらしていた筈だが、その富の多くが個人の貯蓄術運用に回った事で、覇権が現在揺らいでいるが、今後少し手法を変えて、再び世界の警察官として行動する事で、覇権国家になりえる力はアメリカにはある。其の為には、今回２０２１年12月にアメリカ主催で開催された民主主義国家世界大会が、世界１１０カ国の参加で開催され、盛大で成功裏に終わった事と、来年連続開催が組まれている事を各国歓迎している模様です。又米国の指導の下、日英豪印に仏独蘭への防衛能力向上と協力指導分担強化をしていく事も歓迎したい。又米国が覇権国家で在る為に今、切羽詰った危機的状況にあるヨーロッパ諸国の防衛力強化の防衛応援指導と、アジア諸国、特に台湾と日本には軍事協力支援を、ウクライナにはＥＵと合同の軍事支援を、日本、オーストラリアにはクワッドの防衛強化策の引き締めと、米国の体制強化の割当て分担の保持拡大の協議も必要でしょう。

防衛に関し、アメリカがこれからも自由民主主義の見本ともいえる過去の様な覇権国家であり続け、世界の警察官である事を望むのは、世界の自由民主主義国の要望でもある。今後日本は出来る限り、日本国自身の防衛強化と、アメリカの発展を望んで協力体制強化を図るのが、世界の平和と安定に繋がる。世界が危機的状況を脱し、安定した世界になる為にも、米国が無くてはならない国であるから、今後も覇権国家であり続けるよう支援をして行く事が、日本には求められる。勿論、クワッドの日、米、豪、印と英国にＥＵにアセアン内の米国支援国家等、民主主義国家、世界が米国の覇権国家を望んでいるし協力も支持もしている。

日本がこの危機的状況から生き残るのには、現時点では、米国の軍事支援が無ければ生き残れない事は明白です。何故かと言うと、日本には、戦後作られた自由で民主的な憲法の内、ただ一つ、日本を滅亡に導いている憲法第９条が在るから、この改正は米国と世界にとっても必要不可欠です。この憲法第９条の改正無くして、多くの人が指摘しているように２０２Ｘ年を、日本は超えるのは困難だろうと…。

平和を未来永劫に繋げる為には、今一番やらなければならない事は、憲法第９条の改正を是が非でも勝ち取る様に社会にでて説明強化にＰＲをして行く事でしょう。御清聴有難うございました。北岡優市でした。では次に桜井重利さんお願いします」

「はい、北岡さん。熱のこもった話有難う。重利です、宜しく。日本経済も今混迷しています。国の赤字は、１１００兆円を超えています。岸田総理になって新しい資本主義が発表されましたが、これで低所得者の収入が、正規社員の給料に匹敵すると言う事にはなりません。日本人が購買力を上げられ、結婚出来て、子供を二人以上育てられ、高校までは進める程度の給与を取れる事が、社会の歪みを無くすことにもなり、日本の防衛力強化にも繋がります。これは資本主義社会では貧富の差を普通無くす事は中々出来ないし、そうかといって社会主義でも出来ていません。これを小さくして来たのは、戦後日本です。日本は如何やって来たかと言うと、銀行を頂点とした金融の在り方です。株ではなく、銀行預金や貸し出しに因って会社が成り立っていたからです。日本では事業の拡大支援の一環もそうだった。今では、株は貯蓄や配当金目当の資産運用ですから、会社に因っては配当の為に社員の給与が上がらなかったり、正社員から非正規社員に降格されたり、会社が傾いたり配当の為倒産もしている。庶民の所得向上には役立っては居ない。日本では一時期、会社は誰のものかと言う事が新聞に載った事が有った。株式が発達するにつれ投資家の資産は、債権と株の売買で利益を上げ蓄財しているが、直接の生産者では無いのと、消耗品消費の量は個人であるから少なく、生産の拡大とか、防衛力の強化とか、人口の増加とかにも関係が少ないのと、非正規社員が増えるだけで日本に於いては、銀行の発達が国の慣習にもなっていた。と言うのは、日本の発展の原動力は銀行と中小の起業で在ったからである。

戦後個人の貯蓄は郵便局か銀行に預金し、銀行は会社に貸して利息を徴収し、その何割かを預金者に利息として払う。その循環が非情に上手くいっていたので、日本の銀行は１９９１年代迄・世界の銀行の総資産額順位で1位から7位まで日本の銀行が占めていたが、現在は大銀行同士が3行も合併したにもかかわらず20位までに1行しかない。また、企業の株式時価評価総額も１９９０年には４０００兆円になったが、以後バブル経済が崩壊し今では５００兆円しかなく当時の8分の1と沈滞している。どうしてこのようになったかと言うと、国際決済銀行が流動性のある内部保留資産を8％と決めた事で、日本の金融機関は資金の大半を貸し出していたので、回収しなければならなくなり、貸しはがしをした為、企業は倒産し銀行は基盤が弱体化しバブルが起きた。当時、政府と経済界とが一体化して対応にあたれば、バブルと日本が沈むのを抑えられた可能性もある。この内部保留資産を8%に決めたのは日本の力を削ぐための策略だった。これからの日本を復活させるには、銀行の力を復活させる事が肝要になる。其の為には当初アメリカが金利を引き下げた事で日本とＥＵが揃って金利を下げることになり日本は輸入品が高く成った事と、日本で作った商品は、人件費や電気ガス代に土地代・水道代等が高い事から作った製品等が高い為輸出が振るわず国内消費も安い外国商品に押され振るわない。銀行もまた低金利時代とタンス預金等で利用度も少ない。株の取引はあるが日本人にはあまり向いていない。日本では銀行が活性化しなければ社会は動かない。その点低金利政策では、社会は動き出さない。金利を上げれば、日本の借金が増えると言う事で上げられないと言う矛盾から政策に進展が無い。だが、暗いトンネル内に留まっていては病に係るので一考し、銀行の活力を上げ社会を活性化させ、国債の利息分の増収を得る方向で進める事が暗いトンネルから出る方法に思う。アメリカも中国も１１５０億円以上の２５０社や１５０社の新規起業を発掘しているのに日本は5社程で在る。

それを政府と銀行との協力を得て新規起業を１００社程興し増収を図る工夫をして、ＧＤＰを上がる方法へと舵を切る事が肝心でしょう。こうした方向が、「3本の矢」の政策と同じ方面を向いているかは分からないが現在日本の企業は、土地代、電気水道代、交通費に通信代・人件費が高い事で、生産した物も随分割高になるので輸出も振るわず、国内消費も売れ行きが悪い。外国企業も日本に生産拠点を移す国も無ければ、国内の会社も外国に生産拠点を移すので、日本社会は空洞化が始まって、出生率も下がり小さな村や町では子供がいない。地方の市に行けば市制度として、初めに挙げている5万人に満たない以下の市が多くある。隣の市と合併する案も出るが、市長や市議が、自分の職に関係するのと、自分の近くから市議が居なくなるとの事もあるのか、盛り上がりがないまま合併されない。今から65年以上前には、村々には大勢の子供がいて普段も賑やかだったが、運動会や祭りは一層賑やいだが、今は子供のいない集落も多く空き家や放棄地が多く問題にもなっている。昔は自家用車も無くバスも通っていない時期、郡制が引かれていたのが、戦後まもなく、1つの郡が2から3に別れ市となったが、今は2万人台とか3万人台の市もある。市政が引かれる前は交通の便も悪く電話が無いから通信は手紙に因った。今は自家用車や市の公用車、電話や交通便も良くなり、事務方も、手書きからパソコンや印刷機・電話等と、机上で用はほぼ足りる。そこで市政改革が必要に思う。何故かと言うと、日本は酷い程の赤字財政である上、改善する見込みがない。輸出は振るわず、人口は増えず、会社の給与も上がらないから安く外国からの工場や事務所開設の予定もない。そこで財政を少しでも改善を考えれば、国や市の出費を抑える事がこれから先ズーット減らせる訳である。市の業務も、以前はそろばんで手書きだったが、今はパソコンに入力すれば印刷までされて出てくる。こうして事務量も改革出来た事から人員削減も出来るのだが、利害関係が発生する事から地元の市町村では、合併案が少しは出て進展は見られるもののあまり進んではいない。政府が、昔の行政区の郡を一つにして市単位に纏めれば良いだけの簡単な仕事である。それを県や市町村にやらせたら決まる事のない大事業となり、挙句の果てはほったらかしになり駄目でしたとなる。これだけではない。3万人前後の市町村は赤字財政から庁舎も老朽化が進んでいる所が多く、庁舎立替をも多く進み始めている。赤字の財政の上に莫大な赤字を乗せる事になるが、市長や市議には建設業関係者が多い事から、『大勢』の心理を利用して、大勢で払うから痛くないという事で借金を重ね移転建設をする市もある。今日本は滅亡の危機に面しているが、経済は大赤字でもある。何で、こうした事が憲法第９条と関係が在るかと言うと、日本を守らない憲法第９条を改正し、国の平和と国民の命と権利を守る為の兵と軍備を整えるのにも、金が掛かる。誰もが不必要の出費を抑え、国防の為防衛費に資金を回す。改革改善は、日本の人口減少と防衛と言う最大の懸案だが、それだけに誰も言い出さない重い懸案事項である。勿論市長から町長に村長、そしてそうして所の職員で、合理化で仕事に溢れた職員は、先程説明があった、国土強靭化として有事とか自然災害に当たる予備役とか民防衛隊として仕事の保証をする。そして何よりも、食料の時給を上げる為、休耕地を市職員の力で生産を上げるようにする事である。ただ、放棄地や空き地は個人の所有物ですから無暗と耕すわけにはゆかないので放棄地や空き地を貸与してもらうとか、しない場合は放棄地に対し生産したコメや麦の生産に準ずる税金を懸ける様にして貸与の方向に向ける事も考えられる。農業や漁業、この場合その他の仕事を手伝ってもらう場合の身分は当初は地方公務員でお願いする事になるがその後は、勤務された所の採用と即応自衛官とか予備自衛官の職業も考え今後の検討課題です。こうした事も出来るので市の合理化には防衛にも大きな関係があり、日米同盟にも響くので是非取り組む必要が有る。小さい市は市庁が機器類で事務室は通行にも不自由な程、狭隘になったりしているのと、公用車、市の車を駐車して置くのにも時間が掛かる上、来客の苦情もある事から、市役所を移転する案もある。市政が引かれた時は5万を超えた市が今は2万台で、更に減少して行く。日本中の人口が減少していく関係上、多くの県で市庁舎の移転や新築等で多額な借金をする事だろう。5万人を割り込んでいる市は更に細って行くだろう。日本にはこうした市を何時までも支援して行く経済的余裕はない筈である。また市民も増税される事に閉口するだろう。それを解決するには、国が行政区を昔の郡にするか新たに行政区を作るかである。そうする事は国の出費も減り住民の減税にもなる。今人手が不足しているので、余った職員の勤務先の就職先も確保されよう。

今日本の力は落ちている上､改善する見込みがなく更に落ちて行く。こうなった時侵略のチャンスと思う国は見逃さないだろう。今迄アメリカが世界平和を進めて来たが、世界の警察官である力は無いと言っている。

日本は、ここ20年程生産拠点を、人件費や土地に電気水道代が安い国外に移していた。其の為国内は空洞化し、そして残っている企業は人件費を安く抑える為正規社員を減らし非正規社員やアルバイトで運営している。その結果、当然購買力は低下し結婚や出産率も低く人口減少起きた。今日本のGDPは後進国以下と言った所で停滞して発展する材料は見当たらず、更に日本が得意であった化学分野でも後れを取り、IT分野でもトップの中国や2位のアメリカの何十分の1と言った所にいる。此の儘では、防衛問題だけではなく、日本の滅亡は間違いなくやってくる。それは日本人の認識の上で早急な対処に因って防護出来る可能性が残されてはいる。其の一に憲法9条問題・其の二に教育の合理化問題・其の三に地方行政問題・其の四に雇用問題・其の五に教育問題が在る。これらの問題に手を付けていないのが立法府で在り、政府であり野党である。国民もまた野党は政府の反対をして居るのが野党だと思い込んである。野党は、政府の粗拾いではなく、こうした5つプラス幾つかの改革をする事で自民党の上を行くようにして、国民の支持を得る様にしてもらいたい。

我々は日本中にこうした懸案をどう訴え輪を大きくして行くかに少なくとも国の行く末が掛かっている。

1945年、憲法第9条を除けば、日本人の殆どが知らない画期的な自由民主主義憲法であった上、当時の日本人には全く思いもつかない自由と民主主義憲法であった事に加え、何処の県も空襲警報が鳴った直後に響いて来た轟音と共に空から大量な爆弾が落とされ、爆撃機は飛び去り雷鳴に似た破裂音が轟き吹き上がる火の粉が方々に上がり、家々が赤々と燃えて崩れて行く、その光景を横目に逃げ迷う人々、その脅威に晒され避難解除後、防空壕から出て、焼野原となった街を見て唖然として立ち竦み、それでもすぐに逃げて来た我が家の方を目指して歩く。空爆の恐ろしさが続いた日々、それは忘れる事のない戦争の脅威の他にはない。それは地方都市大都市、そして原爆が投下された広島と長崎、上陸を受け攻撃された沖縄、そして島に駐留した1万人全員が死亡した硫黄島。こうした敗北戦争の残虐さの真只中に居た人・遭遇した人・友人知人から聞き知った人々、そして平和を願う人々、皆戦争は反対であるが、日本の滅亡を防ぐための最善の努力から戦争反対・憲法改正反対者よりも戦争反対ではあるが、何でも反対ではなく、日本防衛にはありとあらゆる防衛の対抗策を考え、軍事大国よりも力になる対抗兵器の所持開発を進め、一国では限界が在ろう事から、同盟国との信頼性のある憲法改正を支持して行く、それは憲法9条を日本人が日本を護る為の日本人の手に因る自由民主主義の為の全文改正が趣意である。当然戦争反対や憲法改正反対者よりも、憲法改正を主張している人は、戦争反対・憲法改正反対者よりも戦争反対では在るが日本を愛し、日本を滅亡させない為の方策であり、現段階での周辺国の動きを見て、日本滅亡をも考えざる事態になっているとの判断から、今その対処を間違えては日本の滅亡と言う取り返しのつかない事態にもなりかねないので、日本防衛を主張し、何としても多くの人に賛同してもらい、憲法第9条の改正と原爆の脅威を侵略しようとする国にも示せるよう、効率的な軍事力を備える高揚も必要だし、同時に停滞する事無く認識の向上も目指すべきであろう。今まで戦争反対であれば侵略国から侵略されないと言う事は絶対に無い筈であるから、戦争をしない為に遣るべき事は、抑止力を高めるしか現段階では無い。世界の人口が70億を超えた段階から、先進国の人口は減少や横這いだが発展途上国の多くは、現段階では増加傾向にある為エネルギーに食料増産が必要となる。決まった国土の中でエネルギーに食料増産は困難なため、軍事大国は手っ取り早くその二つを補う為、外に求める。国土拡大である。覇権主義政権や専制主義政権とすれば名誉欲や歴史上名を残そうとの考えから当然の行為なのかもしれない。そこに70%の戦争はしないと言う人間と、憲法で戦力は持たないと明記している国がぶら下がっているとしたら、誰だって触手を延ばすでしょう。しかも小さい国で軍備も遅れているが、軍事強大国家と同盟関係にあるので侵略するには、その強大国家を切り離さなくては自分の方にも被害が及ぶので検討を進めると、自国の軍事力が米国の軍事力に勝ればほぼ完成したと結論付ける事となるが、今は日本も含んでいるから、結論付けてはいないようではある。しかし日本は攻撃され被害が出ても、報復は米軍に頼るしか手はない。何故なら、日本の自衛隊には敵基地攻撃能力の保有がないからです。日本の防衛予算は高市早苗政調会長さんが2％以上を要求しているのに閣議決定で0・97％と低く抑えられた。岸田首相は防衛力強化にも力を入れるような考えを示していたのですが、どうした事でしょう。いきなり倍額に防衛費の増額をできないとの考えなのでしょうか。

その後、ロシアがウクライナに攻め込んだことでEU内の大方の国が防衛費を2％台に上げた事で日本も大幅増額を請求しそうな雲行きに変わりそうである。

日本は今、台湾情勢の警戒も怠れないと同時に、現在アジアの核軍事大国のフロントライン（最前線）に立っている自覚を持って、安倍元総理が築いた「自由で開かれたインド太平洋」の活動を提唱し、英国にも呼掛ける等し、日米豪印の枠組みであるクアッドや米英豪のオーカスにも日本の参加協力を出来るのではないかと思う。何故なら、潜水艦のスクリューの技術は世界一だし、外に防衛装備品の共同開発や部品の製造にも参加協力が出来る範囲がある筈です。唯憲法第9条の関係で作られた核不所持3原則に抵触する原子力潜水艦だけに日本の船渠（ドック）で製造する事は出来ないが、部品と原子力潜水艦を国外で作る事は可能でしょう。日本が協力する事に因って原子力潜水艦の完成も早まるので、打診する事は、米英豪（オーカス）との外交も深まるので必要でしょう。

現在世界は日米欧等の民主主義陣営の伸びの無いGDPと、目まぐるしく伸びている中国とロシアの権威主義陣営の2極化に分かれつつあり、経済や軍事力には世界に類を見ない程の発展である。この30年間にGDPだが、米国は3・5倍に、日本は0・57％しか伸びてはいないが、中国は37・5倍に増やしている。正に米国が進めて来た自由主義経済の恩恵を多大に受けた国は中国である。さてその成り立ちはと言うと国家の主導で経済を発展させ利益をインフラ整備やハイテク分野に投資する仕方である。ここで対応に当たる日本政府である。リーマンショック当時、政府の介入があればあの不景気が避けられた可能性が有った。今回も政府の介入に因って、GDPを伸ばせる可能性と、日本経済の発展にも繋がる事である。資本主義とは国家が干渉しないという事ではない。また米国が主導して来た自由主義経済の活動を今後発達させ自由主義諸国も、資本主義の原点である人々の生活を豊かにする為の政策を始める必要が有る。それは自由主義社会の市場経済因りは、国家資本主義的な仕組みは、個人に利益を配当する株式よりは、利益を工場のハイテク分野への投資やインフラ整備等に当てる事で産業は因り一層発展するし、利益を低所層に格差の是正配分として支給する事も考えられる。現にフランスでは政府が株主で経営にも加わってもいるし、ドイツでもメルケル首相が自動車外交をして中国に何度も訪れている。又アジアの国々でも国家主導で経済を発展させている。「富国強兵」が国の平和と安定の基礎である。さて国の防衛に関して、始動している岸田政権だが、抑止力保持の為「敵基地攻撃能力の保有を有力な選択肢の一つ」と訴えた。これに対して、いつものように逸脱した意見で議論の進行を阻止する異論が出て来て、日本の自主防衛強化侵攻を遅らせている。それは、他国の領土を狙う装備の導入には世論の反発も予想される、との事である。昨年10月には中露双方の艦艇10隻がミサイル100発をセットして日本を周回していますし、双方の国にはマッハ5ないしマッハ7程度の核弾頭を装備した極超音速ミサイルが二つの国には数千発の所有が有るのです。又北朝鮮ではミサイルに核爆弾を搭載出来るよう核の小型化を計画していると思いますが、現在の水爆は、広島に落とされた原爆の550倍もの威力がありますので、日本に落とした場合、落とすところに因っては中国や韓国にロシアにも被害が及ぶ可能性が有ります。それを懸念しての小型化では無いでしょうが、現実には日本周囲にはこれだけのミサイルが有ります。日本には外国を狙うミサイルは在りません。しかし備えあれば憂いなしと言います。何も初めから、敵基地を攻撃すると言う事では無く、日本にミサイルを撃ち込んで来ないよう、撃ち込んでくれれば、日本にも反撃用の基地攻撃用の能力は在ると言う事の表明です。これは何も戦争する事の表明では無いし、まして、戦争に勝つという事でもない。ですから撃ち込んで来ないようにとの、抑止力で政府として準備する事に、民主主義国家として何の問題も無い筈です。日本の置かれている状況を知れば多くの国民は当然「敵基地攻撃能力の保持」を理解するでしょう。国会議員は国民の選挙で選ばれた議員ですから、間違った事をしない限り信任されています。日本の現状を知っていれば、今自国防衛を考えている人の多くの人は、日本で何が出来るかと言えば戦争では無く抑止力を持つ事だと思いつくでしょう。其の最初に考え出されるのが敵基地攻撃能力の保有に思い当たります。これを持ったからと言って、何でも直ぐに何処かの国に攻撃しようと言う訳ではないし、持つ事は抑止力になる。日本を攻撃したら、基地攻撃を受ける事になれば、安易に侵略しないでしょう。

今日本にはミサイルが無い事が知られているので、取り敢えず、米国製の空対地巡行ミサイル「JASSM」（射程約900キロメートル）の導入が急がれます。そして1000キロメートルに延長する12式地対艦誘導弾の改良型を1000機以上の保有が望まれます。日本の憲法第9条の解釈は変更されていますが、原文のままだと、侵略を歓迎するような憲法ですから、侵略は容易ですが、日米安保条約があり、米国が日本の防衛をしてくれた関係で外国の侵略は抑えられて来たが、安保条約の効力は同じでも、防衛力には差が出ているし、条約そのものも、破棄する場合、合議制では無く、何方か一方の通告に因って破棄される条約で、多くは日本側の努力により保持される。何故なら、日本防衛はアメリカ任せで来ていたから、安保条約が破棄された後は、日本には防衛力が無いので、大げさに表現すれば権威主義国家や専制主義国家に共産主義国家の分捕り合戦場になる可能性もあるのである。

太平洋戦争後日本は4分割され、上からソ連（現在のロシア）、中国、イギリス、アメリカの4国に分け与えられる事に決まったが、スリランカのジャヤワルダナ大使の演説に因って4分割が取り消され現在の日本がある。丁度と言うか、日本に時が味方したと言うのか、この会議の席にソ連のスターリンが居なかったのである。少し後で4分割が取り消されたのを知ったスターリンはアメリカのマッカーサに「北海道はソ連に決まった筈だと」勢いよく詰め寄ったと言う。それに対しマッカーサも勢いよく御破算になったと言い返したという。その勢いに負けて、スターリンは引き下がったと言う。これは日本の敗戦に因って生じた事だが、日米条約が破棄される事態では、3大隣国になるか、幾つになるか分からないが侵略は目に見えるでしょう。

　アフガンは、米国が引き揚げた時点で、全く新しい政権に代わり生活にも苦慮しているが、同じ種族の国民でもあるが、日本の侵略が為されるとしたら、種族も違うし言語も違う上、過去の歴史的な感情もあるのと、専制主義国には、共産主義思想の思想教育を受けさせられる事と財産も没収される事や、集団住宅に入らされることや自由がないという事と、強制労働も有る事です。これから大国に飲み込まれる事は、未来永劫奴隷である事を覚悟する必要がある。時代が進みＩＴによって何時も、何処に居ようとも監視されている事となります。

　そのようにならない為、日本独自の防衛強化の為に、早急な対策として敵基地攻撃能力の保有が必要なのです。またその敵基地攻撃能力について、自民党の幹部と言う方ですが、「ミサイルの発射は、敵に発見されないように、地中・トンネル内・海中と、移動もされるので発見に手間取り不必要になる」と言うのです。如何いう理解力なのかと疑いたくなりますが「敵基地とは、領土領海を超えて攻撃して来たところで在る事と同時に、攻撃を命令した意思決定システムに対し反撃する為の武器でもあり、この所持と反撃に付いては、１９５６年2月に鳩山首相の見解がありこの見解が今も踏襲されていて有効である。其の見解とは「誘導弾などに因る攻撃を防護するのに、他に手段がないと認められる限り、誘導弾などの基地をたたく事は、法理的に自衛の範囲に含まれ可能である」とも語られている。要約すれば広い範囲に当たり敵の攻撃が現実に起きているか、切迫しているかの場合には防衛の為の行動は発動できる事と、攻撃行命令を出した意思決定システムに対して反撃を加えるための武器を所有する事は国際法にも問題ない物である。

防衛とは自分の国の事だけではなく、周囲の国との関係であるから、周囲の国とのバランスを取るようにしながら近代化を進めなければならない筈である。日本はその点も放置し、国防はアメリカ任せだった。現在アメリカは、世界の警察官は辞めてはいるが、やはり方々の国から頼られているがアジアだけでも対応は困難になっている。それがヨーロッパ地方のウクライナに中東のイラン・アジアの台湾や日本である。こうした国々は切羽詰まっているのです。これ等の国に関係している国の台頭はアメリカの軍備成長を超えているので、侵略されそうなその国は、自分でも自衛力を高めて対応する事をアメリカは求めている。こうした事からも、自分の国は自分の力で防衛をしなければならないのに、この予算では日本の防衛は覚束無い。

国家が国家である為にしなければならない事は自国の防衛は当然である。日本は其の防衛をアメリカに任せっぱなしにして来た。それはアメリカのマッカーサが自由民主主義憲法の下地を作った良好の手腕と、憲法第9条を入れた時世の読みとに感慨はひとしおではあるが、未来には合致した物では無かった事で、その功績が薄れもする。

さて、少し戻るが、2022年1月7日、1月8日の、日米安全保障協議会（2プラス2）の会議によると、日本を取り巻く危機的な状況の悪化に対し、日米両政府は先端技術開発を取り入れ対処力を抜本的に向上させる事が急務だとしている。尚岸田政権は、年末までに国家安全保障などの海底方針も打ち出している。ところで、閣議決定された予算の中には、日米同盟を絶えず現代化し、先端技術を装備に取り入れ、中露や北朝が配備を進めている極超音速兵器や変則軌道で低空飛行し目標を正確に攻撃するミサイルを遊撃する事は、ＡＩを駆使して抜本的な改革しない限り困難に近い。日本は又、安全保障上の課題を深刻に捉え、抑止力と対処力を高める必要が有る。今日米がアジアの核軍事大国に遅れているサイバーにＡＩと電磁波の先端分野を如何に追いつくかが重大の課題です。特に日本は、ＡＩに因る軍備政策でアジアの核軍事大国に追いつけない事を発表しています。日本も遅れてはいるが追いつける技術が有るようですが、小さい物ではなく大きな軍需品で有る事と、多岐に渡るので研究開発費用も少なくは無いでしょう。今迄の日米同盟では、日本は米国に追随して行けば事が足りたが、これからはアメリカの不足部分を補い尚、補佐して行くことが日本の安全と平和にも係わる「自由で開かれたインド太平洋」構想提唱したクアッドの日米豪印の枠組みの強化や、米英豪（オーカス）の安保協力と原子力潜水艦の製造にも係われる技術力も有る事から参加表明もやって置くべきだし、独仏蘭のＥＵとの連携強化にもなるのと、共同戦線を進める事で、中国が行っている『三戦』即ち、世論戦・心理戦・国際法戦を活発化させる事も必要でしょう。こうした事に因り、日本の安全や敵基地攻撃能力の保有にも、国際世論は、日本が置かれている状況も理解し応援をもしてくれる。そしてそれらはアメリカが覇権国家への道でもあるのと、世界平和にも繋がり、再び世界の警察官となる事も期待も出来ます。

日米政府（2プラス2）の安全保障協議委員会で問題になるのは、極超音速兵器への対応とＡＩを駆使しての先端技術を装備に入れた開発が必要になる。其の為には相当高額な予算が必要となるでしょうし、アジアの3大核軍事大国のサイバー攻撃で防衛システムが破壊されたり、インフラ関連の公共施設が停止に追い込まれたりする事態を想定する必要がある。今回の閣議決定予算では全く不足で、新技術の開発どころか、尖閣諸島への対応にも船も隊員の遣り繰りもいっぱいで、休暇も満足に取れず疲労もしている。日本を取り巻く環境の悪化と外国の進んだ兵器開発に遅れている事は、既に力のバランスが崩れている事で、対立しなくても侵略されるリスクが高いと言う事である。

アメリカは同盟国の日本の事で、先般あったアフガンの様に、日本の本気度に因っては切り捨てても、批判だけの対応で仕切れるが、日本は滅亡するかも知れない危機の中に有る事を知った上での真剣な対応が求められている。政府は国の平和と安全を守る事を国民から請け負っている。国がどんなに豊かで生活がしやすくなったとしても侵略されれば、奴隷にされる。侵略者は、国を豊かにする為に他国に攻め入って他国の領土を支配し、国民を奴隷として使い豊かになろうとする。其の為に軍事力の強化を先んじる必要が有る。

小国は他国に支配されない為に防衛力の強化を政府に依頼しているのが普通だが、政府には様々な案件が有るので、各党の党首や個人に因って優先順位を変えて対応しようと考えている議員個人もいる事で、防衛への取り組みも変わるし国民の考えも千差万別であるが、国の安全や平和に国民の生命や財産を守ってくれる事を政府に託してはいる。

其の為に政府はいちいち国民の顔色を覗う必要はないため、早急な対応を負っている。

今回日米の（2プラス2）で対応が急がれる案件は、先端技術を装備した兵器の開発が急務である事から、22年度の閣議決定した予算案では対応は全く出来ないことは明らかで現在ロシアや中国に北朝鮮が極超音速兵器（マッハ5〜7）の実験成功を表明しているが、日本は30年前に（マッハ10）の実験に成功しているが予算と方向性が無いので形に出来ないでいる。今回日米の（2プラス2）の取り組みは日米双方の思惑が、先端技術を取り入れなければ防衛出来ない所まで来ているので、緊密に連携し取り組む事になったので、新たに防衛予算の増額をするか特別予算を組まなければ、現在の貧弱な予算では口先だけで信用はなくなるのと、米国の信用も無くしてしまう。

多くの人が何度も繰り返していますが日米同盟は、今まで以上に日米双方にとっても重要になっていますが、更にこれから重要視しなければならないのは日本の独自性でしょう。ここで考える事は、自分の国は自分で守ると言う考えを持つ事が一番大切な事でしょう。それを今迄アメリカ任せで、蔑ろにして来た事から自国防衛の認識不足に陥っていて、日本滅亡の危機的状況に至っているにも拘わらず、喫緊の問題として取り組もうとする事に政府や国会議員や関係者に緩みが在るから、防衛予算も増やせず来ている上、多分この状態では侵略されて初めて気付いて泣きを見る事にもなる。そして今（2プラス2）の会議の中で、日本側がミサイル攻撃の対応として「敵基地攻撃能力の保有」の対処も含めた、あらゆる選択肢の検討を伝え、緊密に連携することを双方で確認し合っている。この事をもってしても、自国防衛には、「敵基地攻撃能力の保有」は抑止力をも含んだ国民の安全をも守り得る兵器であるのだが、これに反対する政党も有るのは如何した事でしょう。

自分の国を守る兵器を作ろうとするのに、国民の理解を得る事が大事だとして進展を遅らせている政党も有る。

現在日本の防衛専門家が提言しているように、安全保障環境の厳しい現実を直視すれば、早急に防衛力強化策を打ち立てる事が必要になる筈です。

現在世界は二極化した国際競争の中でも、互恵関係にある国もあります。しかし、防衛力が小さかったり、不十分だったり、同盟国関係に欠陥が有ったりもあり、第二次世界大戦以降183か国が消滅しているという事です。日本も4分割され消滅する所でしたがスリランカの当時名、その後大統領となるジャヤワルダナ元大統領の演説で、一旦4分割が決まり、それぞれ4つの国に与えられる事に決まったものが白紙になり、更にアメリカのマッカーサーが援護を決定付け今の日本がある。過去にこのような経過で日本が在る様に、今後も身の振りようによっては簡単に滅亡する可能性が有る事を肝に命じて、日本人は、世界で認めているこの住みよく美しい国、日本を侵略され、侵略した国に両手を縛られ連行される事の無いよう、自国防衛を進めて行くよう考える必要が有る。普段毎日住んでいれば慣れっこになり不満も出るが、今回世界が認めた事です。ところが現在世界の国々の生活環境は厳しい事と、生活の向上の為、共産主義や権威主義や専制主義のあからさまな台頭と社会の動きが早まっている事と、一人の思惑で国全体が動く事から、国の安定は厳しさを増している。この事からしても、国家は国際競争の中にあるので、時として一分の猶予が無い時もある。今正にそういう時に在るから、政府は国の平和と国民の安全を背負っているのであるから、防衛の対応には、予断は出来ない筈であるが、政府の政策に苦言を刺して進めない状態に在る事がある。今コロナの問題で社会が揺れているが、侵略や防衛戦争になれば、街は破壊され死傷者数は何百万人となるか分からない程と、交通機関や電気・ガス・水道も止まるし食料も不足する。戦争しなくても、サイバー攻撃に因って後者の公共機関や食料が止まれば日本人の5割以上が亡くなる事になる。戦争を昔風に考え対応しようと考えている政治家やコメンテーターや大半の国民も居るようですが、AI化学や電磁波等、磁気化学が底辺を走っている。政治家や国民は理解して居るのでしょうか?…。「国民の理解を得る事が重要である」とするなら、国民にその対案を提示すべきでしょう。

現在日本には、自分の国を守るだけの防衛力も無い事や、抑止力も無い事と、電磁波の磁気化学も進んでは居ない事に加え、せめて抑止力の一つも持って侵略されないようにする事が国民の利益なのです。一刻も早く抑止力は敵基地攻撃能力の保有の中に含む事も有るのでは無いかとも思います。国民の不安と防衛力の無い日本に、敵基地攻撃能力の保有は少し希望を持てる事に繋がる。勿論敵基地攻撃能力の保有が出来たからと言って、自衛力の完了と言う訳でもなければ、侵略されないと言う訳でもないが、防衛力が少し向上した事は確かですし、侵略しようとする国に於いては、反撃される恐れがある事と、政権が倒れる恐れも有るので安易に侵略出来なくなる。

本来、国際法では武力によって自国の防衛をする事は違反とはならないが、外国への侵略は違反であるから、核兵器廃絶運動よりも、外国への侵略の廃止に世界が動き、侵略した国に対し国連で制裁する方が、核兵器廃絶よりも世界の流れが速く進む。世界が防衛費を拡大する費用を世界平和に使えたら、貧困に喘いでいる世界中の人間を救う事が出来るだろうし先進国の人間も幸福を享受できるはずです。

今迄、日本は国際法より、憲法第9条に於いて、国内法を優先に取り組んで来たため、自国防衛が出来ない方向へと舵を切って、呆れる程幾つも自衛する事を罰する法律までも作っている。根本は憲法第9条で在りそれに沿って出来て居る為、どんなに遅れている発展途上国でも、自分の国が滅亡するような、憲法を作る国は無いでしょう。国でやらなければならないのは自国防衛でしょう。今迄、アメリカ軍の基地が在るのと、同盟国と言う事で日本防衛をして来たが、防衛費の減少も有る事から、同盟国への強力要請が多くなっているのと、駐留している国の、自己防衛を見ているのは当然でしょう。アフガンから撤退した理由は、その国の意思でもある。戦う気の無い国の為にアメリカ人が戦場に出て命を落とす事は出来ないのは当然である。日本防衛についても、第一線で戦うのは日本人であるのは当然の事だが、そうはなっていない事から、アフガンから、アメリカ軍が引き揚げたように、米軍が引き揚げたら日本がどうなるかを考えた事が在りますか？　防衛費が安いままで良かったのは20年以上前迄の話で、それから自国の防衛力と米軍の戦力は下降して来たままで、一部のジャーナリストがその点を突いてきたが切羽詰まっていなかったので指摘は流されてしまった。今世界は二極化した不安定な状態に出来上がって競い合っている。日本もこの中のどちらの陣営に付くかを考える余地も無ければ選択するだけの技量も一方だけしか無いのと、出来て仕舞っている立ち位置を考え明確にし、自国防衛に参加するしか自分の防衛は出来ません。米国は世界の警察官ではないと言っていますが、自由民主主義諸国はアメリカの力を嘱望している国々が殆どです。其の初めにウクライナ、そして中東のイスラエルやサウジ……。そして台湾に日本に韓国です。相手国はロシアにイランに中国と北朝鮮と言った軍事大国です。米国はこれだけの事に関わっているので、世界第3位の経済大国で在る日本は、方々の援助なりもしているのだから、せめて、自分の国は自分で守ると言った意識を持つべき時期に来ていると思う。如何に経済を発展させ、お金持ちになっても侵略されれば、昔あった奴隷制度と同じ様な奴隷にされる事を知り、肝に命じ強かに防衛力強化に取り組み全力で防衛に当たるしかないでしょう。

奴隷にされるのは誰だって嫌な筈です。日本は今のままでは侵略され、奴隷にされる可能性が有るのに認識が無く今のままの生活が出来ると思って居る。今もロシアに捕まったウクライナの人は全員ロシアに連行されリンチを受けその後は不明である。その位の事は知っていて貰いたい。

日本には一一〇〇兆円の赤字が有りますが、個人がそれに匹敵する現金をタンス預金しているのと、企業が484兆円を貯めていると言う事です。このほかにも貿易収支決裁で日本は世界第3位の343兆円の黒字です。非正規社員やアルバイトの汗水流した格差の収益が大きいとも感じます。そして侵略されれば、これ等の金は消え、そして貧富の差は無くなり皆等しく、子供も大人も高齢者も青年も等しく奴隷です。

日本には、憲法第9条の『日本滅亡への道標』が根幹のように走っている。それから支線を伸ばし伏線も出ていると言った状態です。その支線とは「侵略国から攻撃を受けた後、必要最小限の反撃をすると言うのが『専守防衛』の理念であるとして、思いを述べている人もいる。始めに何十発か何百発かのミサイルが飛翔し、其の一撃が大量破壊兵器か核爆弾による攻撃ではないと誰が断言できよう。また『専守防衛』と言う事を、『国柄』として維持する事の良し悪しの見解を言う人もいるが、今述べたように大量破壊兵器のミサイル数百機が飛翔して来ての同時攻撃への対応なのか、核爆弾に因る一撃に対しての『専守防衛』として、国民を守る為の戦術を、ここでも必要最小限に留めると言うのは、世界中どこの国でも決めている事でも無いし、専守防衛と言う事は日本滅亡への契約書を、日本で侵略者に言っているようなものですから、この際口にするのは辞めるとして、この専守防衛に関しては破棄しませんか。

日本は今、自国で自国を守る能力がない根本を話さず、60年以上前の書籍を見て考えを話しているように見える。つい一月前ですが、北朝鮮が極超音速のミサイルを日本海に向けて発射しました。そのミサイルは（マッハ5）程度との判断でした。ところが今回発射されてミサイルは（マッハ10）以上との事です。軍事関係の進歩はこんなにはやく進歩するのに人の頭の回転は更に速い筈なのに、政府や国会議員に国民も引き摺られて、60年以上前の見解を拘り日本の防衛力強化を阻止しようと退廃的な考えを主張する人も居るが、時代に沿った進歩した対応で国の危機救急の方に傾倒する新たな戦略が望まれています。また、戦略として「矛と盾」の問題が有って敵国の防衛に当たり、同時に対応出来ない事態が在ります。侵略には、初めにミサイル攻撃をし、次に空と海から上陸地攻撃をする。そして上陸となるでしょう。その対応に盾と矛とを分散して当たると言うのでは防衛力が削がれるでしょう。これも25年程前の取り組みですが、「盾と矛」の対応は同時対応に改めるべきでしょう。なにせ日本の総自衛隊員数が23万人で、対する国は単独でも200万人以上。同盟国または友好国と一緒に来るとすれば300万人か400万人以上になります。日本上陸阻止を行う事は出来ない。不可能です。

日本国民は、政府と野党との防衛費の攻め合いと判断が妥当だと思い認めて来たので、それをぶり返す必要はないが、防衛の強化は属国や、奴隷にされない為には、自由民主主義国家としてのあらゆる選択肢を排除せず防衛強化を図る事は絶対必要でしょう。其の為日本防衛強化を最優先にして憲法第9条から追随して出来た法律その他を破棄する事が望まれます。先ず初めに取り上げたのは「専守防衛」で、次に「非核3原則」です。現在も、これからも核兵器の開発や保有国は増加して行くでしょう。核保有国の考えは、核攻撃をすると言う国と抑止力として保有している国とが在り、攻撃の対象国は、核兵器の無い国のようです。其れからすると、日本は核攻撃の対象国ですが、現在は、良く言われていますが、アメリカの核の傘に守られているという事です。ところがこれから実際どうなるのでしょう。アメリカだって、他国の核戦争に巻き込まれる事を嫌うでしょう。自由主義国以外の国の核保有国は単独で、個人が決めるから即決速攻になる可能性が考えられます。日本は被爆国と言う事で、核禁止運動の先頭に立っていますが、再び核爆弾を落とされる事の先端に居ます。攻撃する側は、核保有国と核の無い国への考えの差は当然あるでしょう。核攻撃される方に手を上げるか、攻撃されない方に手を上げるかですが、人の考えに左右されず、自分で判断すべき事と、核保有は現段階では高い抑止力を持っているという事で、非核3原則について、抑止力と、侵略されない為には持つ必要があるが、核廃絶運動をしているので核攻撃されても持たない事にする、とで分かれよう。次に、自国防衛として必要なのは、抑止力の保有です。核の保有はこれからどう進むかは分かりせんが、今アメリカと日米安全保障協議会（2プラス2）で、日本は、ミサイルの脅威に対抗する為の能力を含め国家の防衛に必要なあらゆる選択肢を検討する、と盛り込まれたとある。この中には敵基地攻撃能力の保有も含まれている。この中には当然含まれていると思うがAIを使った攻撃や電磁波やサイバー攻撃に対処する日米側の研究開発は不明です。何故かと言うとこの兵器の攻撃を受けたら電気は止まり、ガスや水道に電車に車に船や飛行機も飛ばなくなる。と言う事は、日本人の少なく見積もっても6割以上が亡くなる試算も出ている。さて、あなたはこうした中でも防衛費が0・97%で良いと思いますか?…。日本には、昔から将棋や囲碁ゲームの中での諺に、『攻撃は最大の防護なり』と言われている。日進月歩の攻撃兵器が開発されているのに、その開発された後を追って、研究開発したところで防衛には間に合わない。更に侵略しようとしている国の国防費は豊かなのに対し、世界第3位の経済大国だと言う日本は0・97%と言う少ない防衛費の反動から、軍備も伸びず化学力も防衛産業も育たず開発を止める自動車産業や、機関銃製造会社の廃業もある。経済安全保障の点からも防衛産業の生産基盤の位置付けの必要性と、技術革新は国の戦力でもあり育てて行く必要性もある。軍需品の装備は国産品と科学技術の進んだ同盟国アメリカや準同盟国イギリスやオーストラリアや友好関係の深いオランダ等と共同開発を進めて行く必要性も防衛の強化にもなる。また今回日米安全保障委員会（2プラス2）でも、ミサイルの脅威に対抗する為国家の防衛に必要なあらゆる取り組みをすると言う事であり、その一つに敵基地攻撃能力の保有は、反撃能力を高める持つ事であり、先制攻撃を仕掛ける物でも、戦争する目的で開発するものでもない事を周知宣伝する必要がある。日本は現在防衛について、あらゆる点で遅れているのと、同盟国アメリカも日本の防衛だけでなく、多くの国々の防衛に関わっている関係で相対的に国力が凋落している事も有るので、日本の防衛について日本の役割を拡大する必要が指摘されている。

国防費を豊かに使える国は、核兵器開発や増産にAIを駆使して軍備品開発と兵器への対抗能力も進んでいて、日米備えた防衛システムが出来た頃にはさらに新しい兵器が出来ている可能性がある。音速の10倍以上で変則低空飛翔する極超音速核弾道ミサイルもその一つで、遊撃する兵器は無いようである。ここで肝心なのは、ミサイル基地の位置付けと攻撃です。敵基地攻撃能力をする事は抑止力を持った事にもなるが活用方法も併せて持たなければならない。其の為には衛星の活用と情報収集の強化も必要になる。多くの衛星を打ち上げる事と、打ち上げた人口衛星を破壊されない為の防護も必要になる。ロシアや中国では人工衛星の破壊実験に成功している。ここでも防衛に必要となって来るのは（クアッドやオーカス）にEUとの友好関係である。そして邪魔になるのが、日本滅亡への道標である、憲法第9条である。同盟関係や友好関係を結べないようにしている片務性を謳っているのである。この憲法第9条を世界平和貢献と、自国の防衛を謳う憲法に変える事が、日本の平和と、世界の平和にも貢献出来る。敵基地攻撃にはミサイルで攻撃するか、あるいは電磁波か、超音波か、サイバーかである。そしてミサイルの基地の認識だが、その認識に人に因って大きな隔たりがある。基地とは活動の拠点となる施設や場所で有る事から、建物に限らず車の上や下にボートやテントの中とあらゆる所が基地となる。そしてミサイルがその場所に在るか無いかはどの場合でも、人は離れた所から操作するので、人が居るか否かは関係ないのと、ミサイルの発射は基地の外、攻撃を実行させた意思決定システムに対し反撃するのは、当然の事でもある。侵略や戦争は幹部の命令に因って実行に移る訳で、命令に背けば軍法会議で罰を受けるし、自分勝手に戦争を始めても罰を受ける。こうした認識に因って戦争責任者となる人の自重にも繋がる事は必至でしょうし、昔も今も最終的には、矢面に立つが、指揮は後方の見えない地下の、各兵器さえ通さない安全地帯から侵略の指示命令をだす。

　多くのアジア諸国は、隣国との思想と領海問題や歴史的関係とから、対外的に脅威や懸念材料を抱えている。その中でも長い列島線を持つ日本は隣国に対する多くの懸念材料を抱えていて、安全な国とは決して言えない事が20年ほど前から進んでいる。

　今、現在尖閣沖は平穏な日々が消えたと沖縄の漁師は言う。「以前は九州からも漁船が押し寄せる程の豊かな漁場で、しけの時は40～50隻が魚釣島の島陰に集まり、風雨を凌いだ」と話し、「高級魚も上がり、皆で大漁を分け合った」が今では2隻だと話し大型海警船が領海にまで侵入し、数百メートルまで迫ってきた。海上保安庁の巡視船3隻が間に入り事なきを得たとの事で、現在はこの漁場に出向く船は、危険を感じてか2隻に過ぎないと言う。（読売新聞の一部抜粋）この2隻の漁船が漁に出なくなるか、フィリピン沖で展開しているように何隻もの大型船が常駐するようにならば占領される可能性が出て侵略が正当化され兼ねない。こうした現実があっても、党に因っては防衛予算を現状維持か、それ以下で良いとの事である。国民は自国防衛をどのように考えているのでしょう？　東シナ海に浮かぶ尖閣諸島の魚釣島には戦没者の慰霊碑がひっそりと立つ小さな島です……。書くのも話すのにも数時間考えても言葉は出ない。小さな島ですから防衛しませんか。占領されれば、そこが基地となって日本侵略に繋がる可能性が有るがそれでもいいのですか。この漁場を守る為、今は2隻の漁船の安全と防護をするのが相互の互恵関係のようだとするのが防衛力の無い日本の考えのようです。ここには石油も埋蔵されていて、日本の領海の外側では6基での開発がされているようですが、力の無い日本では開発が出来ていません。これも防衛費を1％未満に押さえて来た結果で、今でも2％以上の要求が出ても急な大幅要求と言う事で、政府は世論を気にして要求出来ずにいます。そうです。政府も選挙に勝たなければ政権は変わります。国民の認識が大切なのですが、生死を懸けても尖閣を守ると言った覚悟が必要です。

自由で平和な日本を未来永劫にする為に、自国防衛を考える党と個人を応援し、防衛費の2％以上の獲得応援をしましょう。2％以上とはGDPのたったの2％で、韓国は今2・57％で徴兵制も敷かれていますが、貿易と生産とが多くの点で日本を追い抜いています。

中国は軍事費をこの30年間で42倍にしています。日本は変わらず0・97％です。

これだけの遅れを日本人は知っているのか、知らないのか、国を守らなければ国民、自分達はどうなるかだけでも知っていて欲しい。侵略されれば奴隷とされます。奴隷になるよりは、自衛の為に遅れている分を取り戻そうとするのは当たり前だが、それはビックリする程高くなるでしょう。しかし奴隷にされるよりはいい筈です。

私は此処で終わります。次は鈴木孝雄さん、宜しくお願いします」


「国防について、皆さん熱い意見ありがとう御座います。鈴木孝雄、二度目です。

世界経済が不安定になった時とか世界経済が落ち込んだ時等に、経済軍事大国が侵略戦争で活路を開こうとする事も考慮に入れ、今後の自国防衛の対処方法も検討する余地が生まれる。

経済軍事大国は戦争する事に因って生産は拡大し、国民も団結し物資の流通が活気づき景気は上昇する。現在こうした戦争の起きる時期に差し掛かっているので抜かりなく国防強化・即ち憲法第9条を国民の生存権の為と、日本の自由民主主義を守り平和で住み良い社会を未来永劫に続けて行く為に、自国憲法を、自分の国の平和と自由を守る為に、日本国民自身の手で、未来を見据えた憲法を制定して行く必要がある。世界は今、自由主義社会と専制主義社会とで凌ぎを削っていて、一触即発に近い状態にある事を認識しなくてはなりません。そんな暗い緊張の下で沈み込むよりも、何も知らず快活に生活する事も一考で、アジアでは弱小国家であるが故の認識と高度な防衛力を備えるのを怠ると日本は亡びる。覇権主義国家の長は、国民の不満をさせないよう民主主義国家の長よりも経済面では配意し政策に余念はない。その為広い国土であっても国民の不満を満たせるだけの経済力は生み出せないから手っ取り早いのが隣国への侵略で有る事は歴史上証明されている事である。これが問題が無い訳では無い。隣国も核武装しているか、又は核を持っている国と同盟を結んでいて、その国が出動するかである。覇権国家は、侵略戦争すれば必ず勝てると言うまで国力を高めて侵略を始めるだろう。ところが戦争すれば大勝利したとしても、自国も相当の被害を受けて政府が転覆する可能性が出ると思えば、戦争を自重するだろう。これが抑止力を持つ事に因って誰もが嫌いである筈の戦争を、回避できる可能性がそこに存在する。そんなに上手くは働かないだろうと言う人もいるだろうが、それは多くの人の参加賛同次第で必ず抑止力は発揮される筈です。ところが、先端の最新兵器の開発や輸入には膨大な費用と時間に多くの人を要するが、当座は相対的過剰人口を配置する必要性も出て来る。今国家と自分の自由を無関心に過ごしているが、国が滅亡するかしないかの序章で、今此の儘伸びている先は、国が亡びるか自分が隷属されるかの瀬戸際近くを通っている。現在低所得で苦労している人は隷属されても大変苦労しているとは感じないかもしれないが、夢や希望を持てなくなり暗いままの人生になるだろう。一方現在裕福に暮らしている人に取っては、束縛され監視され金も無く自由も無い貧乏生活を送らなければならなくなる。そこは地獄な筈で有ろう。現段階では防衛費を2％以上に増額しなければ、当然日本の長い列島の防衛は出来ない。2％以上の防衛費が取れたとしても、いままで防衛費を抑えて来た事から来る欠如の補充も有る事から、高所得者の寄付を募って防衛費を補填するとか、故郷納税式の形を取って寄付をしてもらい、国の強靭化を打ち出す事も一考でしょう。防衛費が増える事は兵器の開発にも役立つし、たとえば敵基地攻撃能力保有の多角的研究にも繋げられるし、日本人の団結力にも繋がれば、外国の侵攻を抑え抑止力を高める事にも繋がる一方、予算の増額が有れば、国土強靭化の取り組みも進める。それは、地球温暖化に伴う自然災害の巨大化で、毎年増えている大雨に因る洪水や堤防の決壊に因る町中の水没や、人家の流出や土石流での道路や鉄道線路埋没や流失の災害。そして更なる大被害予測の防備にも、現段階では取り組めていないが、備える必要事が有る。それは地震・南海トラフ大地震や関東大震災に対処出来るよう民防衛隊の設置にも役立つ。例えば、韓国の総人口は約5000万人だが、韓国軍は約63万人で、予備役と言うのがありその人員が300万人・有事や災害時に国民を守る民防衛隊が400万人以上存在する。日本は如何かと言うと、総人口1億2300万人で自衛隊員は23万人で韓国は人口5000万人で兵員63万人、予備役は300万人・民防衛隊は400人以上ですが日本は全部で6万5２1人と少ない。自然災害が地球温暖化により今後多発すると予想されているのと、現在日本は有史以来最大の国難に現在直面している事を認識し、防衛を考える処に来ているのです。ここをどう切り抜けられるかは、アメリカとの同盟強化と日本人の手で日本を護る為に、日本人の為にはなっていない憲法9条を世界と日本人の為の憲法に改正する事が必要な筈です。

今関西地方で盛り上がりを見せている日本維新の会は、日本の精神、強かさを見せ活動し、国会議員数を増やし、憲法改正にも前向きで有るのと、自民党独自の路線に多くの面で、合致しているので、憲法第9条を、世界平和と日本の自由民主主義を謳った憲法の制定の同意見を見出し煮詰めて立ち上げ協力検討し憲法改正成立を多くの国民は望んでいる。

今この時期、令和の政治改革を思わせる様に、日本維新の会の強力な活力で、眠れる巨象の自民党と国民民主党の三党による憲法第9条改正の輪が広がったように思われる。しかし巨象でもある自民党の背には、時々政策が違うが選挙協力をしている象使いが背に載って居るのを見て維新の会は少し距離を置いている。ところが今回の夏の参議員選挙では、中道主義を行く公明党が選挙の相互推薦を実施しない方針を自民党に伝えていた。

日本維新の会と国民主党に自民党との憲法第9条の取り組み発展に期待を懸け、憲法第9条改正に繋がり、日本に合った憲法第9条制定が出来る事を功ご期待。

日本は、黒船来航後の明治維新、外国との文化の違いを見て多くの文化人や政治家が出て日本を急激に発展させ欧米と肩を合わせるまでに文明を開化させた。今再び、国を発展させ経済や文化や平和と国民の命を守るのに一番必要である自国防衛を無きものにして来た政治が戦後続いて来た。それは、憲法第9条の改正派と保護派の考え方の違いが根底にある。改革派は、この憲法第9条では明確に国は守れないから改正しようと思ってはいるがそこまでを口に出さない。何故なら、改正する事は軍国主義になるとの吹聴で『憲法改正反対』を主張する野党の支持母体代表者や有名人が主催して出席し、駅前や公園等で「憲法改正反対と戦争反対」等の演説し、シュプレヒコールや拡声器での広報活動を繰り広げている関係から社会の隅々迄で行き届いている。簡単明瞭なこの一言を覆す言葉が無いので、憲法改正が長引いているのでしょう。それと維新の会が指摘しているように、「オールド野党の執拗な妨害と、本気度が疑わしい自民党の優柔不断さに尽きる」と断じているのと、選挙協力をしている自由と民主主義を掲げる自民党と中道主義を掲げる公明党との足並みも常に揃ってはいない。選挙協力の為便利に利用し合ってくっついて居て、政策の遂行よりは当選する事の方を優先している様に見える事の要因でしょう。

現在の日本を世界の人が見た分析は、経済の発達や生産性の向上稼働率や新規起業の伸び率やデジタル技術にサイバー要員の不足等からの総合評価では、発展途上国並みだとの評価をされている。

現実に給与を上げない為の非正規社員制度を採り入れ給与を安く押さえて居るのに始まり、消費は低迷している結果に繋がっている。そして、人口の減少も下がり続けている事も分かっては居るが、増加の方策は取れず、新しい大型の起業も育たないだけでなく、今迄世界をリードして来た会社までが縮小や廃業に追い込まれている。これは企業が自分の会社の利潤ばかりを追いかけていて、社会情勢に目を向けない事に去来している事の結果で、好ましい事ではなく、国内産業の空洞化をも引き起こしている。その根本は、一時的な利潤を追求し、大企業が正社員を一社で1000人以上の人の首切りした事に由来する。そして首を切った後、今度は利益を上げる為、安く使える非正規社員制を導入した事や、国外に工場を移した事等で、国内の購買力は落ち結婚率も下がれば当然出生率も下がる。例えば1カップルが誕生し二人の子供が生まれれば将来の消費は億を超える額である。ところが安い賃金に切り替えた結果なのかは分からないが、484兆円と言う膨大なお金が、困窮している中小企業や個人にも回らず、税金を取られずにある。

例えば、大企業が外国に工場を移した事に因る社員整理が数千人行われ、街は廃墟のようになった所が東京にもある。

日本の自動車産業でトヨタと1位を競う日産自動車も海外に工場を移し、三菱自動車とフランスのルノーの経営傘下になっている。現在も大手製造が国外に出て行くが、外国の企業が日本に入って来て製造業を始める事は無い為、国内は空洞化が続いていて塞がらない。その傾向は長く続き、一時、小さい企業までが、一花咲かせようと海外に渡ったが、思うような経営が出来ず、引き返そうと思ったが、厳しい条件に縛られて引き返せず、全てを捨て監視に見つからず夜逃げし逃げ帰った事業者も居たようだが、監視に見つかって抑えられた人も少なくはないようです。

幕末には、西洋に追いつけ追い越せと励み、文明開化の花を咲かせたが、資源の無い国の欠陥から、石油戦争を始めて惨めな大敗戦を喫し、国はぼろぼろの傷だらけ、火傷だらけになり、都市は見る影も無い程の焼け野原となった。戦争後、米欧の工業力に気付き再び日本の強かさを取り戻し工業国となったが、憲法第9条と自由主義と自己主義との履き違えから、狭い了見で利潤追求経営になった事で、社会全体が委縮して行き、その結果2005年頃から人口が減少し始め、以後止まることなく減り続けていて改善の見込みは此の儘ではない。人口の減少は社会経済にも悪影響を及ぼし、消費の減少に繋がりGDPを引き下げ物価は高騰するが、非正規社員が増加するだけで消費はあがらず、GDPは個人消費が7割以上を占める。

日本の国際競争力の順位は2010年頃から韓国にも抜かれシンクタンクの調査によると世界57カ国中23位だそうです。日本の教育制度が、外国語の取入れが遅れている事から、国外との交流がスムーズに行かない事もあって、その国の状況を知らないまま、一花上げようと出かけて行き、財産を全部捨て逃げ帰って来たケースも有るのと、外務大臣になって交渉したが、その国の言葉が堪能でない為反論しないまま交渉時間切れとなったケースもあるようです。大学を卒業しても、外国語を1か国語も話せない人が大半であると言う。何故かと言うと、外国語を学ぶのに文法に重点を置いている事から、時間をかけて学んでも話す事が出来ないと言う事になっている。では、日本人でも外国人でも、その国の言葉を話すとき文法を習ってから会話をするようになるかと言うと、絶対にそんな事はない。文法は専門分野に進む為には必要でしょうが、一般方面に進む人にとって文法は殆ど必要が無いので、日本語も外国語も、一般の生徒には文法はやらずテストは廃止し、会話重視で進め、高校卒業までには英語の他に、もう一つの外国語会話を取得出来るような教育方針に転換するべきでしょう。短い教育時間の中で、狭まる地球間と交流と進む電子科学に対応する為、これから増々覚える教科目は増えるのに現教育方針では世界の進歩に付いて行けなくなる。教育審議会の委員も、自分が学んで来た教育を教えたいと思うでしょうが時代は益々早く進み、遅れる事は日本の滅亡に繋がるか、外国の支配下に置かれる事になります。其の為には、AIやITやサイバーに電磁波に光学等、これ等を使う機器類で国家の平和や命や自由に平等の人権を守って行くのと、人口の減少を食い止める方策を取らなければならない時代に入って居る。しかるに、一番総てに対応できる時間に当たっているこの時間を、友好に使う為の教育方針に変える為の合理化を図る絶対的必要な時代に来ている。何も詰め込み教育を進めると言うのではなく、社会が向かう方向性を捉え、豊かで安定した方向へ向かう為の教育制度の導入が必要不可欠では無いかと思う。其の為には無駄な全国大学統一試験制度とか、大学入試試験の為の勉強とかも無くなる訳です。進学は、高校での普通統一試験成績で大学進学推薦を個人との話し合いをもち各大学に振り分ける様にするべきでしょう。これで進学用の無駄な勉強とか、塾通いの時間とか経費の無駄が省け相当の時間を節約出来るでしょう。また、進学に付いては、ドイツの方式を取り入れ平均値以下の人は、能力に見合った就職を斡旋するとか、自分の家の家業を引き継いでもらうとか検討すべきでしょう。これは長い年月変わらない学問に効率化と短縮性を採り入れ短縮し、個人が学びたくない学科を極力なくし、世界と競争できる人材の育成や、国家公務員や企業が求める方へ教育を変更し少子化対策改善の一環として取り入れる事と、低所得者層への配慮と国防と社会に出て必要な教科にする改革です。高校を卒業すれば、全て国家公務員試験を受けられるようにし、全ての起業に推薦枠で入れるような制度を作る改革とし、高卒と大卒との格差は無くし、大卒者が4年後就職した際、そこから高卒と大卒との給与や昇給等の扱いを一斉スタートとする。勿論、高卒者で、職場で既に役職に付いている人や資格を取っている人と、大学で資格取得を取っている人は、当然スタートラインは別とはなる。その後は職場の裁量でしょう。それでは小学校から高校までの教科は如何するかと言うと、勿論4教科で、国語と社会は1教科とし、英語、数学、理科に、週2時間、体育と人文の5科目です。

ところで教育改革は出来ない儘今日まで来た結果、日本人の強かさや勤勉さが、憲法第9条に因って日本のナショナル・アイデンティティー（国民の同一性）が失われている。このナショナル・アイデンティティーの復活が日本には必要である。それには、日本人が混乱と弱体化を植え付け滅亡に余儀なく向かわせる憲法第9条の改正と、それに追随して作られたような非核3原則の廃止等をし、新たに、日本の自主防衛の確立をするべき日本人の精神復興が必要でしょう。

現在何処の党も選挙の支持票を増やす為、大学学費の無償化を掲げて居るが、これはただ単に4年間の学生生活を増やすだけの事で、家庭の為にも、本人の為にも、国の為にもならない選挙公約案である。前文でも説明しているが、これからもう少し掘り下げて説明しよう。2005年頃から人口の減少がひたすら続いているが、その人口少子化に対する対策案が出てこない。高卒と大卒では就職が早いだけ高卒の方が結婚も早いのと元気な子供が生まれる比率も高いので、少子化改善対策として、高校での就職率を上げる必要が有る。この事から、小学校から中学高校までの教科変更が求められる。大学の普通科で学ぶ教科は高校で学ぶようにし、大学や短大では専門分野にすべきでしょう。その基本は、日本語も外国語も文法はやらず、漢字も行書や草書でも良い事にし、その他にもこれに準じた改革をし、今でもあるが、大卒の資格取得試験とか公務員の何級試験とか弁護士の資格試験とかで、高卒での就職の底辺を広げ、人口の減少に歯止めを掛けるべき方法として持ち上げ、高卒でも大学を卒業した証明を取得で出来る制度を採り入れ、活力ある20歳前後をもっと有意義に過ごせる方法を取り入れるべきでしょう。今迄、人口が増えていた時代と減少して行く時代と同じ教育行政の仕方では、人口の目減りには歯止めはかからないまま減少が加速して行く事になり、多くの県や市や町や村は消滅を余儀なくされ、生産も消費も落ち込み税収は上がらないから、国の防衛にも手が回らず日本が滅亡に繋がり兼ねない。そこで効率的で短縮出来る教育方針を取り入れる事が必要なのです。これは企業が機械化や合理化をする事に因り発展して来たように、教育現場も改革し、外国語やAIを使った機器類の研究や開発と農業や建設業に短縮した授業時間を回す等をし、多くの労働力を生産と家庭に回す方法をする事で、人口減少の改善と教育の向上に向ける方法を先ずは示した。ところが今迄の高卒者の就職斡旋方式では、高卒の方が大卒より離職率が高いと言う欠点を指摘される人も居ますが、今迄進めて来たやり方は、高卒で就職する場合、会社への斡旋は一社だった事から離職率が少し高かったのに対し、大卒の方は自由に就職活動が出来企業を選べたから離職率が高卒者より少し小さいだけであり、その割には大卒の離職率は高い事になる。これからここに提示した教育方針では、高卒者は、努力次第で大きな利益を手にする事も出来るし、経済面でも親や兄弟の面倒も見てやれる。

国家が国家で有る為には、『富国強兵』政策が昔から用いられている事だが、それに間違いが無いのと、国が平和で自由で人権が平等である事が幸福の第一条件でもある。国が富んでいる事は、個人も富んでいる事に繋がり、国家は外国から侵略されない為に強い兵力を有し平和を守る事でしょう。ところが、兵力が小さく侵略されれば国家は消滅となる。

日本も敗戦し、4分割が決まった時、救世主が現れ消滅が免れた事を国民はあまり知らない。

第2次世界大戦以降消滅した国が183か国に上ると言う大部の書物（吉田一郎著）があり、過去70年間に消滅した国に付いて解説があります。この中に日本も含まれる所でした。

日本が4分割された後の行く先の国は、ロシアに中国、そしてイギリスにアメリカです。どうですか、もし日本を救った救世主が現れなかったら、現在彼方が住んでいる国は処だと思いますか？　今後も負ければ選択の余地は無いのを肝に命じて防衛強化に励みましょう。

今後敗戦すれば、侵略した国の領土になる上日本人は侵略国に紐で繋がれ連行されます。良く覚えて下さい。ほぼ奴隷です。防衛強化反対の党は否定はするかもしれませんが、それは今も実施されているので間違いはなく、侵略国が変われば違うと言い甘い言葉があるかも知れません。注意し防衛強化をする事が第一です。日本国内の、憲法第9条改正反対者や、その他日本にいるスパイやその支持者から甘い言葉に因る誘いで、防衛費の増額反対や防衛備品の製造反対に自衛力強化反対と、憲法第9条改正反対の様々な理由付けを既にして来ています。兎に角彼方自身が、世界情勢と日本の立ち位置を見て、侵略されたら奴隷にされる可能性があるぐらいの認識を持って臨む事を期待しましょう。

日本は民主主義国家ですから、選挙に因って政策が変わります。そして、現在の儘の政策では、即ち、少額な防衛予算では長い日本列島は守るのには無理が有ります。何れ破綻します。破綻してから後悔しても、後の祭りです。そうならない内に自衛力を高める事が必要です。今はたった1％の防衛費を2・5％に上げる事で、日本が滅亡を免れる事と、国民が奴隷にならず、国家が平和を保ち、国民が命と権利と自由が保障される命が守られるのですから、安い経費で大きな安心を得られます。国民は選挙の得票差と同じかもしれません。賛成も有れば、反対もあります。

ところで先日会った人の中に、面白い事を言う人が居ました「アメリカの州に成れる方法はないものでしょうかと、大国だし自由主義国だし、同盟国だから…」と話し「アラスカ州は確か、ロシアから1867年頃ロシアから買ったのです。アジアの何処かの国に占領され奴隷にされ、太平洋をアメリカとアジアの国で半分ずつ管理しようと言う案がアメリカに持ち込まれた経緯がある。その前に、同名国であるアメリカの州に組み込まれる方がほぼ現状の儘で組み込まれると思うから、その方を検討する事は出来ないものかと思う」と話した。

そういう考えは初めて聞いたが良い考えだと思う。こうした考えを発表して、どの位の人が賛同するでしょうか？　しかしどうなるでしょう…。

確かアメリカは自由民主義国で、夢の様な社会だと言われ、自分達だけではなく、世界に広め様としていた様です。ヨーロッパでは長い苦労い戦いの末手にした主義です。日本は自由を得る為の戦いは無く、敗戦に因ってアメリカから得たものですから、階級が廃止され自由を得た日、平等であると伝わった日も半信半疑と喜びとが重なって静かな喜びの様子であったそうです。ところが、この平和に危機が迫っているようですが、多くの日本人は気にする事無く今を楽しんでいるようで、危機感を持って自主防衛に尽力しようとする人は少ないようです。今はもう、目にも見える戦争は始まっている事が紙面にも出ているし、遠方の海上で、テレビや紙面で少しだけ目に見える処の戦争も始まっているが、日本人は今、自分の身に降りかかる迄は見えないのでしょう。

憲法第9条は、自国防衛意識を根底から覆し根無し草にしただけでなく、国を思う心とは反対の精神までを植え付け今になっている。これから日本が生き残るためには、新たに日本の明治維新や、戦後の復興した日本の精神を確立し復興運動を静かに推進すべきでしょう。今の様な精神無きままの状態、即ち根無し草の様な国民では、此の激しい変革の中では立ち打ち出来ず消えて行くでしょう。自民党に公明党・日本維新の会に国民民主党に憲法第9条の改正と国防の強化を国民は託しています。

現在世界中で日本以上に政治形態が違う国を、隣に持っている国はなく、しかも核弾頭ミサイルを持つ核軍事大国が隣に3国在るのは、世界中で日本だけです。其の日本は世界第3位の経済大国でありながら、国を守るべき大切な軍事力の無い弱小国家で常に滅ぼされる程度の防衛しかない事を、日本人は知るっているのか知らないのか、政治家やジャーナリストは知っている筈でしょうが、防衛力強化に関しての発言が如何言う訳かあまり聞こえて来ない。国民も原爆を再び落とされたり、侵略されたり、奴隷にされたりする悪い条件が揃っている面が有る事を知っているのか知らないのか、実際に起きている事を見聞きした報告も少ない。テレビや新聞は不思議な事に同時に、知るべき報道は短く、反対の説明は丁寧で長く、日本防衛に重要な話で打ち消されている。テレビ討論会でも、今迄は、自民党対野党4党との対話になっているから圧倒的に自民党の説明は消されて仕舞ったが、2021年の10月の選挙で日本維新の会と国民民主党の政策が政府と似ている事から、国民に日本を取り巻く現状と、防衛力が小さく防衛力弱小国家である事が理解出来ると思う。そして何よりも知って貰いたいのは、日本の危機的状況の説明不足と野党の軍備増強反対と、その説明と憲法第9条の改正反対を正視する事でしょう。「防衛予算の増額」要求を隣国に近付けようとすれば「軍国主義復活」だと批判発言をし、日本に敵視政策をしている国と強調路線を取る政党もあるのを知ってください。そして憲法第9条の改正を口にすれば、「戦争反対」のデモ行進をして来た。日本人は今まで、こうした二つの運動が、日本滅亡や日本侵略に繋がり、平和や自由や権利を侵されるとは考えもしていなかったが、これからは、何時侵略され、奴隷に居されるか分からない時代に入って居るので、自分の命は自分単独では守れないので、国家の防衛に委ねる事となる。其の国家の防衛は個々人の意識から出来ているので、その意識の強弱に因って国が支えられ繁栄もすれば、滅亡もする。日本は自由民主主義国家であるから、選挙で国会議員が選出され、選出された議員が選挙で総理大臣を選んでいる。そこで重要なのは、日本防衛を主眼に置く国会議員に投票する事です。

『戦争反対・憲法9条改正反対』政策の行く先は、日本滅亡への道である事を認識してください。何故かと言うと、憲法第9条は『武器は持たない、防衛をしない』ですから何をされても無抵抗でいる事になっている。これでは国家も個人の命も守れないでしょう。武力で侵略してきたら、武力で抵抗するより防衛するしか仕方がないのです。

外交は、軍事力に因って交渉の行方が決まるのです。国際関係は話し合いで物事が解決できる程、甘くないと言う事を脳裏に入れていてください。選挙で国際問題を話し合いで進めて行くような発言をする候補者は、防衛をしない候補者と同じ考えの人でしょう。防衛が自国で出来る経済力が有るのに、防衛をしない国は世界に日本を除いて一国も無いでしょう。まして日本の隣国は、日本が沈んで行くのを待ち望んで粗探しをしているのに加担する政党もあるのと、日本は世界第3位の経済大国で484兆円と言うお金を貯蔵している国家ですが、日本滅亡への表示板でもある、憲法第9条が改正できずにいるのです。この日本滅亡の表示板で在る、憲法9条を改正しようとすれば、軍国主義を復活しようとしているとか、戦争をする気とかの揶揄飛ばし、防衛強化策への反対を吹聴し、隣国の批判が日本に容易に向けられるようにしている。組織から動員を懸けられ参加し大声でシュプレヒコールを叫んでいる人達の、何割が自主防衛の弱体化や放棄に係わるか、果ては侵略や奴隷にされる可能性もある事を認識し参加しているだろうか…。また、駅前や公園に街頭での抗議集会やシュプレヒコール等の政府批判が支持率の低下にも繋がるのではないかと懸念から、なかなか自主防衛強化の為の予算増額やAIを駆使した軍需産業の近代化や、日米共同によるAIでの防衛装備品の研究開発と別枠で長距離ミサイルの製造や、既に戦争が始まっている宇宙空間の開発と小型衛星多数打ち上げコンステレーション（星座）ようにして両国で観測網を共同運用する事等が有るが、国内の保革対立思考対立で、運用も踏み込めない物も在る様である。

現在日本は危機的最前線（フロントライン）に立っている事を国民は認識しなければならない時代に入って居る。今領土侵犯は既に頻繁に行われ、奪われ、侵略される危機的状況に入って居る。反対意見も出て来て混乱させようとする情報作戦も出て来る事も予想されますが、疑うよりは信じ準備する事の方が賢明でしょう。憲法第9条によって国防が歪められ、今迄、国防しないで侵略されれば、人間扱いされずに殺されても仕方が無い方の運動、即ち、『憲法改正反対・戦争反対』を平和運動と憲法第9条の趣旨である、「武器を持たない、防衛は出来ない」

状態にしている考えを保持し、動いている政治家の傘下にも組織はあるので、日本が侵略されないよう注意が必要でしょう。現在遠方で稲妻が走って、雷鳴が轟いている。この黒雲は日本の方向へとも向かう雲でもある。防ぐ為には暗雲の基を断つ能力の保有や核の保有やEMD弾の確保に高度なAI兵器で、サイバー暗雲やミサイル黒雲が来ないよう、暗雲を防ぐ力の保有を備えなければならないだろう。備えるには、悪法を始めに破棄する必要があるでしょう。

国家が敗北するように作られている憲法が悪法で有る事は司法の人には解っていると思う。今回参議院議員1区の定数問題で政府に是正勧告をしている。所が、日本防衛が出来ず滅亡が窺い知れる問題の本元が、憲法第9様に在るのを放置して良い事でしょうか？……。

世界中で、国を守らない憲法を持っている国は、日本以外にないでしょう。この行先は何度も話されているので省略します。桑原でした、次前回と同じでよろしいですか…では西田さんお願いします」

「はい典弘です。自主防衛力を強化しなければ今言われましたように2020X年を超える事が出来るかと言う事が多くの人から言われています。

プーチン大統領は、自分の命は安全の中に居るのを世界が認めているから後方で人道上極まりない非道も平然と出来る。戦争はここに問題が有る。侵略戦争を命令する人が一番先の標的にされる事になれば侵略戦争は無くなるし、核兵器の製造保持も、何れ無くなる。

ウクライナは日本と同じように軍事弱小国家で、核兵器も無いし、敵基地攻撃能力も無いのと、長距離ミサイルも無い上、核兵器所持国との同盟関係も結んでいない事から、侵略しようとする国の大統領は、命の危険も全く無いから国際社会から批判されても痛くも痒くも無いのと、侵略征服する事は実入りが多いのでしょう。しかしロシアは、国連の安全保障理事会の常任理事国ではある。今回取った行為に対し、国連のグテーレス事務総長が異例でもある批判を公然とした。「ウクライナの領土保全と主権の侵害で在り、国連憲章の原則と矛盾する」と。

こうした国が、国連常任理事国である。日本は何十年にも渡ってアメリカに次いで、国連維持の拠出金世界第二位の金額を出して来て、常任理事国入りの手続きを行ったが専制主義国の拒否権発動に因って、常任理事国入りの拒否に会っている。

常任理事国とは、第二次世界大戦で、日本とドイツとイタリアに勝った国が常任理事国となり、今も常任理事国入りを目指す国は有るが拒否権が発動される関係から増減はない。この5か国は、アメリカ・イギリス・フランス・ロシア・中国で拒否権と言う権利を持っていて、自分の国に不利が生じれば、拒否権を発動し会議の進行を打ち切る事が出来る。この5か国の内の1カ国が拒否権を行使すれば審議した議案はその時点で破棄となる。

現代社会の平和を築ける可能性がある事は、侵略阻止の検討が拒否権に因って拒まれ、国際法で決められているように、「国家は自衛以外外国に武力行使をしてはならない」事になっているが、核軍事大国で有れば、国連の安全保障理事会の常任理事国でもある職責を持った儘他国に侵略の命令を周囲の反対を打ち切って侵略して行く。世界一の国土を持ち、資源も世界1多くの資源を有する国が、更に国土を広げようとしている。この行為をどのように理解すればいいのだろう。領土拡大主義はいずれ隣国と衝突が在る様に思う。ここで不献身ではあるがアジアの未来の予測を立て想像して見る。中国はロシアの9倍もの人口があり、生産力も高いし化学力も軍需品の生産も5倍は有るでしょう。ところが資源がロシアの4分の1程度しかない。中国はロシアを支配して資源を取る可能性が大きい事になる。中国が地球最大の国家に成る可能性が有る。ロシアは今領土を広げれば広げるだけ破られるのが早まるような事も起きる可能性も無きにしもあらずである。

国連の安全保障理事国が、今回の様な蛮行をしても国連が理事国の権利を剥奪することが出来なければ、中国もロシアに見習った行動が、近隣のアジア諸国に取って幾つかの対応が生まれる可能性が生じる。

今回、国連の安全保障理事国が、軍事弱小国家に軍事力に物を言わせ攻め込んだ事に付いて最悪の不審事であるのに、国連が拒否権に付いて、討議も改正もされなければ、それに代わる第二の国連創設の動きも再び持ち上がる事が有れば、それこそ、国連の改革に繋がり進歩でしょうが、ただ問題もあるので進行は困難でしょうか？　現在のこうした5つしかない常任理事国の一つの国が、平然と周囲の国々の仲介や意見を無視して、何も悪い事をしていない隣国の善良な国民に向け、機関砲を戦車から発砲しミサイルを撃ち込んで進撃している。ウクライナは農業国で長年に渡って農産物を世界に輸出している国で、自由民主主義国で軍事力は小さく長年ロシアに支配されて来た事からEU加盟に動いていたが中々加盟出来なかった。ようやく長年の夢が叶いそうに近付いて来た事でロシアが武力を持って阻止にでた。

数十万のロシア軍が機関砲を発砲し、且つミサイルを撃ち込み、戦車でウクライナの3方向から侵略している。侵攻されウクライナの住民何千何万人、それ以上の老弱男女や子供が無差別に殺害されている。侵略している国は、国連安全保障理事国、5カ国の内の1国の代表1人の常任理事である事にも問題がある。世界70億を超える人口の頂点にある国連が決めている原則、「他国に武力侵攻してはならない」事になっているのを当の国が無視して、武力侵攻をしている事に付いて、国連総会を開いて侵略行為に対し辞めるような決議は採択されたが戦争を辞めると言う事をロシアはしていない。

さて国内の自国防衛を、悲惨な他国の状況を引き合いに出して話すには申し訳が無いと思うが、日本はウクライナ以上に防衛の弱小国家で侵攻されれば数時間か3日も堪えられないから、悲惨な攻撃を受けて滅亡しない為の防衛強化を検討し、打ち立て、行う必要がある。

少し話が変り、先日友人から聞いた話になります。

山梨の富士山の裾野の樹海の入り口から少し入った所に、これから自殺すると言う遺書が人目に付く木に結んであったのを捜索隊が見つけたそうです。遺書によると「自分は此の世に生まれて来て一度も良い事が無かったので死にます」と書いて在ったそうです。そしてこの遺書を読んだ人の意見や意義を考えての遺書の様だとの事です…。

人間は裸で生まれて来ますが、生まれた国や家庭に因って裕福とそうではない家とが有ります。日本は豊かで環境が整った国ですが、いつ、どのような形で地獄の底に突き落とされるかも分からないが、今道の岐路に差し掛かっているようです。地獄と言うと見た事も無いと言う方もいるでしょうから解説しましょう。

地獄と言うのは、日本や米欧諸国とは違った国に侵略され支配され、奴隷の様な生活を強いられる事です。日本は歴史上アジア諸国に進行して行き、そして第二次世界大戦でアメリカに負けて各国から日本に逃げ帰って来ましたが、侵攻して行った国からの敵意は、今も有って保障しても敵意は消えた訳ではないから、依然敵意は持ち続けられている事と、今の日本は軍事力の弱小国家で在るから、恨みを戦後ズーット持ち続け親から子へ、そして孫へと引き継がれ今軍事力弱小日本人に、怨念を晴らすチャンスだと思っている人も少なくはない。ところが日本人は平和だから隣国に復讐心を持ち続けている人がいるとは、あっけらかんな日本人はあまり思っていない。で、あるから日本滅亡の憲法第9条が有っても気にしない。

現在日本防衛は此の儘で良いと言う国会議員も多い様ですし、アメリカでは遠方の国々、ウクライナやイスラエルに台湾と日本を見ている事と、アジアの軍事大国の台頭で戦力が削がれる事とアメリカの国家防衛予算が減少して要る事等から凋落もしていて、アジアでの戦争をシミュレーションに懸けたところ不利な結果が出たとの事です。

バイデンアメリカ大統領が言うように、それぞれの同盟国に防衛の等分協力を伝えている事から、アメリカはＡＩを駆使しての軍需品の製作に、遅れが出ている。日本がアメリカに協力し、遅れを挽回する必要が生じて居るが、日本の国防予算が少ない事から、アメリカに協力出来ない状態にある。日米同盟にも響く事から、今後の取り組み次第では、後れを取り戻せる可能性が消える。やはり防衛費の研究費用は嵩むが日本に課せられた事ですから日本の為、日米同盟の為果たすべきでしょう。現在この防衛予算の0・97％では当然間に合わないでしょう。日本の、自国を防衛出来ない虚弱国家で、いつ侵略されても不思議ではない状態に在るのだが、国民は其れでも防衛費を低く抑えて居たいと思っているのかどうかを聞きたい様な気します。現在日本人の60％は防衛の強化を求めています。こうした中で防衛費も韓国並みの2・57％に値上げしても国民は支持すると思いますが、一部の国会議員やジャーナリストやコメンテーターは反対する人も居るようです。今は情報化時代ですから、上記の人より日本の状況を解っている人も多い様です。これからの日本人は、同盟国アメリカを頼り切るのではなく、これからは抜本的に考えを変え、自分の国は自分達で守り、アメリカの覇権国家を助け世界の平和を強固にする事を当然と考え取り組まなければ、アメリカ国民から呆れられ見捨てられる可能性が生じる。日本人が自分の国を守るのが嫌だとすれば、アメリカ人は住んだ事も無い国に命を懸けて守る事等更に嫌な筈です。現在の日本人はそうした事も考える人を増やす事が必要です。

私はここで終わります。日本の未来が明るくなる様に考えて下さい」

「鈴木孝雄さんでした。では桑原勇一郎さんお願いします。」

「はい、指名にあずかりました、桑原です。

憲法第9条改正に付いて話したいと思います。だいたい国民の比率は改正がやや多いものの、反対とどちらとも言えない人で6割程度を占めているようです。これは世界情勢で変わるようです。憲法改正に反対している人は、日本の防衛に反対している訳です。外国人が攻め込んで来たら如何するのでしょう。憲法では防衛する事は禁止していますから国を守ろうとする人は憲法違反となります。日本人が日本の国を守るのは当然ですし、平和や命を守るのも当然です。それを守ってはいけないと司法も言っている様です。ですから、侵略者が日本人を殺し占領するのを阻止する方法は無い訳です。国際法では防衛するのは当然許される行為なのに、日本では、日本人が日本を守るのは憲法に違反すると言うのです。可笑しいのではないですか。侵略者（外国人）がミサイルを撃ち込んで来て船や飛行機で上陸し、自動小銃を撃ちながら日本を占領しても、日本には憲法上阻止する武器は無いし、防衛する事は憲法違反となります。皆さんこの憲法を支持できますか。出来ないですよね。司法はこの憲法に異議が無いのでしょうか。

憲法改正には全国会議員の3分の2以上が必要だと言う事で、77年が過ぎたが、民主主義に違反している憲法が在る為、今度は戦わず、初めから無条件降伏する事になる。太平洋戦争では、敗戦時を逸した為無条件降伏して無惨な敗戦となったが、現憲法下では、侵略と言う形になるので、日本は滅亡し国民は奴隷となる。再び敗戦に導く憲法第9条の改正を困難にして来たのが、民主主義に違反していると言う憲法が作られているのです。本来民主主義の議決は、過半数を持って決議する訳ですが、憲法第9条の改正を困難にする為、憲法96条を設け各議員の総議員数の3分の2以上の賛成で発議し国民に提案するとしている。此の為今迄憲法第9条は改正されずに来た。憲法を作ったのも国際法に違反している外国人が日本憲法を作った事と、帝国議会は二院からなるが、日本はまだ独立はしていないし、言論の自由も無く憲法に反対や意見を言えば戦犯として投獄される危険もあったのと、帝国議会で僅か10日と言う短期日で憲法が決議されたのです。こうした違憲尽くめの様な遣り方で憲法9条が作られたのと同じく、憲法第96条も作られている。

憲法改正となると時間も掛かる事とから、有事が起きた時の対応も出来ないので、日本人の命にも関わるし、日本人の多くは現在の生活に安堵仕切っているが、常に、日本滅亡のミサイル千数百発が日本に向いている事を肝に命じて対応を整える様にしなければ成らないでしょう。こうした環境の中にあって、滅亡を防ぐ等を鑑みれば憲法第9条を検討し衆参両院を通過させ、国民投票にまで持って行き、改正までつなげる時間があるかの問題と、改正する起案を検討し、衆参両院を通過成立させ、それから防衛費の増額や自衛隊の増員配備や兵器の準備や新兵器の開発が揃い侵略者を迎え撃つと言う運びに順調に行ってそうなるのだが、侵略しようとする国が待ってくれると思いますか?….。千発前後のミサイルは日本に向いている上侵略の準備は万端整っているのです。憲法第9条は、侵略国を擁護し日本人が反撃しない為の憲法で、今この憲法改正に、上記の手間暇を使っている時間は無いので、破棄する事が日本の滅亡を防ぐ最善の手立ての様に思うが、轟轟と意見が出るでしょうね。

憲法改正には、第96条に3分の2と言う高い塀が設けてあるが、破棄に付いての条文は無いようです。憲法第9条は、日本が滅亡する為の憲法ですから、アメリカの見方次第で滅亡します。そして憲法第9条は、アメリカとの同盟関係を強化するのにも障害になっている事を日本人は知る必要が有ると同時に日米同盟強化を言う政府や国会議員は行動を起こす必要が有るが、そうした行動は見えないどころか、政府内には反社会的団体に会費を払っている要人もいるようで、憲法改正や防衛費の値上げを、政府で舵を切るのも大変でしょう。今後国民は国の平和と国民の命と権利を守る為議員活動を正視して行く事が求められます。現在、アジアの国際環境は非常に厳しく、舵の取り方に因っては滅亡へと落ち込んで行きます。

日本の防衛強靭政策は、何も戦争に限ったものではなく自然災害も含んだ増強を指すので、現在自衛隊は、自然災害への対応の方がはるかに多く出動している関係と、今後想定されている南海トラフ大地震と東海大地震だけでも、今迄になかった23万人以上の死者数が予想されているのに、今は何の予備もされていない。上記にも上げているように隣国が世界第1位と第3位の核大国と、40発以上の核保有国が在る上、3国を合わせれば、400万人前後の軍隊員が居る上、3国が原爆所持国で有るのに対し、日本はたったの23万人しかいないし核兵器も所持していない。しかも自然災害が出た場合に、自衛隊員はそちらに向かっているかも知れないのだ。例えば、南海トラフ大地震が起きた場合の被害は、東日本大震災の20倍と推定され、死者数は32万から33万人にのぼると推定されている。東日本大震災で、自衛隊の災害派遣は10万7千人で自衛官の半分近い数であった。今回予測されている、南海トラフ巨大地震が起きた場合、東日本大震災に派遣された実績から推計すると、災害対応に当たる必要な人員は約160万人になるが、自衛隊員総数は23万人ですから到底まかなえない。こうした事が閣僚は頭に無いのだろう。日米同盟は外交安全保障の基軸だとしているが、日本防衛はアメリカに頼り気味状態で今迄来たが、アメリカはヨーロッパや中東にアジアの国々を見ている関係と、軍事費の落ち込みで凋落気味でもある。そして日本は、GDP世界第3位の国である事から、本来日本独自で自国防衛する事を多くの国が期待しているのと、批判する国とがあるが、日本の行政機関と国民とに自主防衛の強い気概が見当たらない。

日本維新の会には、自主防衛の気概や政策が明確な上、政府や同じ野党に対する姿勢も明確である。

日本は自然災害が多い国ですから、その自然災害に対する救助を行う『一般防衛隊』が必要でしょう。其れと、日本の隣国には４００万人の兵隊が居るのに対し、日本はたったの23万人でしかない。誰が考えても全く不足でしょう。それを国会議員やジャーナリストやコメンテーターは、この矛盾を考えないのでしょうか。韓国には約62・8万人の兵と『予備役』３００万人、『民防衛隊』４００万人以上が居ます。韓国を参考に算出すると自衛隊員数は１２５、６万人が必要となり、『予備役と民防衛隊』とを合わせると、約１４００万人となります。

日本防衛の自衛隊増強と『予備役』に自然災害の多さから『民防衛隊』の設置も必要でしょう。現在日本の自衛隊は、災害時の救急要請に対応したもので、韓国の民防衛隊４００万人、人口比で出すと日本は８００万人に値するが、今は自衛隊員がたったの23万人である。この数の差を見て、昔で在ったら逃げ出したかもしれないが、今は逃げて行く先等、殆どの人は無い筈です。国家と自分の命や家族の命を守る為、その為にどのような国作りをして行くかを考える必要がある。今自分達が日本人の命の値段を付けたとすれば、韓国の人たちの３分の１以下になる。それは有事や自然災害への対策や取り組みの無さから割出された値段です。その値段に何を感じるかだが、日本人は事故の欲得は非常に強いが、全体的な危険は見ようとはしない傾向がある。自然災害も有事も国民の考え方や対応の仕方で小さく出来る筈である。誰もが真っ直ぐに考え対応すれば、侵略され、奴隷にされ自由が剥奪され年中監視されるのを好まないだろうから、国家が力を発揮出来るようにするには金がかかるが、何よりも大切な平和と命の安全が付いてきます。其の為には、預金なり、国債を買うなりのお願いと、所得700万円以上の方の増税を徐々にお願いしたい。増税には不満を持つ人もいるでしょうが、侵略された事を考えて見て下さい。発言も居住も、行動の自由も、子供や孫は奴隷です…。今の自由、その自由の為に命を懸ける価値はあるでしょう。日本は人口も減少しているしGDPも最悪で、途上国並みであると言われている。ITも又後れを取り中国やアメリカが3ケタもの特許を取っているのに対し日本は辛うじてやっと1個であると言った状況です。日本の教育は、教育者が専攻して来た強化を主張する事の関係から子供は嫌いな科目をやらされる事で拒否反応から登校拒否に移る生徒もいる。又政党の支持率を上げる為高等教育の無償化を掲げる政党もある。こうした考えも幾つかの疑問がある。人口問題にしても高卒や専門学校卒の方は就職が早いだけ結婚も早いし、苦しい家庭では早く就職し家計を担ってもらいたいと思っている。人口増の頃は大学も定員を超えていたが、人口減に因る定員割れで多くの大学は、外国からの留学性で数を満たしている。そうした事からアルバイト目当てに留学性が多く半年過ぎに調査した時、学校にいたのは1人だったと言う事例と、結果大半が居住不明だった。ドイツでは平時のテストの点数が平均点までが大学進学可能で、満たない生徒は親の仕事を引き継ぐか就職するかの選択になるようである。

『好きこそものの上手なり』という言葉がある。学問も正にその言葉が該当するので、何も、嫌いな勉強を長く続ける必要も無いのと、企業も実力に切り替えるべきでしょう。出発点を同じにすれば偏差値が低い人も優秀な人も高卒で就職するから、優秀な人を高卒の給与で雇えるし、大卒で仕事が出来ない人は高卒の給与で雇える。その説明は後の方に有ります。おかしな事は、小中学校が廃校になって居るのに大学が減らない事である。進学はテストが有るのが当然であるから、平時のテストが平均点以上取るのは、勉強を苦にしないで出来得る人だろう。大学に因るが出席日数を満たせば卒業でき大卒の給料を貰える事から大学に行く。これは矛盾している。能力に因っての昇格や昇級が評価されるのであれば、高卒でも大卒から就職される人より、4年間先から仕事に従事していた人と、大卒で4年後に就職した人の差は、同一の仕事に就いた場合大卒者も、高卒者の4年後と同一の賃金と待遇で迎え入れ、その後は能力に因る評価とした方が新しい選択肢として有意義だと言う見方もあると同時に、国の強靭化政策や社会に家族にとって、この方針の方が優れている。そして一時能力主義、実力主義が言われていたが、今また高学歴主義が幅を利かせる様になって来ている。国家試験に受かっている人や特殊免許等を持っている人はその価値を伸ばせる仕事に付いた時は高給優遇もあって然るべきだが、その他は4年前に就職した人と、4年後に就職した人の給料その他の扱いは、4年前に就職した人に合わせ一斉スタートとすべきである。優秀な努力家の人間は、高卒だとか大卒だとかに関係なく職場で実力と能力に加え改善に力を発揮してくれるだろう。今の教育方法は、大学を出て社会で成功した人が教育方針を決めている関係から殆ど教育方針が変わっていない。社会や個人が必要とする科目とはあまり関係の無い科目を仕方なく学んでいる事例から、登校拒否に発展している例も少なくないようでもある。今の子供はテレビの影響で自分の進路を決めている子供も少なくはない。これからは世界や社会に出て行って必要な事を中心の科目にするべきである。さてその科目だが、大学受験の為の勉教とその後の教育科目と、社会や会社が求める科目とでは離れている傾向にある。そして、高卒でも現在外交官になっている人もいる事から、公務員の上級試験に受かるような教育制度を採り入れることが望ましい。教育制度には学習するだけで良いと思う人と、実利を重んじる人とがいる。6・3・3制の中で学ぶ時間には限りがある。世界は狭くなっている関係上、社会・英語・数学・理科の4教科とし、国語は歴史社会の中で学ぶ。また国語と英語も文法は一切やらない、読み書きも出来ない国の人も、日本人より雄弁に見えるし、日本人も文法を考えながら会話をしていないのと、文法で授業時間がとられ過ぎる事から進行に遅れが出る。小中学まではこの4教科を5で割り、残りの10時間は体育を今までどおりに入れ、残る時間は、常識と日本の心と会話の必要性と防衛と人との協調を入れる事が教育方針に求められる。必修科目制度は作らず、公立である関係か普段のテストで上から順に公立大学に進学推薦をする。塾通いをしない為と、家庭の関係から、希望者には2時間の補習授業を取り入れる。因って弁当を出すが低所得の家庭の生徒には無料とする案が在る。また外国語だが、中学から中国を入れ、希望が在れば他の希望する外国語1カ国を入れ、読み書きを高校3年までで出来るように教育して行く必要がある。限られた時間の中だから、どの科目を減らすかは国語・数学・理科・社会を入れれば最早6科目又は7科目になる。これがこれからの世界と交流する条件でもあるが、個人の希望重視であるから、理科の中に含まれる、理学部・医学部・工学部・農学部に自然科学等の学部時間で30時間とする方向や、社会の中で高校から文系も含むとする方向で、今の教育の抜本改革に繋げられれば国民の希望と強靭国家に出来るとの思いです。他人が進学するからと言って、行く事が無いのと家族への援助と早い結婚で、悠々済々自適な生活を手に入れて、実力も磨き社会に貢献して行く事を望んでもらう。

今年の高卒者の就職希望者は前年を下回っている。これは、人気取り用の一部野党議員や、ジャーナリストにコメンテーターの意見が大きく作用している。しかしジャーナリストやコメンテーターは国際情勢がどのようであるとか、アジア情勢と日本の防衛とか人口問題についてと教育問題を年中話し合っているので人口問題とか、自衛問題に力を入れた見方をしてもらいたい。これは人口減少の対策と、それぞれの家庭が苦労している対策や、国の強靭化対策と会社が発展する為の必要人材の育成と世界に先立つ化学力を持つ為の端折った提案ですから更に検討して教育現場に取り入れる事を望みたい。

話を防衛問題に進めると、核軍事大国の侵略を受けない為には、明治維新の日本の精神確立が必要になる。しかし現段階での問題は、長年続いた国会での、また沖縄に上陸侵攻され攻撃に因る悲惨さを体験しての怒りの訴えと、原爆に因る恐ろしさとで戦争体験から来ている恐怖とで、何でも戦争の無いように政治を動かそうと言う方向性が見える。戦争には2通りある。一つは国連が認めている自国防衛のための勇気ある聖者の戦争と、もう一つは国連も否定している他国への侵略をする悪の戦争である。日本人の多くは混同していて、何でも戦争を悪いものだと否定し、同時に恐れ慄いている。これも憲法第9条の真髄・滅亡の構図に似た考えである。国や人身を守る為には、侵略者から防衛をしなければならない。それが国家国民を守る為の勇敢な善の戦争で、聖戦である。日本は今迄、憲法第9条の滅亡の構図を気付かずに、防衛をほったらかしにして多くの人はこれで嫌いな戦争をしなくて良いと思って進んでいる。防衛をしなかったら国は滅亡し、侵略者の統治下に置かれ集団住宅に入れられ、監視労働をさせられ、正に現代の奴隷である。子供も孫もその先もズーッと奴隷である…。小さい国が自主独立国して自由と平和な生活をして行くには、それなりの気概がなくてはならない。何故日本は悲惨な敗戦をしたにも拘らず復興し現在自由民主主義を満喫し楽しい暮らしが出来ているか。これからも現在より更に進んだ生活をして行くにはどの様に国を盛り上げて行くのか、その最善策はあるのかを考えて見よう。少ない人口と小さい島国で、隣国は核軍事大国の専制主義国家が3つもあるその国と、肩を突き合わせ、国家を盛り上げて行くにはそれ相当の様々な自覚と訓練が必要である事だけは確かである。2019年、ラグビーのワールドカップが日本で開催され、日本の戦いぶりに日本中と世界が沸いた。未だそれ程知名度が高くない為高齢者は知らない人までもがテレビの前で立ち上がり、手を叩き日本中がラグビーファンになり歓喜した。それは高度な技能訓練を国外の選手と会得したチームワークの底力から生まれた賜物でしょう。日本が今この危機的状況を脱出するには、過去の戦争の悪いイメージを捨て、友好国や同盟国を増やし一丸となって、侵略国に対処する事が望まれる。ウクライナの防衛戦争は正に聖戦で世界の多くの国と、日本も応援している。

日本は、資源の少ない小さな島国で若者が少なく戦争拒否症状の病状から脱してもらう為と、口酸っぱく何度も言うが奴隷にならないよう、少ない人口で自主防衛をして行くには、日本人全員が、自分で自分の命を守る考えを持つ事が、自主防衛の基本です。何処かの国がアメリカに20年も自由民主主義を守ってもらっていたが、自分で自国を守ろうとしないので、アメリカは軍を引揚げると同時に、その国の国民はイスラム原理主義に支配され女性は教育を受けられず眼だけを出す服装にさせられ、食料も不足し外国から食糧援助も受けられず仕事も無く今命の危険に晒され生きる事に苦労している。日本も今の立ち位置は、それに近い防衛の不安定状態にある。侵略戦争に巻き込まれた時、武器を取って戦うかとの質問に対し15％の人しか戦うと答えてはいない。残っている人は何を考えているのだろう?…。国外に脱出できる人は、侵略される前だったら出来るでしょうが、侵略が始まればそれも不可能になるでしょう。国外に脱出するには今の内です…。ウクライナでは各家庭に地下壕が有るのでビルが破壊されても人命は守られている様ですが無期限に過ごす事は不可能のようです。地下鉄の駅構内も随分深い様で、そこにも一時（数日）非難出来ている様です。

日本の地下鉄はそんなには深くないから避難場所にはなりません。因って生き永らえるには奴隷になるしかない。15％以外の人はそれで良いと思っているのだろうか?…。

日本の人口は益々減少して行く。日本を守るには嫌な事を言わなければならない。その嫌いな事を言う前に、親が子供を進んで入れたくなるような学校を幼児教育から高校までの教育方針を示す事をしましょう。

それは『徴兵制』です。

徴兵制と言うだけで拒否反応が爆発するでしょうが、今迄とは全く変わった『徴兵制』と言うより、学校の教育制度を抜本的に変えると言う事です。如何様に変るかと言うと、親が入れたくなる教育制度を作る事です。幼稚園から小学校4年まで読み書き算数理科社会英会話に単語習得だけを習う。小学校4年から中3迄は中国語又はインド語の会話と単語読み書きを習い、高校からは理科学・光学・AI・サイバー等と外国語の読書きを習う。国語と社会は歴史社会を日本語で習う訳だから、特に国語と社会は分けない。また、塾通いする事を無くし、放課後希望する勉強やスポーツは学校で行い食事も学校で食べられるよう、弁当を取る。低所得層には国が食事代を負担する。進学テストはせず、普段の成績で就職先や短大や国立大学等に推薦入学できるようにする。『徴兵制』と言う事であるから、教練の学科も週2時間程度高校迄学ぶが、本来理数科や工学に重点を置いた教育を主とした高度教育方針を目指す『徴兵制』の教育学校の提言である。この『徴兵制』学校は人口に因り都道府県別に数校作り、市立や私立学校との競争を視野に進め、公務員試験合格を目指す学校とする。こうした制度の提言も、人口の減少と経済力の沈下を防ぐ事と、防衛力強化の為の思案である。此の儘では近い将来、人口は現在の6、5割程に減少し、日本の経済力も落ち、国を防衛する自衛隊員も居なくなれば国は亡びる方に傾く。そうならないうちの手当として、教育制度改革が必要なのです。

世界は慌ただしく、自由民主主義国家と専制主義国家とに2分され鬩ぎ合いが始まっている社会です。

日本が侵略されれば、独立国日本と言う地名は亡くなり、日本人は奴隷にされ、地域外に出る事も出来ず、四六時中監視され働いても低賃金が貰えるかどうかは不明な上、縛られた単一労働を一日中遣らされる事になるでしょう。こうならない為に、その正当な精神を作る為にも、先に述べたような天才的な文化学教育を導入した『徴兵制』が必要になると思う。何も学校に長く通えば良いと言う今の教育制度は古い制度でこれからの社会に合致する教育制度改革が必要です。短期間で大学の専門分野を超越した学業を終える事が重要なのではないでしょうか。

そして大卒程度の試験を受け、合格すれば大卒免許証が授与出来る訳です。全く新しいと言う訳では無く今も有り、その拡大版です。ところが今度は、塾の先生の関係ですが、公立学校の放課後の先生として採用すれば、仕事を取り上げる事にはならないでしょう。また短大は専門職の国家試験取得の場として運営される事とし、例えば卒業者の90数パーセントは看護師資格を取れるようにする。勿論進学時は無試験の推薦入学ですので、普段の点数が平均点以上なので公務員試験には合格はするでしょう。この様にして、無駄な時間を切り落とし、合理化を図り個々人の有意義な時間を作りだし、早期家庭計画を支援して行く事が人口減少対策にも成る。

学業時には改善すべき多くの無駄な時間と金銭の浪費している。例えば、塾通いもそうである。一旦学校から家に帰り再び塾に行く。そして夜遅く家に帰る。今度は就学時の後、夕食時45分程度合わせて取り、その後2時間勉強する。現在就活で、3年目時から卒業までに会社訪問をする。1~2年間、人に因っては、遠方の就職希望の会社に訪問する。如何にもナンセンスである。

　こうした事を無くすため、教育の在り方を多方面から見直し改める為に、特に人気の無い名前の『徴兵制』と命名し、高度な教育と合理化を組み合わせ、人間的な味のある強かな教育方針も取り入れ、自主防衛を考える教育方針で有る事だから、これから日本の中枢を担えるような人材の輩出が、この学校が開校されれば期待も待たれるでしょう。これは一個人としての提案ですが、教育改革の提案として検討される事を期待します。

　憲法第9条の改正派は、勝って戦争をする為の改正ではなく、自分の国を侵略されない為の改正であって、戦争をする為の改正では無いのですから、「戦争をする為の改正」などと言う人は、自分の国を守らないと言う人で、その人の言葉に惑わされないように注意する事が肝心です。それと同時に明らかなのは、「戦争をする為の改正だ」等と言う人は、日本の防衛をしない人で有る事の証明です。あくまでも「戦争する為ではなく、日本人の平和と命を守る為の聖戦である」事を教えましょう。


　2022年3月ロシア軍の即時撤退を求める決議が、国連加盟国193カ国中141か国が賛成に達し反対5で可決した。だが可笑しな事に国連安全保障理事会は常任理事国が、アメリカ、イギリス、フランス、中国、ロシアの5カ国と非常任理事国が数カ国ある、常任理事国は、自分の国に不利益が生じると思えば議案を破棄することが出来る。普通役員会で決まらない議題を総会に掛けて決めると言うのが普通だが、国連はそれとは逆で、常任理事国の会議の議案を拒否権で流されるが、国連緊急特別総会で１４１対５の大多数で決議された、ロシア軍の即時撤退要求が賛成多数で採択されても拘束力が無いと言う事です。

今ロシアの軍用車が道路上で繋がっているが、車列が攻撃を受ける心配が無いので、日本の渋滞の様なもので、安心して止まっています。

軍事弱小国家のウクライナでも兵員は60万人居るそうです。そして現在は１００万人に増えています。

全世界に広がっている自由民主主義国家は一ったりとも外国を占領する為に戦争はしていない事と、日本の様に軍事弱小国家が5倍も10倍もある核軍事大国へ戦争を仕掛ける筈も無いのに、『戦争する気か』とのこうした惑わし戦術までも駆使して、選挙戦を有利に戦おうとする一部の人が言って来たが、多くの国民は惑わされず政治は防衛力強化に動いて来たが、これからはもっと厳しい時代に入って行く。自衛力強化策と防衛費の２％以上掲げ、憲法第９条を改正し自由主義陣営と同盟関係を結ぶとか、ＥＵ（ＮＡＴＯ）に加盟する事が、日本の平和と自由の権利と命を守られる方策でしょう。何故ＮＡＴＯかと言うと、ＮＡＴＯは攻撃されたら即、反撃すると言う事です。日米共会議を開いて、その結果に因るようです。

現在の憲法第９条下での片務的日米同盟では、隣国３大核軍事力国家と互恵関係を続けて行くには不安定で在る為、如何したら戦争を仕掛けられない国家に成れるかを今後考え、防衛費２％以上の獲得が自分の命の安全に繋がる事として見て下さい。

平和の安定とは、近隣諸国との軍事的均衡が保たれている事で、バランスが崩れた儘が続けば、侵略される危険な状態に入ったと言う事です。軍事力のバランスが崩れたら、優位になった国の武力行使が容易になった事で侵略が何時始まるか分からないと言う事です。況して日本は太平洋戦争前、隣国への侵攻をした経緯が有り、戦後保証等の合意が妥協したからと言って、それで終わる国もあれば、終わらない国もあります。今日本は軍備力弱小国家ですから、何時になっても戦後は終わる訳では無いのです。侵略された国は、世代が変わっても恨みは持ち続けるし、侵略した国民は世代が変われば一般的に忘れがちですが、遣られた方は恨みを次世代に引き継ぎ持ち続けるようです。

こうした事と、侵攻もしている事に、侵略もされ大敗北もしていますし、優和な国民性でしょうか、都市は焼け野原とされ、原爆を投下され悲惨な敗戦で命からがら逃げ帰る途中、食べ物が無く歩けなくなって行き倒れになる子供や、母親の背中で息を引き取る赤子や子供もいたが、夢中で逃げる親は気付かず中国の波止場に着いて子供を背中から下ろして大泣きする親もいた。

また、侵攻を受け、硫黄島の小さな島の前線で島民を非難させて防衛していた兵1万人が激戦の末全滅されたり、沖縄のように島民の4分の1の人が亡くなったり、大都市が焼け野原にされ数十万人が死傷しても、都市では食料不足で餓死する人が大勢でたが国の救済も少なかった。そしてこの戦争の失敗を与党は心得て置くべき事と、侵略されれば国は亡くなると言う事を国民全体でも覚えておくべき事である。

侵略されているウクライナの状況を見ても、侵略しているロシアを見ても多くの人間は死ぬし経費は膨大に嵩む。そして何よりも侵略されれば街は破壊尽くされ、人は無差別に殺傷される。殆どが重量のあるミサイル攻撃です。この戦争を見て、戦争が日本に飛び火してくる可能性が有る。ところが国会議員の何割かはそうした事を予期出来ないのか、防衛費の値上げを今まで考えて来なかったし、今現実にウクライナが侵略に対し、国全体で命を懸けて阻止戦争をして居るのを目の当たりにして、国会議員は身を張って防衛費を早い段階で値上げし、日本をウクライナの様な状況にしないよう、防衛強化をする必要が有ると考えないのだろうか。口を開けば日米同盟の強化と言うが、その確たる証明は無く、日米共攻撃されてから国会を開いて参戦するかどうかを決めてから防衛に移ると言う事だから、ミサイルが千発も飛んで来て破壊尽くされてから防衛は出来るでしょうか。現段階では、日本の防衛は米軍が無ければ、数時間か3日以内に日本は負ける事は見えている。こういう状況であるから、防衛費を即刻上げ、防衛強化に必要な武器や弾薬を買い、防衛に本気度を示すべきでしょう。日米同盟はアメリカ国民の考えが反映される事で強化される。他人の国を頼っているだけでは、日本は滅亡するだけである事を政府や国会議員は認識するべきで、国民も自分が遊んでいて、アメリカ人が日本を守ってくれる等と言う早計な考えは捨てるべきでしょう。日米同盟は強固ではあるが、自分で国を守ろうとしない国民を守る為に戦争して防衛してくれる国等は皆無でしょう。自分で自国を守ろうとしないアフガニスタンからアメリカ軍は撤退したが、ウクライナは自力で防衛をしている事でアメリカやEUからの援助で最近優勢になって来ている。其の援助額は8月20日時点で11兆円だと言う。台湾は日本の九州程の小さい島国で人口も日本の4分の1程だが、「自らをより強くし、より団結し、断固として自らを守ることだと』している。そこには、自衛しようとする決意が表れているから、アメリカの高官も台湾を訪問し、防衛協力をすると言う。

さて日本ですが、政府にジャーナリストやコメンテーターは憲法第9条改正や防衛費の2・5%の値上げや防衛の必要性や強化をしようと言う考えや発言が無いだけでなく、むしろ反対意見の方が多い。自力で防衛しようと言う認識が無ければ、アメリカ軍は撤退するでしょうから日本はその時点で侵略され、話に何度も出ているように着の身着の儘で国外に連行され奴隷にされる事は間違いなく起こるので、日本人は認識し防衛強化に努めるべきでしょう。

自衛についてですが政府にも、野党にも外国に戦争を仕掛ける意図も魂胆も全くない。それどころか、政府も野党も防衛力をも削がれているようにさえ見える。野党は初めから一貫して来ているが、政府内には選挙協力として入り込み国政に入り込んでいて軍備の増強や批判にさらされても反論しないように抑えられている。で今回も、23年度予算も当初は2%以上を政府内でも主張している政府役員も居たが最終的政府案は0・97%で、防衛費は押えられた。それでは軍備の増強や防衛強化は出来ない。日本は30年来防衛費を値上げしないで来た関係で隣国との軍事バランスが著しく落ちているから、本来とっくに侵略されていても可笑しくは無いのだが、核軍事大国のアメリカに護られて来て、今もそのつもりでいるようだが、アメリカは日本の自主防衛を促しているが、日本全体の1部しかそうしようとしていないで、防衛の強化をしようとしていない。今回ウクライナがロシアに因って攻め込まれ街は破壊され、尊い人命が何万人と殺害され数百万人が住み慣れた国を離れ各国に避難している。また、ウクライナではロシアからの侵略の意図を感じて地下壕を持っていたから殺害された人の数は、破壊された街の状況を見て少ないが、地下壕の無い日本だったら数百倍の人が死んでいるかもしれない。こうした事を考えても、隣国に攻め込まれる様な事が起きないよう、自力で防衛出来るよう強化をする必要がある。勘違いしないよう、戦争は日本から仕掛ける事は無いが、歴史や資源や政策等の他対立している事が発端になるので、日本は防衛戦争が起きる方でしょう。軍事力が落ちている時期と、国民に一体体制が無いのと、無頓着で有る事が侵略される可能性を前面に出し、現状の儘では非常にまずい結果に繋がる。そして国民全体が知って置くべき事は、太平洋戦争敗北で酷い敗北をし、その挙句日本は4分割され、附与される国迄決まっていた事を知っておくべきであろう。侵略されれば、国はそっくり侵略者の物になると言う事である。そして敗戦又は侵略されたら奴隷にされる事を肝に命じ思案するべきでしょう。ところが日本は一旦4分割も決まった。その様に4分割されたら今の様な生活は出来ないでしょうし、日本人ではなく、国無しの人間と言う事に成る。その様になりそうな時期が今迫って来ている。国が侵略されない為、今直ぐ反撃能力と、国防強化を図る為、防衛費を値上げし、取り敢えず中長距離ミサイルを買い揃え、反撃能力を高める事が必要です。

コメンテーターの中には、ロシアとウクライナの戦況を見て、圧倒的軍事力の差で攻撃され負けが解って居るから、国民の被害が少ない内に降参した方が良いと解説した人も居る。

日本は、アメリカと言う自由民主主義国に負けた事で、封建主義国から一気に自由民主主義に変われたが、侵略した国家に因っては、その国が崩壊するまで、属国とされ人間は奴隷にされる。それが解っている国民は、例え死ぬことが解っていても、一縷の望みを持って最後の一兵迄戦う心算で居るでしょう。コメンテーターの方もそうした心意気を汲んで、負ければどうなるかを想像しての解説と、正義とか聖戦とかを思い、防衛している国に温かい言葉だけでもかけて下さい。

　高齢の日本人は、敗戦の恐ろしさを良く知っています。侵略した事の苦労も、負けて逃げ帰って来る時の恐怖も、焼け野原になった都市も、川に逃げ込んで両岸から燻され折り重なって焦げている人をも見ている…。

　政府は、国家国民を守る方策を考案しているでしょうが、敗戦が一番悲劇で、今後敗戦すると、2度と自由民主主義の平和な暮らしが出来ないものとして考え、侵略されない為に命を懸ける事が望まれます。また日本防衛には常にのどに刺さった棘の様に、憲法第9条が国家と国民の命と生存権を妨害し続けているのも解ってはいるが、議員は選挙と言う関門を通る為、『憲法改正反対と戦争反対』の煽りが有るので、憲法第9条と防衛力最小と言う事から逃れないで来ている。また非核3原則も其の内に含まれ、日本の侵略阻止と戦争防止策には不必要の長物で防衛に役立つ要素はない。隣国に7000発近い核爆弾が有るのに、それは攻撃する為にある核爆弾で在り、雛壇に飾って置いても国の威信を発揮はしているが、いざと言う時には使いますよと言う脅しとしても効果がある。

　核を保有していない国は落とされる可能性もあるし脅迫にも使われます。

　例えば、難題を持ち掛け、「要求を飲まなければ原爆をおとしますよ」言って来たら核兵器廃絶の役員は如何しますか?…。回答がある訳が無いのだが、弁解しますか。

アメリカの核はこの段階の取引用には使用できません。

日本では核攻撃がされるように、非核3原則と言う法律が有ります。持たない、作らない、持込を認めないと言う物です。

現在起きている他国への侵略で、原子力発電所へのミサイル攻撃がされ、テレビでの画面では外観は大破している様に見えるが爆発はしていないで、原子力発電所は持ちこたえてはいるが、次に、今度は核施設が攻撃を受けている。さて、日本の原子力発電所は津波を受けてただけでも被害を出しているし復興は出来ない。現在稼働している原子力発電所がミサイル攻撃を受けたら外枠だけの破壊で持ち答えられるでしょうか?…福島の事故を参考に考えて見て下さい。また、核爆弾を持っていない国が原爆を落とされる可能性は大きくなっている事も確かです。そして、大勢の人の意見からも、核攻撃を防ぐには核兵器しか今は無いのが現状です。

今一番、核攻撃と戦争を回避させる手段は、核の保有ですが、彼方は国民の命と平和を守る事と、非核3原則を守り命や平和を守らない事との、何方が日本人にとって重要だと思いますか? 日本の海の向こうには約7000発の核爆弾が有ります。核保有国の南側は日本だけで、北側は核保有国だけで、東側は遠く離れた海の西側は大小の国々が有りますが、核保有国は近くには在りません。核の無い小さい国は、空と海とから一方的に押し込まれます。

世界情勢と今後の日本の処し方に付いて、この方以上に判断出来る方はない様に思う。日本の平和と命を守るには、日米同盟の強化と核共有を語った。直ぐに、核兵器廃絶の上部役員からも反発の言葉と各方面からの批判の声が上がった。しかし国民の皆さん、考えて見て下さい、国家国民の平和と命が第一だと言う観点に立てば、侵略や原爆の投下を防ぐ対策を取るのが当たり前の方策だし、日米安保条約の強化にも繋がる核共同使用が出来れば、日本防衛強化に取って、正に鬼に金棒である。ここで、日本滅亡への道標である、憲法第9条を、国家国民の命と平和を守る為に不用の長物で在るか無いかを、司法は国会に明示、国会が民主主義の原理に従い議決し、9条を廃止する事はできないものか？…憲法審査会に回すかの判断を司法は、日本が侵略されない内に、抑止力強化を高めると同時に防衛力強化の法改正等を審査される事は不可能でしょうか。現在、民主主義国家と専制主義国家と覇権主義国家とで世界は2分割され軍事的には専制主義国家と覇権主義国家の方が世界に広がりつつある。それは即ち、個人の即断で国が動かせるのと、権力の座に一度着いたら、普通其の玉座を明け渡す事等考えないのだろう。一国の玉座で留まる人も居るが、大国で資源の多ければ、野望は広がり隣国を支配下に置きさらに広げようと、隣国に攻め入って、世界制覇も夢ではないとも思うのだろう。其の為には平然と人道とは離れた事も平然と行うでしょう。国連で使用してはいけないと言う爆弾での攻撃や、戦況は絶対的有利でも、早期決着を図る為原子爆弾も使うとの言葉も明言している。そして、早期決着の為町中を破壊し尽くしている。皆さん、破壊尽くされ再び復興出来ないと思えるチェチェンの壊滅され尽くした街を何かで見て下さい。石片やコンクリート片が破壊力の凄さで建物の原型が吹き飛んで落ちて来て数メートルに積み上がっている所とか、ビルのコンクリート枠が剥げ落ち、細った窓枠や、立ち並ぶ全ビルの屋上は無く、爆発で吹き飛んだのでしょう。破壊尽くされ変形した4・5階建のビルが道路の両側に崩れきれずに並んでいる。これが人間のする行為かとも思われない。ここは独裁政権と反政府軍との戦いに独裁政権に加担した独裁国軍の応援部隊が町中を破壊尽くし草木の生えない、再び復興出来無いように破壊尽くしゴーストタウンとなっている。ところが街の復興には、この様に破壊尽くされ人が住んでいない方が、復興が早い様で、今街は綺麗に復興しています。資源の多い大国は、これからも一方的に兵力を持って攻め込んでいる独裁国が、短期間に全土を掌握しないのにいらだっているのか、シリア人の兵を200~300ドルの報酬で募りウクライナに派遣している。

30カ国有るEUは、世界最大の軍事国家であり最新兵器も備えている上で、今回更に防衛費を2%台に引き上げ防衛力を進化させようとしている。それは、平和や自由や民主主義を守るには当分の対価は掛かる事を知っているからです。

ロシアは、アジアの端からヨーロッパ迄世界一の国土と資源を持つ核軍事大国だが、さらに国を拡大しようと隣国に食指を伸ばし画策し、反対をする国々を寄せ付けず侵略に攻め入り、幾つかの州を手中に入れるや自国の領土として独立させているが、世界は認めてはおらず2022年5月時にはEU内、特にアメリカの最新兵器の支援の受け反撃に出ている。

この戦争で侵略を始めたロシア軍の兵士も多数死傷者を出して居る。一方的に攻撃され、街は破壊されウクライナの死傷者は数えきれず、国外へ脱出した数は700万人を超えさらに増加している。何がこのロシアの独裁者を戦争に駆り立てているかは幾つかあり、止める事は出来ない。何故なら世界一の大国の独裁者で、更なる大国の独裁者を目指している孤独の王様なのかもしれない。

悲惨な戦争を日本人はどの位の数の人がテレビで見知ったのか分からないが、喉元過ぎれば熱さ忘れるで、平和が長く続いた事と、戦後77年以上経った事で、戦後生まれの人の方が多い事に加え、空襲の脅威を忘れる人も多い事から、防衛の必要性を軽視している向きも政治に出ている。

先日、核の日米共有も必要ではないかと言った所、すぐさま反対意見が出た。反対意見の方は、今近隣諸国の動きとは関係なく、日本の防衛や侵略される可能性が有る事とは関係なく、非核3原則が有る事や、憲法第9条が有る事を主張し、日本の平和や国民の命や権利の保有とは関係なく、生存権を脅かしている憲法第9条を主張し、改正反対と、防衛費の値上げ反対の議員と核兵器廃絶の一方的な考えの人のようである。日本が侵略されれば、その人達の命も役職も皆無になるのだから、まずは日本防衛が先に来る筈なのに、そこを考えての行動と発言をする必要が有るが、日本の平和を重要視しない人のようである…。今日本が有るのは日米安保条約があるから日本が有るのであって、アメリカが離れれば日本は数時間か、長くて数日しか持たないのを、日本中の人は知るべきでしょう。その説明をすればおどろく人もいるでしょう。先ず実弾が3日分しか無く、ミサイルも無い。兵員も総勢23万人ですが隣国は300万人400万人です。兵器も日本は古いが隣国は最新式です。隣国は兵員を必要に応じて採用できますが、日本は憲法第9条が有る事で最小限と規定しています。国家の平和と国民の命を守る筈の防衛を最小限としているので増員は出来ない。そして、侵略される等は考えていないと言う人と同時に、防衛する事すら知らない、考えない人がいるのでしょうか。そして憲法第９条の擁護派の人は、『憲法第９条』と『非核３原則も検討する時期に来ているのではないか』との発言に強く反対と批判をしていた。この人は、核兵器禁止条約の役職役員ですが、この方は、日本が侵略されても、原爆が落とされても、核所有国が参加していない核兵器廃絶運動の、今は日本存続の危機をどの様にして乗り越えるかを考えるのが優先ではないかとは考えず、今は実りの無い運動を続けるでしょうが、日本を取り巻く専制主義と独裁政治国家の中にある軍事弱小国家である日本が、平和と自由民主主義を守る為には防衛力強化しかない事を考えず批判するが、今は、自由と平和を守る為の防衛力強化運動と共に、自分の考えを入れる事は差し控えて日本防衛を国民一丸となって進める事が日本民族には必要でしょう。日本の隣の国は、核実験とミサイルの発射を繰り返している北朝鮮に、ウクライナに進行し、原子力発電所や核施設や病院、住宅地に強烈なミサイル爆撃をしているので、地下10メートルの巨大な穴が空く程の巨大爆弾攻撃を連日行っている。また、隣国のもう一つの世界最大の核保有の軍事大国が核爆弾増産と軍力拡大を続け、台湾統一に向け行動を起こす可能性もあると、多くの人の読みも在る中で、その時日本も戦争に巻き込まれる可能性もあると多くの軍事評論家が話している。

日本滅亡への道標である憲法第９条の改正は、国の平和と国民の命と権利を守る為の改正で在って、『改悪でもなければ戦争する為でもない』が『日本が侵略されない為の防衛力を持とうと言う事と、軍事弱小国家であるから同盟国や友好国を増やして抑止力を持ち、戦争をしない様にする為の防衛力の強化をし、侵略してくれれば防戦はします』。これは聖戦です。そして同盟国や友好国が出来ない為の、憲法第9条を改正するか廃止するかをして日本滅亡を無くします。確かに言える事は、侵略して来る外敵に対して軍備を持たず無抵抗としている日本の現憲法と、国と人間を守る為に防衛戦争を支持している国際法が全世界に通ずる法で在り、世界が認めている聖なる闘い『聖戦』とは自国を守る戦いです。

憲法第9条がどれだけ日本に害を成しているか申し上げましょう。まず日本の国と日本人を守らないと言う事です。これに因って出来ている事は、

防衛隊が出来ない事（常に最低限度と言う事だから、総合兵力では韓国の30分の1です）。

非核3原則が作られている事（現在核攻撃を抑止できるのは核兵器でしかない事と、核兵器は今、戦争の抑止にもなっている重要な力で有る事も知って置くべきでしょう）。

この法律が在る為外国との同盟関係や友好条約が結べない事も重要でしょう。何故かと言うと、陸海空軍の戦力を持ってはいけない、国の交戦権はこれを認めないと言う事ですから同盟関係や友好関係は結べないのです。その他にもまだまだありますが本文で見て下さい。

今、自分の国は他国の人が何処まで守ってくれるかを、自分を見て当てはめて下さい。自分の国を守る為でも兵隊になるのだって嫌だと思う人が普通だと思います。況して戦争をしている外国に行って戦争を到底出来ないでしょう。アメリカ人だってそう思って居ます。様々な事情で入隊し日本に来ていますが、本音は誰も同じではないでしょうか。ですから、日本人は、自分の気持ちと同じように思い、米兵に感謝し、日本は自分達だけでも守れるように、防衛力を高める事に協力と応援をする事が求められます。

今日本は今後、奴隷国家にされ滅亡するか、平和と安定成長の社会に出来るかの境界線上に差し掛かっています。私はここで次の方にバトンを渡したいと思います。では宇都宮啓治さんお願いします」

「あ、はい、宇都宮です。人口減少と教育改革と防衛に付いてを話したいと思います。

日本は、此の儘人口減少が続いて、今のまま以上に防衛は出来なくなるので、変革を求める時期ではないかと思う。人口問題に付いて色々話されていますが、殆ど決定打は有りません。それにはまず、結婚問題と教育問題を取り上げ改善する必要が有ります。

人口増を考えれば、早く就職する事が早い結婚に繋がるし、早く就職して所得を得る事は家庭にも大助かりだし、結婚も早まる事は人口増にも繋がるし、子供が生まれる事は消費も増えるのと、あらゆる物の消費も上がる。ところが選挙運動用に大学授業料の無償化は持ち出されている。それは何故ですか？…日本は学歴優先社会で在る為、仕事が出来るとか出来ないとかに関係なく給料が違う事と昇給や昇格が違う事の為だけから高学歴志向に成って居ます。高学歴になったからと言って能力が高く成ったと言う事は無いのです。

日本人の能率の低さは世界でも有名のようです。学歴と能率と高技能と特許と取得とは殆ど関係が無いようで一時、実力主義が浮上したが、今また学歴主義が上がっている関係で、高学歴に社会が向いている。

大学を出ても英語は殆ど出来ない人が多い中で、高卒で外務省に入り外交官で働いている人も居るようです。良い事の多い高卒者と大卒者の平準化をする必要が有るでしょう。それは、就職を高卒は大卒より4年先から会社に貢献している。大卒は学業をその分学び教養を積んでいる事で秤を同じにして、両者の出発点とする事が望ましい。勿論大卒者で仕事に関係のある免許を持っている事と高卒者は会社で役職を得ている人は給与も役職も当然プラスされる事とすれば何の弊害も無いはずである。こうした高卒と大卒の給与と役職への考えの平準化は子供の出生率向上と労働力の増加と低所得層の家庭の安定に繋がり良い事尽くめである。

また、人口減少を押える為に遣る事は、早期就職と早期結婚です。因って遣らなければならない事がある。既に防衛強化に反対している人は解っていて、既に反対を表明している。それは何かと言うと、最悪な人気である徴兵制度です。その制度を、素晴らしい教育制度に変えようと言う人も居ます。前回にも何方かがおっしゃっていましたが本質は幼時からの教育内容です。幼時から高校までの一貫教育で、しかもテストは普段のテストで大学へは推薦入学出来るようにする事です。科目と教育内容だが、幼児教育の2年と後は同じ6＋3＋3制で科目は、幼児から易しい英会話を入れる。小学校から国語と社会は1科目とし、英語・理科・数学の4教科で、英語は小3迄会話だけとし国語も読み書きだけ、中学で中国語も入れる。高校からインド・ドイツ・フランス語を専攻科目として入れる。

当然個人の能力差で遅れる人が出てくるのと、得意不得意化で選択を変える事や、強化する事も可能とし、個人や家庭の事情で放課後2時間延長も出来るとする。この場合は食事も出す。この学校は主に4教科の強化が目的なので、放課後の2時間は其れに当てる事から、体操や音楽の習得は街の塾に行くようになる。放課後2時間の授業料は無料で、低所得家庭の子供の食事は無料とし、食事は昼食に準ずるとする。４教科は週20時間として残りの10時間は体育に教練・人間関係問題、精神問題・常識問題等を教える。

放課後の教師は、別途採用とし現在塾の教師の就職先とし廃業にならないようにする。要望があれば土日生徒の勉強が出来る事と、其れに会って教師の採用もする。

これが『徴兵制』学校の提案と大まかな説明である。

日本人が日本を守るには、今の３倍以上50％以上の人が、日本を守ろうとしない限り、アメリカは進んでいる自由民主主義国家で、国民の力もあるし、日本に対しての信頼度はそれ程高くはない。アメリカが日本から引き揚げたら日本はどうなるかと考えた事が有りますか？

今、ウクライナ側が戦闘機の援助と３００キロメートルへの攻撃可能なミサイルをアメリカに申し出、当初は要望に対し援助するようでしたが、ロシア側が武器供与はロシアに対し戦争行為と見做すとの発言で、アメリカは戦闘機の供与を取り止めてしまった。それは、核の世界戦争になる事を懸念してかも知れないけれど、日本に侵略が起きたと置き変えても当然侵略して来る国はそのような事を言うだろう。そうした時、アメリカの見解と対処はどうなるでしょう。今は片務的でも同盟国ですから、防衛に変化は無いでしょうが、日本国民は現在殆ど政治には関与していないで政府に任せっ放しであるが、政府も今迄、日本防衛に力を入れて来なかった。また、国民も自衛隊が在るから日本を守れると思って居る人も多いでしょうが、それは全く違います。日本には、銃弾は三日分しか無いしミサイル一機も無いし、隣国の兵員が

200万・300万人に対し日本の兵員総勢で僅か23万人です。憲法第9条に因って、最低限の防備と言う事の儘ですから長い日本列島を守れるよう、例えば配置して見ましょう。北海道5万人、青森から東京まで5万人、そこから四国と山口まで5万人、九州が5万人、長い沖縄島々が3万人で計23万人となります。全員が休みなくフル活動で防衛に当たっての計算ですが、実際は1日8時間勤務でしかも週休2日有るので、5万人の部署は1日1万6666人となり更に週休が2日入れば1万3334人で北海道に、青森から東京、そこから山口まで、そして九州の4か所がその人員で防衛する事に成る。沖縄は8000人で護る事に成る。これは誰でも解るように平均に均したもので飛行場や海軍基地等の大きさで配置人員は変わるでしょうし、初めはミサイルで攻撃され戦闘機に爆撃機、潜水艦、軍艦と言った順で攻めて来ると言う事になり、日本列島全域から侵略して来る事も予想されます。侵略して来る国が1国であるか2国になるかによって違いますが、2つの国が同時に侵略して来たと想定すると300万の兵力となり3つの国となれば400万人となります。日本の自衛隊は1万6666人です。長い列島な上、日本海側と太平洋側から攻撃されれば更に防衛部隊は削減されます。現段階の防衛資金と兵員数で防衛出来る訳が無いでしょう。其れを日本国民は知らないし、自主的に知ろうともしない上、侵略されてもそのまま現住所に住み続けられると思い込んでいる人もいる様ですが、それは無いと言う事を、政府もジャーナリストやコメンテーターは、知ってか知らないのか言わない人も居るようです。多くの人はこれで分ると思うが、日本は防衛弱小国家ですから、簡単に侵略され1億3000万人と言う人間が居住不明か奴隷にされる。現在ウクライナで何万人という人が死傷しているがウクライナの人は戦い続けて居る。始めの頃、テレビ放送に出演しているコメンテーターが圧倒的軍事力を持つロシア軍に手製の武器で歯向かっても死傷者だけが増えるから降参した方が被害を出さないとの、解説をしたコメンテーターもいたが、それは全く国の思いを度外視した的外れで、今自由を勝ち取れば、これから先未来永劫夢を描ける平和国家で自由民主主義であるのに対し、降参すれば、ロシア国内の何処かに連れていかれ、人権も無く圧制に後々苦しめられるのが解っているから今、国民が一丸となって命を懸けて戦って居るのです。

　日本は自由平等と民主主義を戦わず手にしたので、戦争に負けても良いと思っている人も多い様だが、今日本は自由民主主義社会陣営に居るので、今の陣営から侵略される事はないが、共産主義社会とか、専制主義社会とか独裁主義社会からの侵略はあるでしょう。そうした社会の属国となればどうなるか位は分かるでしょう。ウクライナは共産主義社会を経験したから自由主義社会になる為何万と言う人が亡くなっても、また亡くなった人の意思を継いで戦っているのと、ウクライナ人としての根性を以て国民一丸となって戦っているのです。今の日本人には国を一丸となって守ろうと言う人と強かさが無い様です。

　今の日本は、アメリカに負けた事で、自由と平等が得られた為、欧米の様に自由を勝ち取る為の苦労が無かった。アメリカの様に、自由民主主義社会を経験して、こんなに良い社会があるなら世界に広めようとしていた時、ちょうど日本が無条件降伏した事で、自由民主主義憲法の無い日本に自由と平等の平和憲法を作った。この憲法はイギリスの憲法を参考にしてアメリカ人が作った。ただ、日本が発展し力を付け、アメリカに戦争を仕掛けた時、直に降参させる為に憲法第９条を入れたとの事である。少し横道の説明が多かったが、アメリカの様な自由民主主義国家に敗戦した事で住みよい国になったが、アメリカの様な国との戦争は、これからは無い。戦争が有るとすればアメリカ以外の国が侵略して来た時に対する防衛戦争ですから、負ければ属国にされ、奴隷にされると言う事です。

現在自由民主主義国家は侵略戦争はしていないし、今後も戦争するような国は無い。これから戦争を仕掛ける事は、リスク以上の物がその国に科せられるから侵略しようとしている国は資源が多く核軍事大国でしょう。

日本の自主防衛能力は力の小さい虚弱国家で有る事を国民は知って置くべきで有ると同時に、国家とは何を以て定義付けられるかを、ウクライナの状況を見て、お解りだと思う。侵略がわが国に降り掛かった時、日本は一瞬にして滅亡するだけの戦力しか今は無い。今後そうならないよう対処方法を検討して置く必要が今生じて居る。現在の日米同盟は、専守防衛の立場から、米軍の出撃は私が知る限り攻撃されてから、総理大臣の要請を受けてから国会を開き対応を検討し、それから自衛隊の出動命令と米軍の出動要請をする。米軍も相応の検討をして出動するのでしょう。おおよそこのような運びだと思う。

滅亡への道標である憲法第９条の下では、当然日本の防衛は出来ない。ゼレンスキーのウクライナ大統領は、自国防衛の為の支援を、ＥＵにイギリスやカナダ、そしてアメリカの議会でビデオ演説にてウクライナへの防衛協力を訴えた。日本は憲法第９条が在るので、片務性の同盟国であるアメリカの強力だけが頼りで、防衛協力は憲法上要請出来ないが、相手方の行為にすがる事は出来るでしょうがほぼ援軍は無いでしょう。隣国ウクライナの悲惨な殺戮を、3週間見てもEUの援軍は無かった。日本は遠い上に、平和の文言は入れ謳ってはいるが全くの誤魔化しで平和維持活動も出来ない憲法第9条を掲げてはいるが、世界への平和活動はしていない。それを党によっては自衛隊員を戦地に送れないので良い事だと宣伝している。詳しく考えて見て下さい。世界の平和活動に参加しない事は、日本が侵略戦争に巻き込まれた時、世界からも日本が侵略を受けても何処の自由主義陣営から応援には来てくれないと言う事に成る。日本が外国の戦争を1度応援すれば、単純に言えば30カ国からの応援がある事に成る。現在日本国民のどの位の人が、外国の戦地に行かない事を喜んでいる傾向にあるは解りませんが、今後自国防衛が、世界との繋がりがどんどん必要となってきます。其の為にも憲法第9条の改正と、自由と民主主義を守る事が必要ですから、日本滅亡への道標である、憲法第9条の改正又は、出来れば破棄して、日本の防衛強化策を打ち立てる必要が有る。それは、侵略される事も承知の憲法第9条の護憲か、または、改憲かの引き金論争になるかもしれないが、出来れば破棄も考えるべきでしょう。

日本の中立非武装と言う人も居ますが、歴史問題も有りますから、それは隣国が許すことなく侵略し、奴隷の様な扱いを受ける事は明明白白です。また、日本に近い自由主義国と言えば韓国と言う事を思い出しますが、台湾も久米島とは僅か100キロと近く、都心から富士山程の距離ですが、東京からは遠いですね。其の台湾は防衛を強化して中国から離れようとしています。やはり自由と言うのは、欧米が犠牲を出しても戦って得た自由民主主義だけあって、人間社会では唯一無二の幸せの原点に思える。ウクライナも自由への戦いだし、台湾もそのようである。一時マルクス・レーニン主義なる風が世界に吹き荒れ席巻し、政治の頂点に立った者は長くその権力を離さず実権を握りやがて独裁者となり、時には独断政治を始める。こうした国の政治の動きは、日本人には理解できない部分があるので、安易な解説や評価に、中立が良い等と言う自分の思いの発言も有るが、日本は言論の自由は保障されているから問題は無いのですが、一線を画している国も有る。日本はアメリカとの同盟強化を無くしては今後、平和の維持と自由の享受が出来なくなる可能性が有るから、アメリカから防衛支援をして貰っている分、日本はアメリカが世界の覇者で在る様にＡＩを駆使した軍需品の開発と、自国の防衛力強化に双務性への努力（健保第９条の改正）をして、真の独立国家として自国防衛が出来るようにする必要がある。日本滅亡への道標でもある、憲法第９条の改正か廃止と、非核３原則を廃止し、核の脅しを受けない為と、戦争の抑止にもなる、核の日米共有を是が非でも推進し、国の平和と国民の自由と権利を守るのに必要なものであるから、理想である核廃絶運動と一時切り離して考えましょう。

原爆を投下され被害を受けたから核は持たず、核の脅迫や核爆弾を投下されても、兎に角反対していればいいと言う物でもないでしょう？　プーチン大統領の核の脅しに、バイデン大統領は一旦援助をすると言った爆撃機の供与を取り止めた。それは世界を巻き込んだ核戦争になる可能性が有るからの懸念からでしょうが、兎に角核の脅威と脅迫に因る。またドイツでは当初、ウクライナの支援はヘルメットだけだったが批判を受けて重量兵器対戦車砲1000発支援する事に決め、防衛費をGDPの2%に引き上げる事にしている。EU加盟国は30か国あるのと他の国も増額するようなのでEUの防衛力は強まるでしょう。EU内の核保有国は米英仏に独はアメリカと核共有条約を結んでいるのでロシアの核に一方的な脅威に晒される事はない。ところが日本はNATOには入って居ないし、日本には「非核3原則」その他様々な防衛には制約があるので、日米同盟と日本の憲法第9条その他の制約から反撃に至る時間のロスも有るので直ぐに防衛につけない悪しき可能性がある。日本もNATOに入るには、これもまた、日本滅亡の為の道標である憲法第9条が邪魔をしていて入れない。要するに、日本にはアメリカ以外外国からの支援は無いのです。其のアメリカだって、核戦争になりそうな予感がすれば手を引く可能性も無いとは言い切れない。日米同盟はそうしたもろさがあります。多くの日本人は、日本滅亡への道標でもある憲法第9条の事を知らずに今日まで守って来たが、その結果虚弱の防衛力では、日本が守れない事だけでなく、ウクライナが侵攻を受けている現状をテレビ放映で見て街は破壊尽くされ人は無差別に殺傷されている。日本がそうならない為に何を如何すれば良いかを考えてください。ドイツは直ぐに防衛の考えを180度変更し軍備強化に取り組みました。そのドイツは日本程危機的状況が迫ってはいません。それはアメリカやフランスにイギリス他30か国が加盟するNATOに加盟しているからです。NATOとはどういう組織かと言うと、加盟国の何処かの国が攻撃された場合、NATO全体が攻撃されたものと取りすぐに反撃すると言う物です。日米同盟の条約は先ほど説明した2国間の条約でそうはなって居ません。

憲法第9条の、日本滅亡の道標に因って実際進んで来た道から、未来永劫への道に進まなければならない最後の分かれ道に今差し掛かっています。そしてそこに出て来てくれた救世主のような2つの党の先導者が出て来てくれた事で、政府は試案のしどころではないかと思う。

憲法第9条は改正派と護憲派とに分かれる構図です。そしてそれは、日本を守る防衛費についても同じく2つに分かれる。引上げ派と現状維持派である。

日本は世界に幾つかある中道主義を掲げる国とは全く違う厳しい地理条件下に有るので、防衛力が無ければ、国家の平和と国民の命と権利は保てない国である事を知って置くべきでしょう。

日本は四方が海ですから大量に人や破壊兵器が運び込めるしその軍艦からミサイルも打ち込める。そして日本は専守防衛と言う法律が有るから日本を攻撃しようとする国は、攻撃の準備を整え、日本列島の近海迄軍艦で近づいても攻撃される心配が無いので態勢が整った時点で通信合図なりにより、一斉に重要拠点を総攻撃すれば一瞬で日本を壊滅出来る。敵国の3国の兵員総数は400万前後、日本の兵員の総数は23万人、勿論この内の何割かは休日とか欠員とか交代制で対処出来ない人員もあるでしょう。攻撃する側は態勢を整え来ているでしょうが、攻撃される側の日本は総て不十分でしょう。当日防戦に参加できる兵士が20万人いたとして重要拠点に分散すれば僅かな人員になり防戦不能に陥るので国家は滅亡する。困った事に、国民の多くは迫っているその危機を考えていない。ウクライナの戦況事態では飛び火して来ることが判断される。陸続きのウクライナに核爆弾を投下すれば、死の灰が自分の国に運ばれて来る可能性も懸念されるが、日本を侵略しようとする国には地政学的に死の灰は流れないので核兵器の使用も問題はないが、ただ占領しても直ぐに陸上資源は利用出来ないが、多くの海底資源はできる。今ＥＵではエネルギーの不足が懸念されて貿易に影を落としているが、日本の近海には天然ガスが海底に横たわっている。その量は日本人が１００年位以上使える程の量である。その他にも金銀銅にレアメタルにレアアースも有る。レアアースはスマートフォン等に欠かせない希土類元素で中国が生産国で輸入が不安定になれば産業に影響もでます。天然ガスの採掘技術は確立されている様なので早い採収が日本やＥＵへの供給が出来て、同時に、日本滅亡への案内板である、憲法第9条の看板取り外しが出来れば、ナトーへの加盟が可能にもなる。

現在核兵器をちらつかせれば日本には対抗措置が無い。例えば、「核爆弾を落とされたくなければ、北海道を差し出せとか、東京を明け払えとか、京都を差し出せ等の要求をされた時に、核兵器の無い日本1国で何が出来ますか?…」また、防衛力の虚弱国家ですから、侵略も容易にされます。日本人が低所得で採算が合わないので農林業に従事していない事から、田畑は荒れていて農産物の自給率は今35%と低いが、仮に侵略した国が農地を利用するとなれば、小さく区切った土手や畔を取り除き二毛作付けをすれば自給率１００%も可能でしょう。木材を切り出し、農産物や木材の輸出国家にもなるだけの農林業地はある。殆どの日本人は侵略した国の本国に連行され監視の下で教育を受けさせられ工場の従事者にされるでしょう。それが今は明白になっているのに、日本人の多くは知らないままでいる。そしてウクライナとは違い、自衛隊員になって防衛しようと言う人は少ない。

日本の自衛力は憲法9条の関係から小さく、核軍事大国が核を使わなくても、侵略してくれば数時間から数日で降参するような状態に在るのです。ハッキリしている事は、撃ち合うだけの弾薬が3日分しかないのが現在の状況です。また、ミサイルに関しても軍事大国には数千発が日本に向けられているのに、日本は現在0ですから反撃が出来ないでしょう？ 憲法第9条が日本滅亡の道標で有るのに加え、更に滅亡を加速させる法律が次々と作られ、日本人の精神までもが蝕まれている。小さい国土で資源も少ないが、本来世界で2番目の頭のいい国だそうです。現在その才能は生産する方には回って居ず、いかに楽をするかに回っているようです。

今回ウクライナが侵略を受けEU内の国々が防衛費を2％台に挙げている事を見て、ようやく日本も防衛費の値上げを発言する国会議員も増えて来たのと、半分程の国民も値上げを認める傾向にあるが全国会議員も国民と同程度の様にしか見えない。そしてニュース性番組を見ていて感じるのは、国民に相当影響力のあるコメンテーターが、防衛費を2％台に上げるような話がある事に対し、「現在1％で5兆円を倍の2％の10兆円にすると言う事だが、如何してそんなに値上げをしなければならないのかと言い、ドイツが2％にするからと言って、日本が2％に上げれば世界3位の防衛費の多い国になるとの発言をしている。EUは30カ国で防衛に当たる事と、総収支は日本とは比べ物にならないでしょう。それに比べ日本は1国の防衛予算で国を守らなければならない事と、防衛を最低限度と言う事が有るから予算も1％で今まで来ている事で訓練も実弾訓練は少なく戦争になった場合3日で実弾は無くなると言う。自衛隊員も

23万人だが隣国の軍隊は1国でも200万人以上いるし3国合わせれば400万人以上いるのです。そういう事情がコメンテーターには解らないのでしょうか?…。

テレビの影響が大きいのでコメンテーターは物を深く知って発言して貰いたい。

日本の防衛のあらゆる種類の軍艦も航空機も人工衛星も不足しているし新たに防衛の研究開発が必要な軍備品の開発も予算不足で手が付けられていないのが現状です。

現在実質防衛は、アメリカ軍に守られているのですが、防衛が十分とは言えないし、自分の国を自分等で防衛する考えを持つのが当然でしょう。自分は滅亡する憲法を守っていて防衛戦争をしないで、今後も他国に防衛の全てを任せて行こうなどと図々しく考えているのでしょうか?…。

現在核の抑止力も防衛の一切をアメリカ任せでいるのが現状です。国民の皆さんはアメリカ軍が去れば、日本は数時間か数日で滅亡する事を知っていて貰いたい。憲法第9条は日本滅亡の道標です。そしてそれを早める為の専守防衛とか非核3原則とか、それに追随する多くの法律を滅亡する為に作って来ています。日本が滅亡しない為に、これ等の法律を破棄して、アメリカとの同盟を揺るがない物にするため、憲法第9条の改正と国民の自覚の高揚と、防衛費を最低でも韓国の防衛費に近付ける、2・5%に挙げて、日本の得意な分野でもある化学力を高め、日本の防衛は自国でもある程度出来るようにする事や、台湾から東には核軍事3大国の他に、自由民主主義国が日本と韓国しかないのですから歴史的なしこりは有るでしょうが、2つの国ともアメリカと同盟を結んでいるので防衛協力を出来るようにする努力をする事は必要に思う。日本は韓国に防衛に於いて多く見習う事がある。

また防衛について、アメリカ軍に協力する為に取り除くべき事が多くある。誰もが認めている所である、アメリカの核の傘に守られていると知りながら、非核3原則を主張する人が多い。それは3原則の一つ、「核を持ち込まない」という事は、原子力潜水艦の寄港も阻止すると言う事で有る。これも憲法第9条により後から作られたもの、非核3原則の「持ち込まない」に該当するので、憲法第9条を改正する事により、非核3原則も取り外す事が可能となる。これにより、原子力潜水艦の寄港も防衛の為の核兵器の防備が拡大され核の投下に対して抑止力が出て来る。そして日米同盟が揺るがない同盟であるよう理解と努力を深める事が必要で有る事と、更に日米欧とも共存共栄をも担える事となる。それを確実に出来るのはやはり米欧の自由民主国家との双務性の同盟が出来る憲法を持つことが必要でしょう。隣国に世界で1位と3位の原爆大国が有る事と新原爆所持国の脅威もある。

日本は先ず国連の加盟国である事から、自国が滅ぼされない万全の方策を立てるのに当たり、その対策が日本の滅亡を阻止する為の万全の対策である事と、何が妨害をしているのか検討すれば、国を防衛しないと言う、日本滅亡の道標である憲法第9条が浮かび上がると同時に、日本国民が自国を守らないで誰が守ってくれると言うのかにも突き当たる。自分の命や財産を守るのも自分であるように、自分が死亡すれば自分の物は、本来は子供の物になりますが国が滅亡又は侵略されれば、相続人が居ても、全て侵略者の物になります。つまり自分の命や財産に平和を戦って守らなければ誰も守ってはくれない。その意識を持たなければ自由も、これからもっと良くなる筈の日本にもならないのです。日本はアメリカに負け、アメリカが自由民主主義を広げようとしていた事により、日本の封建制が改革され自由民主主義となった事から、次に侵略され占領されても今の自由や財産はそのまま自分の手に残っていると思っている人がいるようですが、それはとんでもない大間違いです。侵略されれば命の保証はないし、自由も財産も没収されるだろうし、当然今住んで居る家からも追い出され侵略国に連れて行かれ収容施設に入れられるでしょう。日本は侵略される事が分かる前、即ち今、防衛力を高め、日本とは戦争しても勝てないような抑止力を持つ事を重点に行うのが懸命の判断です。

一度日本は太平洋戦争で大敗北し、国際会議で4分割される事が決まり、その4分割の所有国も決まったが、その後の会議でスリランカの大使ジャヤワルダナ代表者の日本4分割の反対意見が的を射ていたので、日本の4分割は取り消された。しかし、それを後で知ったソ連（当時）の書記長スターリンはGHQのマッカーサーに凄い勢いで「北海道はソ連の物」に決まっていたと詰め寄ったという。ところがマッカーサーも大きな体で立ち上がり、4島分割の決議は破棄されたと否定した、と言う。当時はアメリカの軍事力が上回っていた事から、ソ連のスターリン書記長は引き下がったという。この事はあまり知られていないが事実である。日本人は現在の幸福はずうっと昔から来たものであるように考えているようだが、こうした状況もあって現在があり、これからの幸福も自分の考えるより、困難に突き当たる可能性は高くある様に思う。兎に角、自分の幸福は国家の平和が有っての物である。其の国家の平和を守るのは国民全体の思いである。その点で、憲法第9条は、日本の防衛を阻む滅亡への道標でしかなく、自由民主主義国家との同盟を拒み国際平和にも参加出来ない為の法律である。此の憲法第9条を変え、自由民主主義諸国と同じような憲法に変え、米英豪と同盟関係が結べるようにし、EU（ナトー）に加盟できるようにして、抑止力を高める事が戦争の回避に繋がりうる。

太平洋戦争で惨めな敗戦をし、各都市は焼野原になって衣食住もまともにとれない不自由の厳しい中で、先人たちが必死に働いた結果世界が驚いた復興を遂げ、その成果から緩やかで夢が持てた時期が来ているが、現在、日本の隣国3国が核保有軍事大国として台頭したことに因るのと、アメリカが中東で軍隊と経費を20年間注ぎ込み兵と資金を消費している感に、日本の隣に核3大軍事国が台頭したのとは反対に、アメリカに疲れが見えている感じがする。日本は自国の為とアメリカが覇権国家でい続けてくれるよう協力をして行く必要が有り、そうする事に因って日本の平和も保たれる。

アジアの核軍事3大国は隣国と世界の小さな国には脅威でもある。米中の経済冷戦と米国の軍事・経済力の地盤沈下も感じられる中で、政治スタイルの揺らぎに因る自由民主主義国の同盟や、多国間の協調路線の不振が目立つ中で、中東の根深い宗教宗派に因る国家間の軍事状態の対立に加え、アメリカとイランの襲撃事件に端を発し、今回のソレイマニ司令官殺害により米国とイランとの警告や復讐拡大が激しくなり戦争状態になる可能性も否めない。世界のメディアは中東とアジアと欧米とを交えた第3次世界大戦なる可能性をも指摘している。一方、北朝鮮の核やミサイルの開発も進んでいて、其の挑発もある事から思わぬ方向に展開し一気に核戦争に進む可能性も無視出来ない状態になった。

日本の石油の9割が、中東のこのホルムズ海峡を通って日本に運ばれてくる。この日本のタンカーの護衛の為に自衛隊の飛行機と船が派遣されている。この派遣自体は当然だが、どのような展開になるかは不透明である。遠い中東ではあるが、日本人の生活にとっては遠くて非常に近い存在で、中東地域に原爆の雨が降って来れば日本人の生活は一瞬に破壊される。電機は止まり、夜の街は闇となり様々な事件は起きるでしょうし電車は動かなくなる。パソコンは使えなくなるし、食料も35%割り込んでいる。この混乱の打撃はアジアが特に大きい。日本は石油の備蓄量が一年分位はあるがどうだろう…。このような混乱により第3次世界大戦になった場合どの様な展開で核戦争になるかは予測出来ない。兎に角、日本の隣国は世界第1位と3位と4位の核軍事大国である。3つの軍事大国は海と陸と空からミサイルを発射できる。自由民主主義国は自分からは絶対戦争を始める国では無いのに日夜監視を続け、防備と言う弱い立場にある。その事は24時間監視していなければならない事です。攻撃する立場にある国は好きな時にミサイル攻撃はするでしょうし、軍艦なり戦闘機や爆撃機で攻撃をするかもしれない。日本は戦闘機を飛ばし監視体制を取らなくてはならないので様々な点で消費が大きい。石油が入荷しなくなるだけで日本は大混乱に陥り食料争奪戦や殺人や窃盗が横行するでしょう。防衛費は相当増やし混乱と日本滅亡を阻止する為に必要経費でしょう。防衛費は無駄な経費ではなく、国民の命を守る為の経費で誰かが儲かる訳でもないのに増額する事が困難な様です。今迄、人工衛星と言えば夢の世界を広げる様に思っていたが、今では国を守る為と、宇宙への夢の2つに必要なものに成って居ます。今ウクライナが攻勢に出ているのはアメリカの人工衛星から受けている敵の情報を受けての攻撃が功を奏しているとの事です。ところが軍事力の進んだ国が対立する国の人工衛星を壊す実験と自国に取り込む実験にも成功しているようです。コメンテーターは防衛費がどういった方面に使われ日本の平和と命を守っているかを知って貰いたい。不安定な時代に世界が入っているのに国会の一部の議員は選挙で勝利する方策として、国民が興味を持ちそうな事を議題にして政府を追及している。以前は加計学園や森友学園、そして桜を見る会等が槍玉に上がった。確か民衆のテレビを見る視聴率は上がり政府の支持率は少し下がってはいるが選挙で支持率がどれだけ伸びるかは微妙でした。今迄もそうだが、これからは更に、日本は世界と繋がって行かなければ日本の生きる道は無い。エネルギーの95％以上、食料の35％は外国からの輸入で賄われていて、その輸入には外貨が必要です。資源の無い日本では製品を作って輸出し外貨を稼いでいるが、その輸出が落ち込んでいるのが現状なのと、国内の消費量も落ちています。端的に言うと収入の格差が広がっている事に端を発している。例えば、10人中1人が大金持ちであったとしたら自由に消費できるのは一人だけで残る9人の人は生きる最小限の消費しか出来ない。結婚し子供を産むのも金持ちの一人が生むのは2人か3人でしょう。残りの9人が結婚出来る程度の収入が在り子供が2人出来たら18人で、消費も9倍になる。話が横に逸れましたが、日本は独立国家だから世界と肩を並べる様な自衛力を備える為の工夫と化学力の発展に力を入れ、人口減少に歯止めを掛けるべき努力する必要がある。日本の資源だが、数年前明るい話題に沸いた。資源が日本の近海の日本海側と、太平洋側にエネルギーになる資源が海底にある事が発見されている。早い時期に採取する必要が有るのに未だその取り組みは見えてこない。

深海にあるので困難を期すとの話は聞いたが外国では採取しているとの事である。尖閣諸島沖の石油の採掘では汚点を残しているが、今回はそのような事が無いように様々な方法を創り出し天然ガスの採掘を成功させてくれるよう経産省におねがいしたい。世界情勢は増々危機的な状況にあり、ホルムズ海峡周囲も危機的状況にあるので、通行できない事態になれば日本の熱源は絶たれたのも同然で日本の生存危機となる。何が起ころうと政府と民間との合弁事業として急ぎ採掘する事が賢明でしょう。

人口問題は高卒採用や専門学校卒の採用が早期結婚に繋がっている統計もあり貧困家庭を減少させる良好な家庭作りにも繋がっている。そして、現在は能力給制度が広がっている事から高卒では大卒より4年先、専門学校卒では2年先から会社に貢献している訳だから大卒の初任給との給与関係の配慮に昇給や昇格等試験制度に実績評価の導入に因ってやる気とアイデアで職場の活性化を図り能率向上をあげられる。先進諸国で仕事の能率が上がらないワーストの国に日本はなっている。そこで考えられるのが、海底に眠るエネルギーのメタンハイグレードの採り出しを、日本が滅亡しない内に力として利用しモチベーションを上げれば自衛力を高める算段も出来る。過去、日本が尖閣周辺に石油が出るのを知ったが現在の経産省が『掘り出すよりは買った方が安い』と言う事で発掘をしない事が現在外国との混乱の一翼となっている。このメタンハイドレートは発見されてから1年以上が過ぎているが、それを取り出す事の話がテレビや新聞の紙面には載らない。資源の無い日本に、発見されたまぶしい程の輝きを放つメタンハイドレートが日本の周辺の海底に何百年程利用出来る量が横たわっている。極力早く、政府と民間との共同で海底から掘り取り、日本の自立経済と『富国強兵』に役立て防衛の強化に役立てると共にEUへの輸出する事が日本の安定的所得の向上と防衛力向上にも繋がり期待でもある。世界の火薬庫ともいうべき中東から石油の運搬や備蓄に原油から様々な製品に変えている設備等の改変等様々な問題もあろうが、国に力を付ける為、また工業団地の向上と発展の為、分離や設備に役立つよう支援をし、メタンハイドレートの利用を早める取り組みをして、95%程の燃料費節約が国の赤字経済を好転させ、防衛の遅れを取り戻す事が期待される。石油輸送に関しては、狭いホルムズ海峡を通る事はイランの核開発に関する動きや、ソレイマニ司令官の殺害に対し米国とイランと英国・欧州との核開発関連の合意が事実上撤廃されたことになり、狭いホルムズ海峡に事件が起き日本の船と飛行機が巻き込まれる可能性は皆無とは限らず、日本はイランとは友好関係にあるのと、憲法第9条の関係からも、艦船と飛行機2機を護衛に当たる為出して居るがこの混乱に巻き込まれるのを懸念しているので、極力原油輸送は減らして行く事が望ましい。中東自体に核保有国は現在無いが、アジアの幾つかの国が核開発時に経済支援関係があるから、ホルムズ海峡両岸での戦争がおこる可能性が出て、一時は緊張が日本にも走った。それが原爆戦争に発展しないとも限らない。こうした中で中東の国々とホルムズ海峡の収束が長引けば日本にとって死活問題でもある。また北朝鮮の原爆がミサイルに搭載され攻撃されれば、日本は死の海ともなる。

万一かどうか、日本が核を搭載した弾道ミサイル攻撃を受けた時、専守防衛が可能なのか、そうなった時、核の無い日本は只アメリカに頼る事以外に無いのが現状であるのと、専守防衛と言う事では防衛は出来る筈はない。仮に小さい核の攻撃を受け、日本の大都市の幾つかが破壊されてから専守防衛という事で、海上や基地から反撃をしたとしてもそれが何になるだろう。日本人の何割が生きているのだろう？　アメリカも核攻撃され破壊され生き延びてはいる人間の為、同盟国だと言って防衛に動くでしょうか？　米国も戦争状態に被害が出る事が想定されるでしょう…。日本周辺国には7千発の原爆が準備されています。北朝鮮でも40発以上の核を保有している。それが水爆であれば1発が、広島に落とされた原爆の550倍もの破壊力が在るのです。1発撃ち込まれれば日本は死んだと同然である事と、核廃絶運動の限らない見えてはいないが、現在、世界で一番核攻撃される可能性がある地政学上にある事を認識して、防衛運動をする方が必要な筈だが、その方面の運動はしないで核爆撃される方の運動を一生懸命している。こうした状態を日本人は、何も感じず過ごしているのか、又は核廃絶運動を支持していて、近くに迫っている核攻撃の阻止方向には回らず、核爆撃をされる方向に運動をしている。何とも奇妙な運動をしているのでしょう。平和ボケと言われているが、楽しくあそんでいる方がまだしも良いでしょう。しかし時々は自国の防衛の話を交えて下さい。その中で、専守防衛と言う言葉の意味を話したり非核3原則の話をしたりして、理解される事を期待します。これは2つの法律は、憲法第9条の落とし子の様なもので、日本が増々滅亡する為に、防衛出来ない様に作られたもので、これからの爆弾は大量殺戮爆弾攻撃がある訳です。その爆弾の攻撃を受けてか、先程の専守防衛、即ち攻撃が出来ると言う説明で、核爆弾も其の内の1つで、その爆弾の攻撃を受けてからでないと反撃出来ないという法律です。大量破壊兵器の無い時代の恰好をつけた防衛の仕方を考えだしたのでしょうが、陸上戦を想定した考えのもとに作られた、遅れた法律です。爆弾は空から降って来るか海から飛んで来るかの二つでしょう。日本は現在戦争の武器について遅れている。それは長い間防衛費を1％に抑えて来た事で、防衛に関する装備品にも遅れが出ている事と、憲法第9条に因る、国の防衛はしないと言う防衛認識の欠如からです。党に因っては、国を防衛すると言う考えよりは、憲法を守る事の方を重要視している党が今もいます。様々な党も政府も、自由主義国家ですから間違っている考えだとは言いませんし、是正する必要の有無も言いません。何故なら、国家を守るのは人間で、人間を守るのも人間であるからです。日本を滅亡へと案内する憲法があり、国際法にも違反しています。国際法に違反しているその憲法は、憲法第9条です。国民を守らないで、侵略して来る人間を優先し、住民を無視した憲法を作る事と、その憲法を守る為に動員を懸けて守らせようとする議員と、司法の心理も平常ではないように思う。間違っている憲法を是正するのではなく、それに司法も加担しているようにも取れる。日本国憲法が作られた当時の環境と現在のアジア情勢とは全く違った環境であるのに、殆ど変わっていない民主主義の原理で議会は運営され、議案が多い事や審議日数に関係もあるのと、憲法改正には国会議員の3分の2という縛りもあるし、国民投票もある事から憲法改正の運びには相当の日数を要するでしょう。そこに行かずとも、司法は国際法とか危機的国際情勢の中で、国家の平和と安定した国民生活を鑑み、自国防衛が必要な時点での司法の判断が出来ないものでしょうか。世界独特の自国防衛させない憲法第9

条の言語を読んで、司法として国民が自由民主主義社会の中で生きて行く為には、憲法第9条は国民の生きる権利を失墜させる可能性が認められるので改善を要するとの判断は下せないものかとも考える。憲法審査を司法で、国会で破棄を検討するよう要請は出来ないものでしょうか？　この要求は法外で無謀でしょうか？

この3月、ウクライナへのロシアの攻撃を見て、ドイツは初めヘルメットを救援物資として送る事にしたが、多くの国から批判を受けて戦車砲や爆撃砲に切り替え一千発の砲弾を送る事にした。日独伊三国同盟は43年にイタリア降伏、ドイツは45年、そして同年日本も降伏した。そのドイツですが、今迄1％台だった防衛費を2％以上にしてウクライナにZ優良武器の供与を発表した。ドイツの防衛は、ナトーに加盟しているので日本とは違っていて守られているが、勿論ナトーの強化にも繋がるでしょうが、ウクライナ支援の為の変化でもある。日本は自国防衛が出来ない上に、隣国に核軍事大国が3国もある条件下なのに、自国防衛が出来ない弱小国家の儘で居るのを国民は何も感じないのでしょうか？　ウクライナの場合、ロシアは陸路を戦車を先頭にして攻撃していた。日本を侵略するには空と海からで、少なく見積もっても400万人の軍隊はいる。日本は多く見積もっても20万人でしょう。日本のこの長い列島を守り切れはしない。侵略国は初め空と本土と海からミサイルで破壊尽くし、その後上陸するとすれば日本海側と太平洋側から上陸し進軍するだろう。もうこの時、日本軍は阻止する為の兵士は残ってはいないだろうから侵略者は歩兵も戦車も勝利の進軍である。

さあ国民の皆様、ウクライナへの戦場を見てこうなる事が予想されるが、日本はどのくらい持ち答えられるかは分からない。後は侵略国の方針で、住んでいる家やマンションから出され、侵略国の共同住宅に着のみ着のままで送還され教育を受けさせられ、強制労働をさせられます。一部例外はあるかも知れませんが何れ同じになります。アメリカ軍が去る事があれば、日本の受ける現実です。

プーチン大統領は、核攻撃をするとEUやアメリカが脅迫されていますが、核の世界戦争になる危険性が有るのでEUもアメリカもウクライナへの武器の一部と飛行禁止区域設定は取り止めています。核爆弾の増産は、更に中東の国の中にも作る工夫がされていて核爆弾の完成に近づいている。そして国連に制裁されても自立出来る方策さえあれば、2500万人程度の小国でも原爆の製造国で周囲を脅かしている訳です。こうした時代に隣国の方針と、自国との関係を考慮し、自国の存続を確実視出来る指針に沿って、憲法の文言を明文化し核への対応と抑止力を備えるべきです。戒めの様な憲法で国は護れないし、敗戦の経験に因る表裏の全面を正確視すれば、帝国社会から自由民主主義社会になり、悲惨な敗戦に因る消し切れない恨みと飢えの戦で見た悲惨な光景が、脳裏に焼け付いて消えないのである。ただ戦争を嫌悪し逃れる為に戦争反対、核兵器所持反対を叫んでも、侵略して来る国には何の反応も無く、好都合だとして軍隊は進んで来て征服される事は明明白白である。そして防衛能力の虚弱な小国は地上戦の悲惨さは映画やテレビで見て来た以上で、加えて財産は剥ぎ取られ、家からは追い出され自由の無い監視下で共同部屋に詰め込まれるか、強制収容されるかである。日本が他国から202X年に侵略される可能性が有るとの見解を、直視している人が最近多いとの意見も少なくはないようだが、日本近海に目を向けると、日本に侵略しようとする意図のある国々が見える。そしてそれを増幅するように、日本人で自分の国を防衛しようという人は世界で最下位である事と、人口減少に加え結婚しない人の増加とアルバイトと非正規社員の増加とから購買力の落ち込みから、産業の発展も遅れ気味だし、作った製品は、人口減少の悪化から、（人件費や電気代・水道代・土地代等）が高いので製品も比例して高価だから、外国市場では売り上げが伸びないし輸出も伸びない。それを打破するには日本での購買力を高める必要があるのだが雇用条件の悪化即ち、安定した職場の提供が必要なのだが利潤追求の為、更に非正規社員が増やされている。要するにアルバイトや非正規雇用生制度を廃止し、スーパーマーケットとかの店員とか食事の安いチェーン店の店員とかには給与二重性にして国が支援して本採用するとか、店の利益を上げる為に、そうした所を利用する低所得層には通い帳を出して不足分を支援するとかし、意欲的な職場で優れた製品を作り安定した製品を市場に供給する。この事で経済も上向くし、労働意欲の向上にも繋がり、結婚にも繋がれば労働意欲も出るし消費も格段にあがる。結果的に国に敬意を持つようにもなるし、個々人の人格や尊厳も上がって行く。この事が個人に良い影響を与え引きこもりの改善にも影響し、個人の生活力の向上にもなり適齢期での結婚のサポートにもなる。その結果出生率を上げる方策にもなる。更に検討を要する。

太平洋戦争の終戦近く、沖縄では本土決戦等と言う戦略に因って陸上戦となり大変な被害を受け痛手を負った。この事により、反米意識は強く日本政府の方針に対して反旗を翻してもいる。その結果、侵略して来る国に対し何の防備もせずにいて、今度は、家や財産を没収され、自由の無い監視社会の中に閉じ込められ兼ねない方へと進んでいる。日本には公然と外国のスパイや工作員が広い範囲で活躍や暗躍をしている。若者や年寄と言うだけでなく、各層の議員や学校、そして組合役員にも接触し活動している。独裁主義社会や専制主義社会から送り込まれているスパイや工作員の行為は洗練されているので、簡単に従うようになり、国の方針とは反対の方向に動く。しかし、国が進めている反対方向に動いたとしても重罪な行為では無いのであるのと、日本では取り締まれる法律は無いから自由で、例えば沖縄の基地移転の反対をした事で、協力者と手を取り合っての喜びの満足感で満たしているとしたら、国政や次の選挙戦の反対への足掛かりにもなる。それが沖縄県民や日本の不幸にもなる可能性に繋がっているかもしれない。戦争に関する事では、相手国の動きを知る事が重要な事と、戦争を防ぐ方に動き政府が進める方向に進路を取る事が日本の滅亡しない方向でしょう。太平洋戦当時石油や国際貿易問題から軍事力を検討する事も無く戦争を始め敗戦が明らかになったにも関わらず戦争を続行させ、戦況を案じて昭和天皇が内閣総理大臣に、2度の終戦打診を行ったにも係らず、戦況や武器・戦略を広く検討をする事無く戦争を続行させ軍部が、本土決戦等と言う命令を出したことで、原爆は落とされ、沖縄の総人口の4分の1の人が亡くなられた。こうした事から沖縄県民の戦争に対する恐怖と怒りが在って、集会や選挙に基地移転に政府の政策に多くの反対者が集うのでしょうが、敗戦の明確な解析をして今後二度とこのような悲惨な敗戦を引き起こさないような対策をする事が賢明でしょう。それには政府と対立する事ではなく、政府と検討できるような人を市会や市長、県議や県知事に選出する事が肝心でしょう。国と対立して日本防衛の為の整備が遅れ、侵略が容易になった事で被害の増大に繋がったとすれば後悔しても先に立たない。沖縄は今、戦争の飛び火が飛んできそうな場所にあります。その火は何時飛んで来るのかはアメリカでは幾つもの予測を出して居ますが、それはあくまでも予測に過ぎない。日本としては防衛力を高めるとか、抑止力を高めて戦争が起きないように努める事が、政府の最大の役目でしょう。其の為には沖縄の基地問題を何時までも戦わず、日本防衛の一翼を担う協力を沖縄県民にお願いしたい。

今日本は、沖縄県の島々の防衛に苦慮しています。侵略されるかも分からない状況に在る事です。地上戦になった沖縄で両親や兄弟・子供・親戚や友人知人等と多くの人を亡くした当時よりは、侵略されれば、はるかに大きな被害が出る事が予想されている。

沖縄県の知事は、全県民の平和と命と権利と安定した生活を守る為の事と、アメリカの基地が在るから攻撃されるのではなく、アメリカの基地が在るから攻撃されないとの考えを持って貰いたい。アメリカの基地を攻撃すればアメリカを攻撃した事にも成り、ナトーへの攻撃にも解釈が広がれば、ナトーは一丸となって反撃する可能性が有るからです。沖縄県民もその点を考慮し将来に亘って自分の為、県民の為、国の為と同盟国アメリカが沖縄県の防衛に命を懸けて尽力してくれるかを考え行動してくれる事を見ています。政府と対立して行けば沖縄県が発展するのか、折り合って行く方が発展するのかを考えて見て下さい。

今は日本の同盟国はアメリカだけですが、過去・石油問題から日本が突然真珠湾の攻撃した事でアメリカは報復に出て太平洋戦争になり、日本は惨めな敗戦を喫した。そこには蒋介石の策略と日本の申し出に対する対応に、大国米国の方針と蒋介石の策略につられた米国が、同調したのか日本に対する米国の形式一辺倒の方針に、日本人には不満が出たようである。だからと言って戦争を仕掛けて良い筈はなく、粘り強い交渉を続け、妥協点を見つけて戦争の回避を図れれば悲惨な戦争をしないで済んだでしょう。ですが、それは後になったから言える事なので、今後こうした教訓を脳裏に焼き付け、今後は侵略されない為に、日本は周辺国の軍事力詳細な分析と自国の軍事力とを対比して、強化と抑止力を高める方策を立て、不足している物の強化を政府に知らせ、そして国民にもある程度知らせ、日米同盟の強化策とここ迄補充すれば国は防衛が可能で有る線引きも必要に思う。現在日本は隣国の核軍事大国との実力の大差を感じ、日本防衛は困難と言う諦めの雰囲気と、無関心さとで出来ている。そして、太平洋戦争で惨めな敗戦をしても、その当事者より敗戦を知らない世帯の方が今は上回っている事と、これから専制主義国家に侵略されたら着の身着のままで侵略国に連行され酷い目に合わされる事を国連は知っているから、そうされないよう国連は自衛する事を勧めている。所が日々様々な事で人はそうした事を知ろうとはしないで過ごしている。方々の国で戦争が起きていて悲惨な事が起きているが教訓は行かされていない。

日本は今、天国と地獄の境界に居るようでもある。多くの若者が青春を享受して楽しんでいる。その反対に苦労している人も居ます。そして、今迄憲法第9条にあまり関心は無かったが最近世界情勢の映像がテレビやパソコンやスマホで写される事と、新聞の紙面の一面に頻繁に出る事で、ある程度の情報を多くの人が得ているが、日本が如何言う立ち位置に居るかを考える人も多くなっては来ているが行動を起こすまでには来ていない。

憲法第9条を深読みすれば、これで日本は守れないと思うようである…そして自分は自衛隊に入らなくても良いのだと思う…。

日本滅亡の道標でもある憲法第9条が在る為、武器を持って日本を守ろうとする人は少ない。ですから、自衛隊員の数も足りていないなし、武器も予算も少ないし、予備役と民防衛を作る事も検討されていない。日本国土を守るには、韓国を参考にしただけでも兵員は120万人以上、予備役は約600万人以上、民防衛隊は800万人以上となる。こうなれば日本は防衛出来るし日米同盟も強化されよう。

日本滅亡の道標を掲げて居る憲法第9条の関係で有事の防衛力も、自然災害への対応無しも、総てが世界から後れを取っている。国を護る為の予算が取れないのはどの党のせいなのでしょうか？　国防予算が取れず、彼方や彼方の家族が殺されるか奴隷にされても彼方は良いと思いますか？　日本滅亡を道案内するような憲法第9条を護り国が滅びても彼方は良いと思いますか？　日本には古くから人を救う諺があります。それは、囲碁や将棋にも使っています。『攻撃は最大の防護なり』と言う事です。日本国土にミサイル攻撃がされてから、日本は攻撃を開始すると言う専守防衛と言う法律があります。

ミサイルには大量破壊兵器が搭載されているでしょう。その爆弾の最悪事態を連想して見て下さい。それが水爆かも知れない。そうした時日本の法律、専守防衛とは、『攻撃されてから、反撃する』と言う法律に従って誰が何処から反撃をすると言うのですか？　反撃する人がいますか、海底からですか？　基地が在る南の島が未だあると思いますか？　アメリカ軍は、消えてしまっていない日本の為に戦うと思いますか。

防衛とは、大量破壊兵器の時代、攻撃されてから反撃するという時代ではないのです。

憲法第９条が有る事から、日本の防衛は様々な人の思い出のために防衛の考え方が遅れに遅れている。最早、国土にミサイルを撃ち込まれてから反撃が出来る時代ではないのです。

戦闘武器は日進月歩です。現在の一部の国会議員はそれに着いていけていないようですが、今や大破壊兵器が主流な為、陸上や空中で破裂しても、ビルや家々は破壊され人の命は絶たれる。専守防衛とはこうした後に反撃するという法律です。これ迄での戦闘では反撃出来たとしても今後細い日本列島では反撃する人は残ってはいません。ウクライナは戦争が長く続いた事と戦争を予期していたため、個人の家やマンション棟や地下鉄の駅に工場も地上から地下深く掘り下げ数日は避難生活出来る様にして在る様である。ところが日本はそうした工夫はないのと細長い列島な為日本全土ミサイル攻撃で破壊尽くされ殺されます。想像して見て下さい。水爆は広島に落とされた５５０倍もの破壊力があるのです。人が何処に残っていて反撃をすると言うのです？

憲法第９条が在る為、武器も遅れているのと数量も少ないので防衛は出来ない…。どのくらい少ないかと言うと、まず兵員ですが、今は情報化時代、サイバー要員からですが、北朝鮮6500千人いるとの事ですが、日本は僅か３５０人で、中国は20万人いるそうです…。兵員ですが日本は23万人、中国２００万人、北朝鮮が１１９万人です。ミサイルも中国で千数百発が日本に向いているそうですが、日本は0です。この差だけで大方国防に対する考え方が分かるでしょう…。日本人は、非常に欲深いが、全体的な事に成るとケチる傾向が強い。防衛は国家国民の為なのにケチる、これが日本の防衛に対する国会議員と国民が思っている現状です。

外国の侵略を防ぐには、それ相当のミサイル1000発以上と相手方の保管基地の情報収集と、出来れば発射する時点時にミサイルを発射不能にする事でしょう。それには自国を滅亡の道標でもある憲法第9条改正をして、防衛力の強化と、同盟国友好国を増やし、いつでも同盟国と同時に侵略する国への攻撃が出来るような体制造りをする事が抑止力にも繋がるでしょう。侵略しようとする国も、国際関係もあるし、多方面の国への対処もあるので、日本の国際関係が綿密で尚ナトーへの加盟が有れば日本への侵略は諦めるでしょう。何としても、日本国の存亡を懸けた自衛の論戦は、日本滅亡の案内板である憲法第9条の廃止と、防衛費を2%以上値上げして憲法第9条を日本防衛と世界平和の憲法として作る事が出来れば、オーカス（米英豪）安保協力への加盟を目指し、EU（ナトー）にも憲法第9条を無くす事で加盟出来れば、外国からの侵略は無いものとの考えられる、現在より希望を持てる国家に成る。

防衛費が1%台で、日本滅亡の道標でもある憲法第9条を守って自国だけで戦争ともなれば、関取と小学生と相撲をやる様な物で、戦争ともなれば100%悲惨な敗北を喫した結果、侵略国に連行され奴隷にされる。それを知ってか知らないか、如何言う理由か分からないが現行の憲法第9条を守ろうとし防衛費も1%以下を主張している。現在戦争をしているウクライナでロシアに向かう人道回路が設けられても安全とは言えないし、行く先は不明で僻地に連行され強制労働が待っている。

自由民主主義国アメリカやヨーロッパには領土拡大の為の侵略戦争をしようとはしていないし、考えている国も1国も無いが、そうでない専制主義国に領土拡大と他国支配しようとする野望が見て取れる。大半の日本国民は、侵略されても自由や平和が在るものと思い込んでいるのか、日本防衛の為でも戦わないと言う数が60％を超えているように見える。日本が侵略された場合、敗戦国となるから、国名は消され財産は没収・自宅から引き出され自由や平和は無く行動は着の身着の儘で国外に連行され監視の下強制労働をさせられる。

今の日本も太平洋戦争敗戦後GHQ会議で日本は4分割され、それぞれの違った4つの国に配分される事が決まったが、スリランカ代表の演説によって4分割されなくなった事で日本は今の形で残った（スリランカの代表に日本は謝意をどのような形で表したかは知らないが、その方の娘さんが栃木県に平成28年ごろ在住していた）。さて、2つの内にAとBとが有る。前者は、日本を愛し平和や自由に命を懸けて戦おうと言う人々の事です。いわゆる国際法に基づいていて防戦する事を指します…これがAです。

Bは、日本は確固たる法治国家ですから、憲法9条の文言通りにして、国を守らず戦わず侵略され平和や自由や財産を取り上げられ、自分の家から出され何も持たず侵略国に連行され、未来の夢も無いが命が繋がった者も居れば殺された人も居る。憲法9条を守ったが国は滅亡し、自分は奴隷にされた…これがBです。

ウクライナの状況から予測して、現在多くの人がAの考えを持っているようです。

これからの戦争は、最終的には核が入り込んでくる事は間違いないようですし、核保有国も開戦すれば攻撃も有り得るとも言っている。分かる事は、相手国も核保有国であれば、おいそれと核攻撃に踏み切る事は無い。何故なら自分の国も核攻撃されるからだ。今まで日本が侵略されなかった事は絶対的な核軍事大国のアメリカの傘の下にあったからで、アメリカの他の国にも核保有国が広がり、核戦争が勃発した時、米国と似通った憲法を保持しなければ共同戦線は張られない。そうなれば憲法は国を守らないのが前提で在るし、米国との同盟関係は日本の憲法9条により片務的な関係から、核戦争になったと同時に同一戦線が組めない関係上不一致から米国民からも同盟破棄の声が出ても当然かもしれない。日本は何処の国とも双務的な同盟を結べないのと、防衛虚弱小国家ですから、戦争になれば一日も持たずに滅亡します。後は侵略国軍人のしたい放題の無法状態の地獄の様な日々が続きます。日本憲法第9条の本質は、敗戦するように作られて居るのです。ですから、日米同盟に対する両国の考え方にも歪みも出ています。日本の隣国には原爆を所持している3つの大国が何時どう動くかが不明瞭だが、核所持国ですから核を搭載したミサイルを何時撃ち込むか分からない。今こうした危機的前線に有る国ですから、防衛予算の増額要求や、ミサイル1000発以上の保有推進をするべきに思う。自民党は旧統一教会問題での特別国会開催と防衛予算引き上げにミサイル1000発以上の保有問題もあるので早期国会開催が社会から希望されています。傍目に見てもこの3問題は社会が注目している問題でもありますし、対処の仕方では内閣の支持率にも影響するでしょう。

日本を取り巻く3大核保有国との付き合いに戻ります。さて日本は、その3大核保有国に対して抑止力の一つもない上に、憲法9条はその3つの核軍事大国を応援しているのが現状です。このような状況下を念頭に置いて、多くの国際人ジャーナリストは、日本の自衛力向上をアドバイスしている。国土拡張を謳わない自由主義国は国土防衛が主体ですから、金は掛かるが、同盟関係を結んで抑止力を高める以外に打つ手はないのが現状ですが、同盟が結べない小さい国は弱体体制で少しずつ侵略されています。一方国土拡大を主に軍事パレード等で自分の国の軍事力を見せつけ他国に脅威を与える威圧宣伝しきりの国もある。軍事大国には、兵を進める相手国に脅威を与え続ける事で十分反抗の意思を削ぐ事にもなり戦わずして侵略可能になると踏んでいる向きもある。それに引き換え自由民主主義国は防衛が主体的になっているから対戦兵器の開発進歩が遅れている上、新ミサイルマッハ10等を撃ち落とす事が困難だと言う触れ込みもあり、国土防衛も出来ない状況です。アメリカが開発し日本に配備予定の最新兵器である筈の地上配備型迎撃システム「イージスアショア」2基の配備等が決まっていたが設置する場所の住民がミサイル基地への攻撃を想定して設置反対の声を上げた事でイージス艦への搭載変更になったが大変高価な物で、一度にミサイル数発程度への対応でしかなくあまり役に立たないので、専守防衛でも可能な敵基地への反撃能力への対応に変え一隻でも多くの軍艦建設が望まれます。当初日本全土が防備できるとの事だが、それは時間をおいて撃ち込まれた事での事で、一度に複数のミサイル攻撃をされたらどの程度のミサイルを打ち落とす事は今の技術では不可能に近い。現在ロシアや中国に北朝鮮が開発しているミサイルは、低空でしかも変則飛行している上、マッハ10前後と速いので撃ち落せないまでに進歩している。つい最近まで米国に遅れていたロシアや中国・北朝鮮がアメリカを攻撃面で追い越し、ミサイルは撃ち落せない程に進化している。

核を持たない上に憲法第9条の無防備体制は、日本に取り付いた貧乏神であるかのように言う人もいる。時代の変化や化学兵器の進歩を見極められない政治家だから、一向にこの無防備国家体制を堅持し、国政から離れようとしないのと、国民のアジア情勢と日本の防衛強化を話さないで経済やコロナや子供が増えていない保育園や大学の無償化等を謳うが学校制度の改革とか人口増の対策とか、非正規社員制を廃止して完全雇用性にして早期結婚の強化とか、早期結婚できるよう学歴優先社会ではなく実力主義社会として早期結婚できるような対策を進めるとか、防衛強化策は平和と命と権利を守る為の物である事を謳い国民に教えて行く必要が現在は必要です。

今この時間、いつ原爆攻撃されるか見究める事さえ不明瞭な時代に入り、少し世界を深読みすれば、すぐそこ迄迫って来ている侵略が見えるのを感知しないで、防衛費の2%台を5年後とか言っているのでは間に合わない国家関係に有る事を議員も国民も知るべきである。敗戦が絡む軍事弱小国家日本が、21世紀に生き残れる可能性に付いて、歴史的に見て、日本の現状を当て嵌め分析してみよう。第一に、調査した78か国の中の日本だが、自国が戦争になったら参戦するかと言う問いに、15%の国民しか参戦しないと言う結論で世界最低の数字が出ています。第二に、人口問題です。総人口に占める65歳以上の比率は調査した60か国中世界最大で、15歳以下の比率は最少で、今後更に悪化する。そして労働人口が減少して行くのにも依らず非正規社員が増えるが正社員昇格の改善は小さいことも関係して、独身者は増加の一途を辿り、引きこもりも増加傾向にある。独身者や低所得者層・引き篭もりにアルバイトや低所得層の購買力低下にも繋がるから、何重もの欠陥が重なり、国家は疲弊して行く。国の平和や安定は、個人の生活環境や基盤に因って個人が国への考えが大きく変わる。家庭を持たず独身生活をしている人は、自分だけの事が主で他の事には気を使わないが、家庭があり子供がいる人には『この子の為に』と一語が入って家庭を『守ろう』と言う意識が生まれる。結婚し子供が生まれると言う事は社会に大きな貢献をしている事であり、国の盛衰とも大きな関係がそこに存在する。

歴史上に在る事だが、１１００年繁栄した国ベネチアが、１７９７年に子供が少ない方が遺産贈与とか子育て費用とかで何かと有利だと考え､男性の6割が結婚しないという状態になり、国民の士気が衰え滅亡した。現在日本の独身男性は其れを上回っている。確かに一人で生活している方が、自由が利くし経費も少なくて済むし苦労も少ない上が気も使わず楽だが、反面子供の成長する楽しみはないし、老後になると一人で生活の苦労もある。この両者を比較し判断するのは個々人の問題だが、人間として生を受け、自国の防衛の強靭化を進め、国を守り自分の命や平和を守り戦い自由を満喫して生きる方を子孫に与えるかを問題視するべきでしょう。古来動物総てが、自分の子孫を残そうと真剣に生きて来たが、人間は様々な考えから自分一代で終わる事を考える人が増加したのか、又は、職業の多様化で、職場結婚が少なくなった事や、人間関係が粗雑になって来た事が結婚問題に挙げられるが、この点政府も協力してくれて、ＩＴを活用し幅広く見て、結婚できるよう配慮し様々な特典を設けていて、子供の成長に合わせた援助もあるので、子育ての楽しみも味わってください。今迄は自分が理想とする人と巡り合えないから独身者が多い事も関係していたが、ＩＴを利用する事で人に知られず伴侶を探す事も可能です。政府も多くの女性が利用できるよう改善と工夫をお願いします。又、男性については、後々悲劇が起きないよう、気が短いとか、暴力的とかの性格判断が出来るような項目を重要視し、女性も顔とか身長以上に重要視する事を促してください。こうして結婚と出産・人口増を図る事が今の日本には必要に思う。

こうして国家と国民が一体となって富国を作り、防衛を強化し、侵略して来る国に対し抑止力を作る事も出来る。

今迄、戦争に負けた事で、一気に自由と平和が来た様に、これからも、戦争に負けても自由と平和がやって来ると思う人も多いようだが、そうした事は絶対になく、今度侵略されれば、着の身着の儘で国外に連行され、強制収容所か集団住宅に移動され監視委員に監視され強制労働に付かされる。

ＥＭＰ爆弾――このＥＭＰ爆弾とは北朝鮮が２０１７年９月に金正恩労働党委員長が「空中で爆発させ広大な地域にＥＭＰ水素爆弾の発する熱核弾頭弾」だと言及した。さてＥＭＰ弾は、水素爆弾ですから、アメリカ全土の電気・通信・交通等社会インフラを壊滅させ人をも滅亡させる威力があると言う。日本でも急ぎ開発に急設しているＥＭＰ弾は核を用いないから、人を殺す事無く電機や通信・交通等の無力化が出来るので、ミサイルを撃とうとしても撃てないので軍事力の無力化が出来るとの事です…。

国家は国際競争の中で国民の平和と生命を守る事を主に行動し、国民は政府に一定の権限を持たせ、国民の命と財産を守るよう努める事が主要です。国家は、他国から侵略されない為のあらゆる方法と手段で抑止力を高め、時には日本へのミサイル攻撃が判明した時は敵基地の攻撃も、政府や関係省庁に一定の権限を持ってもらう必要がある。例えば自由民主主義国は、他国に侵略しようと言う国は無いが、独裁国家や専制主義国家は核爆弾を振りかざし侵略をする意図も見せている。共産主義国家や専制主義国家の判断は即決で早い。立憲主義は政府の行動を制約するので、世界が平和である時は良いのだが、独裁主義や専制主義国家が現れ、強い主導者が動く国家が出現し権勢を振るう可能性が有る。こうした場合、日本のように国会決議が必要だと野党の意見を入れて、立憲主義を強力に既定すれば、ミサイルに取り付けた弾道弾は飛来し突き込まれれば物に因っては死の海となる。その場合大半の国民の生命は損なわれるが、政府や国民はそれで良いと思って無いでしょう。ある一部の政党やジャーナリストやコメンテーターは何を思っているのか政府に一任しないで、国会を開いて対応をする事を強く主張しているが、昔とは戦争兵器はマッハ10前後で1000発のミサイルが飛来して来て街を破壊し人を殺す時代である。その対応には即決と即断の対応が必要であろう。国民が選挙で選んだ代表の中から、長い議員活動の実績を経て、国会議員選挙で当選し、首相選挙に立候補し当選した人ですから、国の運営を任せるのにこれ以上の人はいない筈です。憶測をすれば、それは様々な問題があるかも知れませんが国の運営を任せた結果首相に政策が相応しい人で在るかないかはNHKや紙面調査で支持率に出て来ます。そして首相を選出した党からも批判が出て来て首相を降りる事に成ったり次の首相選には立候補しなかったりします。こうした中での首相ですから相応しくない首相が独裁に走る事はないので、緊急時の対応一任は必要な事で、一任を批判する人の方が変わった考え持っているのではないかと疑いたくなる。

今は緊急を要する時代に入って居て一刻を要するときも想定される。我々は政府に国の平和や国民の命や安全を政府に託している。託された政府に一定の権限や、その時の判断を与える事は当然である。権限無くして危機への対応は出来ないし守れないから国は滅亡する事になる。

日本が現在開発を進めていると言うＥＭＰ弾は、ミサイル攻撃の発射施設を攻撃し、情報システムの機能を一時的又は恒久的に無力化する兵器である。このＥＭＰ弾の電源技術完成を願う事が抑止力を高める。核を使わない、人には無害で電気・通信・交通などを無力化するＥＭＰ弾の研究は２０１８年に始まり２０２１年末までに試作品の試験試行を予定しているがどうなっているのでしょう。その後の話は未だ聞いてはいない。小国が抑止力を備える為には原爆とこうした最先端の技術開発を完成し持つことで抑止力は高められる。このＥＭＰ弾の開発と所持は国家存亡の為の使用である事だから憲法に違反はしていない。国の滅亡を防ぐ為の戦いは、常に日本滅亡への道上にある憲法第９条が在って防衛強を拒んでいる。確かに立憲主義国であるから憲法を護る事が第一義的で、守ろうと傾倒しているが、この憲法は国民を守る憲法ではなく、日本に侵略する国を擁護する為の憲法で有る事は、はっきり言えるので、それ以上に国家と国民の命と平和を尊び世界が認める国際ルールに従う方向で自国の防衛を進め、国の三権は会議を以て検討し国家が侵略されない方策を立てて貫いたい様に思う。それが私の発言である」

宇都宮が言葉を区切る一礼をすると直ぐに神崎茂光が立って挨拶し話し始めた。

「国家と国民の安全を守るのが政治家の使命の筈だが、政治家に因っては、憲法9条と自分の人気を取る為に測りに掛け、憲法9条と所属する党を優先している政治家を見かける。外国では日本の国力と同盟国アメリカの出方を分析している。その中には日米同盟の泣き所を探る事も念頭にある。この場合内から外に懸け揺さぶり日米同盟を分断する弱点に氷を入れて自然に水が冷えるのを待つように待っている国もある。日本側には憲法第9条が在る事と、戦争に参加する人間が僅か15%しかいない事に加え、党によっては国を護ろうとする意識が無いように見える。そして、アメリカに付いても、日米同盟の分析や揺さぶりを懸けて居る。その中にアフガンを捨てた後、「台湾も捨てる」との社説を、アメリカと対立している国の新聞が報じている。その上で、米国は核大国とも戦争はしないとも書いた。その言葉を裏返せばその国も同じだろう。核大国同士がぶつかれば被害が方々に拡散されるし、専制主義国家の政権が倒壊する可能性もある。専制主義大国は、アメリカの力が落ちる事と、日本の軍備力の遅れるのも見ている。このまま1%の軍事費では当然日本の防衛は化学力で守れない領域に入ると言う事ですから、人力がそれ以下で有るから亡びる事は知られよう。アメリカが出てこない内に、この日本滅亡の表示板が光っている間に、憲法第9条が改正されない内に潰す事が可能であると読んでもいるだろう。憲法第9条が改正されれば当然、アメリカ以外にも友好国や同盟国が出来たりもし、ナトーへの加盟をしたりすれば、日本への侵略は不可能に近くもなる。その前に侵攻する計画を立てると読む必要も生じて来る。況してウクライナの解決後は、日米の連携も強化され対応も早まり、反撃も早まる可能性も生じて来ると読むだろう。侵略を画策している国は、海上や空爆なので本土の被害が増大すれば政権も揺らぐとも見るだろう。それも海上に対戦する為の基地と裏側からのミサイル基地も設置しているが飛来して来るミサイルをどの程度、何処で落せるか、今迄は海上の方に重点を置いていた事から防衛が少し遅れる。今は侵略して来る側と日米同盟国の読み比べでもある。侵略する側が読み間違えても、侵略を辞めれば被害は無いが防衛する側の読み間違いは被害増大させ、国は滅亡するし、国民は占領国に着の身着のままで連行され監視の下で強制労働につかされる。

この、日本滅亡の道路場を何時までも進まず、憲法第9条の道を破壊しなければ、日本はやがて滅亡する。この憲法を改正させない為の一流の工作員を送り込まれていて活動している事でしょう。日本維新の会と国民民主党は、憲法第9条の改正には迷いはないが、政権党には、政権を続ける為に配慮している迷いがある。

防衛力弱小日本は、滅亡への憲法道路上を進んでいる訳ですから、滅亡しない為には改正が必要ですが、憲法改正反対の表明をしている党首との会談をどの様に話し合い進めるか難しい舵取りを迫られるでしょう。自由民主主義国日本ですから、それぞれの立場で国民に話しかけるし公約を掲げて居る。国民は憲法第9条が日米同盟にも悪影響を与えているし、アメリカ国民にも不審を抱かせて居るでしょう。

今ウクライナでは侵略して来たロシア軍の攻撃の方々で防戦し耐え戦っているが、侵略して来るロシア軍は世界最大の核6200発を持つ軍事大国で、今空から、戦車から、車上や海上海中からミサイル砲撃を、マンションや学校や原子力発電所や劇場、特に子供が避難している劇場の地面に白色で高い処から見える様入口の前と後に書かれている建物を空から攻撃し破壊している。この劇場内には1000人程が避難していたとの事で子供の多くは瓦礫の下敷きになった。破壊された後其の劇場はコンクリートを僅か数人の大人が手で取り除いていた。生きていたとしても何人も助け出せないでしょう。防衛力の無い国は一方的に攻撃されるだけで、侵略国は攻撃されないから酷い殺戮がされる。日本も滅亡する為の憲法を持っていて防衛力弱小国家ですからこの様子をよく見て置いて、この様にならないよう、憲法第9条の滅亡への道を壊し、防衛強化と同盟国強化に、ナトー加盟をして国家の平和と国民の命と自由を守れるよう努める事が肝要かとそれだけを思おう。

現在国家滅亡の道上にある憲法第9条が、国民の思考迄も弱体化させ、侵略されそうでも、戦争に行ける適齢期の日本だが15%しか戦わないと言うのだから、狙われたら最後、ほぼ滅亡するだろう。また日本人には危機意識が少なく、情報を知っても対応する能力が小さく立ち上がろうともしないで、遠くから見ている程度と、重大事の認識が小さく、甘く考えている人が多い。現在今日本と言う国が消されかけて居る認識は無く、遊行や行楽やゲームに10代から40代まで迄の多くの独身青年男女の殆どが漬かっている。以前ゲームの主人公は男性が多かったが、最近は女性も多い。職場においても男女差別は感じない職場が多くなり、役職や給与を同じにしようとの動きもあり公務員は殆どが同等である。そこで人口減少で今後自衛隊員の確保も困難になる可能性もあるので、女性兵士を4割程度採用する事は如何なものかと思う。そうする事で職場結婚も増え出生率も増加すると思う。今のままでは、日本が侵略されるのは十中八九に上ると見える。これは総て憲法第9条に由来している。日本が侵略されれば良くて植民地かでしょう。こうした状況を打破する為には憲法9条を根本的に改正し日米同盟が双務性の同レベルの関係まで引き上げ、日本を日本人自身だけでも自主防衛出来るようにする必要が有り、同盟国アメリカに負担を懸けないようにし、アメリカが覇権国家であるよう協力し、政治家や民衆も望んでいるよう努めましょう。

日本は核戦争が仕掛けられた時、現状の儘の不平等な同盟関係でアメリカの国民が日本とどこかの国の核戦争にどれだけ本腰を入れて戦ってくれるかは、日本人の戦う意気込みに掛かっている。それは日本人の戦う姿が鏡に映された姿を推測する事でしょう。それが国の存亡ですから日本人は良く考え対処しよう。

先日テレビで国防に関しての話の中で「軍事大国の軍事予算と日本の防衛予算・そして軍事力とで日本は、比較にはならない程低い」と、言い矛を収めるような態度がでた。まあ、日本人の大半と言うより70%前後の人は国を守らないと言うのでしょうから、現段階では侵略された状況を甘く見ているのでしょう。しかし15%の人は身を投じ自主防衛を考えています。先程も発言が在った様に、ＥＭＰ弾や軍事大国が持っている水爆での防衛を取入れる事により抑止力が況して侵略されない国になれる可能性が出て来る。ＥＭＰ弾、この画期的な発明は人間世界の戦争を無くすだけの効果もある。何故なら、電機や通信・ミサイルの移動等一時的、又は恒久的に停止できるからです。ですから、小国であれ軍事大国であれ、侵略しようとする国に対し一矢報いる事が可能なので、圧倒的な軍事力を持っていても被害が出る事となれば、無闇に大刀を振りかざし、侵略しようとはせず自重するでしょう。化学力ＥＭＰ弾のような発明を戦争に向ける事でも平和の足掛かりとなって人類の戦争を無闇に拡大しない方向へと進める可能性も出て来た事で、日本は人類の悲惨な戦争を終結させる、化学技術を持った事にもなる可能性も在るので、早期ＥＭＰの試作品試験の実験と実用製品を同時進行させ実現して抑止力を高め侵略されないよう願うばかりです。しかしまだＥＭＰ弾は試作品作りの段階であるのか、それは完成するのか、しないのか理論だけで終わってしまうのか分からない。日本の自主防衛をするには、戦争をしないで防衛出来ればそれに越したことは無いが、それには周辺国と同程度の軍事力を持った軍隊が必要でしょう。現実問題としてそれだけの軍事費を捻出するには、戦後の利己的な自由の考えを全面的に変え、国民の一致した思考になる様な状況を創り出し、非正規社員を無くし、国民が安定した生活が出来るようにする事が必要に思う。そうする事に因って団結力が増し国防力が増し、防衛費も２％以上が問題にならなくなる。隣の国の韓国は２・64％の防衛費と62万８千人の軍隊と、軍の予備役約３００万人に、有事の対応や災害時国民を守る民防衛隊４００万人以上の組織が有る。日本はと言うと予算は１％､自衛隊員23万人、予備役も民防衛隊も０である。日本人の戦争に因る考え方や、自分が自衛隊に入隊しないからと、国と自分とは関係がないとの思いと、防衛に関する思いが無い深い読みが無い事から、防衛費はいらないと思っているのでしょうか。日本を日本人が守らなければ、誰も守ってはくれません。自国を防衛しなければ国は滅亡し、国民は奴隷にされます。今、1％の防衛費を2％以上にする為に、値上げ分の1％以上分を何処削って防衛費に回せるかとか、その必要が有るのかとか、日本は1兆1千億円もの借金を抱えているのだからこれ以上の赤字は出来ないとの言葉が飛び交っていて防衛費の増額を押えようとの意見がある。日本の防衛事情を話すと、まず人の応募が少ないし、宿舎も古く良くない。軍需品も不足している上新たに開発して行く武器の開発費や人工衛星の開発運用や打ち上げに、身近な戦車や装甲車、榴弾砲、多蓮舫砲、それに砲弾、そして様々な軍用機と空輸機、海上の様々な軍用艦も不足している。目に見えない経費もある。例えば日本上空に中国とロシアの軍用機が飛来する為に自衛隊機が急発進しスクランブル飛行をする。それも年間1000回を超えるので相当の費用が掛かるのと、尖閣諸島に日本の魚船が操業に出ると外国船が接近するので、海上保安庁の船が間に入って防衛をする。その費用も多額です。例えば防衛費を2％以上増やしたとしても、今迄1％に満たない防衛予算だった為にあらゆる物が不足しているのが現状である。例えば、軍用機の格納庫もなければ、一発の砲弾で高価な軍用機は破壊され不用となる。そして、少ない軍用機を有効に、休まないで運用するには空中で給油する事が必要であるからセットになる。これ等全てに修理点検が必要である。軍用機を買えば耐用年数迄金が懸からず使える訳ではなく、部品の消耗に修理や交換・製造もある。コメンテーターはそうした事までも調べて防衛予算に発言する事が求められる。私も防衛に付いてはこの程度ですのでもっと詳細な事は調べて欲しい。これらの一部を補充するだけでも2％を超える予算でも不足しているのはわかる。それは今迄自衛隊と名は変更されて来たが、最低限度の防衛力と言う事の条件が付いて要る為、隣国とは比べ物にならない程の弱小防衛力で、国民の自衛隊入隊の適齢年齢層の人に戦争が始まったら防衛に参加しますかの質問に、参加すると答えた人は、僅か15％だったと言う様な関係の認識からして、防衛予算の値上げは厳しいでしょう。防衛に参加しないと言う人は、誰が日本を守ってくれると考えているのか、侵略されないと思っているのか、全く考えていないのか、アメリカ軍が守ってくれるとでも考えているのだろうか。日本人が自分の国を守ろうとしなければ、アメリカ人だって、縁も所縁も無い他人の国を、命を懸けて守りませんよ。戦っていて、力が足れなければ助けようとは思うでしょうが、まるで戦う気持ちが無い人の為に命が懸けられませんでしょう。その位の認識を持つ事は最低限必要でしょう。前に何方かが話されましたが、EU（ナトー）の場合加盟国が攻撃されたら、EU全体で反撃するように条約に書いて在るようだが、日米同盟の場合、日本が攻撃されたから、同盟国アメリカが即攻撃に出る訳ではなく、アメリカも日本と似ていて、議会に掛けて戦争が了承されて、初めて日本の防衛の為戦争に入る訳です。議会で戦争に入る事が決まらなければ、日本への応援は無い訳です。日本人はこの事を知らず、何でも同盟国であるアメリカが日本防衛に戦ってくれると誤解している。参戦してくれなければ、日本滅亡は現在の状況化では長くて3日、早ければ数時間で侵略され日本は滅亡し、奴隷にされます。その事を肝に命じ身の振り方を考えて下さい。

ウクライナの戦争放送を見て最近は防衛しようと言う人は増えたようですが、さて何％増えているかは知りませんが、例えば50％に増加したとしても、残りの50％の人は国外に逃げるか奴隷になるかの2者択一です。これはアメリカ軍が引揚げた場合の事で、現在の自衛隊の軍備力で戦った場合の想定によると、数時間かあるいは三日の間に敗戦する事が断定されます。というのは、防衛予算が不足しているので実弾を準備する資金が回らないのです。勿論それだけではなく、他にも多くある中で、自衛隊員の退職の補充も儘ならないのが現状です。予算2%と以上値上げについてコメンテーターの話し方に批判意見として言わなければならないと思い、防衛省としては控えておきたいと思う事を発表しました。日本人はこの件に直ぐに対応し特別な臨時予算を組んで補充する事をお願いいたい。

戦争に関して日本人の命は韓国の何分の1かになるでしょう。それ程日本人の命は戦争下では安く見積もられています。これは軍事費の予算を削ろうとする党と政府と国民のみなさんに責任があります。国民の皆さん。隣国の核軍事大国は、負ける事のないよう更に国防費を増額しているのに、日本人は、自分の国と自分達の命や平和は、国民として団結しては守れない国にして、国防予算を上げようとはしないで来た。それは党と政府と国民全体の責任でしょう。それが世界第3位の経済大国だと言うのは不思議です。それでは如何言うのか、防衛に賢い隣の国韓国の防衛費を見て見ましょう。韓国の国防費は2・64%なのに日本0・97%である。これで良いと言う訳はないでしょう。侵略され奴隷にされても良いのですか? たったレストランでの一食分を増額するだけも、防衛力強化と侵略されない抑止力が持てる国になる可能性が有るのです。それが高いと言って防衛費を0・97%に押さえられて来ましたが、此の儘では、何度も言うようだが、日本の滅亡は目に見えています。考えても見て下さい。戦争の領域は宇宙まで伸びていて人工衛星をも取り込む実験もほぼ完成しているようです。日本でも65年前には兵機は世界の先端を走っていたが、長年に渡り国家予算が1％に押さえられ、外国は防衛が一番重要である事位は分かり切っている事だから、防衛費を年々値上げして来たが、日本はアメリカに守られているという概念と、野党の反対と政府に中道的な考えが有る事から『日本は経済大国になっても軍事大国にはならない』と言った事もあって、防衛費の値上げをしてこなかった。

2023年度の防衛費も国会の予算委員会で了承されたが0・97％と低く、此の儘ではアジアの核軍事大国と日本の軍事バランスが増々離れて行く事になる。隣国との軍事バランスが崩れる事は侵略の可能性が高く成り、ついには武力行使に踏み切られてしまう。22年度の国防予算は閣議決定前、前年の自民党の総裁選時、4人総裁選候補者の内、高市早苗衆議院議員だけが国家と国民の為に、防衛費2％以上と経済政策ビジョン（将来の見通し、構想、未来図）を発表していました。防衛費は2％以上なければアジアの隣国との軍事バランスは更に広がって、取り返しの付かない状態になると思って居た所、2％以上との案が高市早苗候補から出たので、この方が日本の危機的状況を良い方向に向かわせてくれると思った。しかし初めて総裁選に立候補した関係で知名度が低かったのでしょうか。次回に期待しましょう。

防衛予算閣議決定は0・97％と低く、防衛力虚小国家の儘では国はじり貧に沈んで行く上侵略の機会を与え兼ねない。今迄、経済大国と言う経歴と自動車産業の発展があるが、他は色々な輸出品で韓国に後れを取っています。アメリカは日本に協力をして呉れているので、頼りにしていますが、此の儘落ち込んでいけば協力も無くなる可能性も出ています。

中国でも発表している『富国強兵』は、世界中どの国も挙げています。日本は憲法第9条が有る事から『富国強兵』を上げられずにいるのと、その趣旨から防衛力強化が出来ず日本は憲法第9条の思う所の滅亡に向かってもいます。今回それを打破してくれるような、2021年10月の衆議院選挙も何の変哲も起きず、今迄通りと変わらない選挙でした。

日本は世界中が挙げている『富国強兵』の4文字の内の2文字『強兵』が、日本滅亡の道標である憲法第9条により入れられないのです。国が富む事と国を防衛する事、即ち国を守り国民の命と平和を守る事が1番大事な筈でしょうが、アメリカが守って来てくれていたから、何とか今日まで国が繁栄し生き延びて来られたが、アメリカも個人の大金持ちが出来た半面国家の予算は減少し、それに伴い国防予算も大幅削減も余儀なくされている事から、アメリカのオバマ元大統領が世界の警察官を辞めると宣言もしたし、前アメリカ大統領も宣言している。事実上ウクライナを守る為の軍人の派遣はしなかったが、軍需品の支援はしている。しかし、軍事介入を躊躇しているように見えた事から、今後同じように軍の派遣がされないような可能性が台湾や日本に及ぶ懸念も考えられ心配する向きもある。しかし台湾は外からの応援を心配するよりは国内が団結して戦う事を宣言しているが。日本は自国だけで戦うだけの力が小さく、数時間か3日程度しか自力防衛が出来ない。台湾は日本の四国程度の島国で人口も日本の4分の1程度と少ないのに大国が侵略しに来ても勝ちはしないが負けない決意である。死守していればアメリカやEUも日本に防衛支援に参加するでしょう。日本は海と陸とで世界第6位の領土を持ち、GDPは世界第3位ですが情けない事に国を守る力は精精三日程しかない。それを国民の多くは、この情報時代に知らない…。それを国会議員やジャーナリストやコメンテーターの多くも知らないようです。困った事です。誰かが先頭に立って、そっと運動し、日本を守る為の軍事能力を早急に高める動力となって推し進めて行く必要がある。

国家とは、防衛する能力が有って初めて独立国家である。政治家やジャーナリストは、その点を突いて日本を幼時国家とか言うが、何を意味しどのように成って貰いたいかも含まれている。日本人は地図を見て、大陸の横にある小さな島国の日本を見て、ロシアや中国にカナダやアメリカとの比較をして、初めから軍事的に負けを判断している。その結果アメリカを頼り自分は戦おうとしない面がある。それで、何時まで経ってもアメリカに護って貰わなければ滅亡する情けない国で有る事から脱していない。自分の国は自分で守ると言う強かさに欠けている。その意気は惨めな敗戦の結果と、憲法第9条の条文が出来た事で確定してしまった。この滅亡の道標である憲法第9条を持った国だが、もっと解り易く言えば、日本は滅亡に向かうベルトコンベヤーに載って居て、乗り心地が悪くない事はゆっくりとした進み具合で下降してゆくものだからである。その事に気付いている人が半分前後いるようだが、今は未だそのベルトコンベヤーから降りそのベルトコンベヤーを廃棄処分するまでには至っていない。

今迄アメリカの最新軍事兵器が進んでいた事と、日本に侵略して来ても日米同盟により絶対に勝てると言う自信が無かったが、今回のウクライナ戦争に因ってアメリカの核戦争に対する脅威の感じ方から、凋落を感じ取った人も居るでしょう。

日本は思想的には穏和な幼時国家のようでも有ると共に、防衛力弱小国家と言う事と、国が滅亡するベルトコンベヤーに載って居るのと同じ、戦力は持たない、交戦権は認めないと言う事が、時代の時間が流れる上に居て戦力は伸びず弱小の儘にいるが、隣国の戦力は凄まじい勢いで進んでいる。今ウクライナの戦場を見れば破壊尽くされ人が殺されている。日本も此の儘では同じ道を通る可能性が大きい。自分たちがそうならない為には2通りの道がある。戦わずして降参し、侵略してきた国に連行され強制労働を一生させられ、子孫代々そうなるが、その方を選べば殺されるのは男性が多いでしょう。日本人を滅亡に向かわせる憲法第9条を破棄し、防衛力を高めナトーに加盟して平和に過ごす方は、憲法第9条の改正に賛成である事が最低の条件でもある。

昨年イギリス、フランス、ドイツ、オランダの国々が日本との軍事共同訓練の参加をしてくれた。これは安倍元総理が憲法解釈変更をしてくれたから出来た事である。こうした諸国、EU（ナトー）への加盟に条件を揃え加盟する事が日本防衛最強の選択でもある。勿論これもアメリカとの同盟強化にも繋がるし、アメリカが世界の覇権国家で有り続けるよう協力して行く事が自由陣営に取って重要でしょう。しかし基本として、自分の国は自分で守れる様にする事が基本です。

2022年6月11日の8時、池上彰のニュース番組で日本の防衛について、アメリカが防衛をやってくれるかに就いての質問を出席者にした所、出席者全員が防衛を遣って呉れるとの思いを持っていた。誤解である。日本人の大半が何も感じずその様に言う。何年か前のNHKの番組でも、有名なスターだった人が自信を持ってアメリカ軍が守って呉れると発言した。今回も有名な女優さんが同じように、アメリカが守って呉れるとの発言をしたのに対して意見は出なかった。池上さんが、アメリカでも議会で決議し参戦が決まれば応援をするが、議会で応援が決まらなければ応援はしないと言うと、女優さんは目を丸めてしばらく驚いている様子だった。待って下さいよ…。日本人が、自国防衛を進んでしようとしないのに、米国の人間が防衛をしてくれると思えるのですか？　アメリカ人だって戦争は嫌いなのです。何かの関係で日本には来ているのでしょう…。日本人はそこを察してください。日本各地には米軍基地が在り、米軍基地が攻撃されればどうなるかとの会話が出て、それは借りている米軍が反撃するでしょうし、日本の国土だから、日本も反撃すると言う事に会話はなった。この本の中でも日米同盟に付いて詳細な解説は避けて来たが、基本的には自国での防衛がなければ、アメリカは撤退するか同盟を解除し引き上げる等の間接的な説明でしたが、この程の解説で多くの日本人は、日本防衛は自分達日本人が主体になって防衛しなければ侵略され国外へ着の身着の儘で連行されると言う事でその後は奴隷でしょう。中道政策は戦わずして敗戦国と同じ惨めで奴隷と同じ扱いを受けるでしょう。

兎に角憲法第9条下では、日本が滅亡へ向かうベルトコンベヤーのうえに乗って居る訳ですから、此の儘乗り続ければ近い将来滅亡します。

日本は防衛予算が少ない為、新しい武器の購入や開発が進んでいませんが、隣国の3大核軍事大国は、大量破壊兵器を更に進化させ殺傷能力を高めている。それに引き換え、日本は滅亡の道標である憲法第9条を守って、最低限度の防衛予算で、さらに最低限度の防衛力で国を守る事にしている。何処の兵力と比べ最低を決めているのでしょう。その結果日本人の大半が思い込んでいるアメリカの日本防衛とは違う防衛がある事に困って、侵略され滅亡するに足りる準備が皮肉にも出来上がっている。これからは、誰もが侵略され奴隷にされる事が分かった以上、日本人の強かな精神と怜悧な頭脳を発揮して、防衛力を強化し自衛力を高める工夫をするよう日本人一丸となる様思惟願います。

日本の隣には兵員が400万人以上居ます。核爆弾も7000発近くあります。日本の兵力は23万人で核爆弾は0です。どう考えても憲法第9条や、非核3原則に専守防衛に繋がる様々な法律と、狭い国土と人口の減少に、地政学上や自由民主主義を誤解していて利己主義に走って纏まりがつかない等の事で防衛するには不利が多くある。

今、ウクライナが一方的に攻撃され街が破壊され妊産婦や子供が非難している劇場や学校、病院がミサイル攻撃を受け瓦礫の下に生き埋めになっていますが、助け出す人もあまりいないのが現状のようです。アメリカやEUからの軍備の支援が無ければ防衛もままならないでしょう。如何してアメリカやEUからの軍事物質が遠距離から支援してくれて、一方的に遣りたい放題の攻撃に国内の建築物や鉄道や道路はぶっ壊されているが、ウクライナではロシア国内への反撃が出来ないのかと思うのと同時に、ロシア国内に「これ以上ミサイルを撃ち込んだらウクライナからもロシア国内にミサイル反撃をする」との警告をする事と、警告後の反応如何に対処する様には出来ないものかと思う。この事が実施出来れば、ロシア国内での侵略反対の運動が高まり、戦争が早期終了に向かうのではないかと、諸事情を深く考えずに思う。そして現在のウクライナの状況は日本の今まで取って来た方針ですから、日本も侵略者に建物や鉄道バス等ぶっ壊され殺戮されても国内で防戦するだけの方針で来たから、攻撃するミサイルは0です。国民の皆さん其れで良いのですか？

侵略されない為に……戦争しない為にも、即刻ミサイルを1000発、一番早い方法で配備する必要が有ります。侵略は何時から始まるとか予想を立てていますが、そんなものを信じて戦略を立て、準備する等は有ってはならないでしょう。其れより早まったらどうします。

防戦の準備をするのは気付いた時です。〝今でしょう〟。

ミサイル1000発の準備です。

今迄国会は、日本滅亡の道標である憲法第9条に従ってさらに踏み込んで日本が防衛出来ないように法律を次々と作って来た。滅亡する前の今、重く圧し掛かっているそれらの法律を切り離してオーカスやEUとの同盟を築き、侵略されない国にしませんか。

ウクライナが軍事大国と長く戦っていられるのには、その統制力の有るゼレンスキーと言う人の登場によって国が一丸となって核軍事大国と戦いアメリカやEUからの軍需品の提供を受けるまでにも成って居る。更に、外国の傭兵も1万人を超え参戦している。

戦争は、侵略する側の個人の政権担当者によって行われる。そこには社会の常識とは全く関係が無く、最高権力者の冷血で独断的判断と権力への固辞固執とで乱用が伴う。こうした国政を敷く長が出れば世界は混乱するし、当事国も隣国も混乱に巻き込まれ悲劇であるが、その長が失脚するまでは止まらない。

今起きているウクライナの戦争は、これは日本に取って遠くの火事では決して無く、火の手は何時日本に上がるか分からない。

夜、テレビでニュース番組を見ていると、東京上野公園の、3分咲きの桜の花の下で優雅な和服姿の女性の行き交う中に、3人の和服の女性がスマホを片手に撮影し合っている所、それがテレビの画面で流れた。少しして画面はコマーシャルに変わり、その後のニュース画面は、破壊尽くされた人気の無い街の大きな小学校にミサイルが撃ち込まれ火花と砂埃がまった…何処まで破壊尽くせば気が収まるのでしょう？　目が潤んだ…。

平和とは何と幸福でしょう。

国家とは平和を守る事でしょう。

この光景が映る日本の『富国強兵』の最たる景色ですが『強兵』の方は、アメリカ軍がいる事で日本は守られている。

アメリカ軍が日本を守ってくれて居なければ、この優雅な景色は無かったでしょう。

日本が外国の侵略を受けそうになった時、安倍元総理が急遽アメリカに飛びオバマアメリカ元大統領と会談し、尖閣諸島はアメリカの防衛範囲であるとの言葉を取り付けた事と、その後も、安倍元総理はアジア諸国やＥＵへと外交の地域を広げ世界平和を訴え続け80か国訪問と言う歴代最大の友好外交を果たし、その活躍は世界に届いた。

77年前の戦争では、短期日で今の様に破壊はされないが、現在では大量殺戮兵器や破壊兵器が威力を拡大し、その上、使用禁止してはならない破壊力・殺傷力のある物や、生物兵器や化学兵器をも使用し、戦争の恐怖を防衛力の弱い国に植え付け降伏を早める為に使用しようとし、プロパガンダ（政治的意図を宣伝）を、アジテーション（煽動）している。

ウクライナへの殺戮破壊行為を日本中の人がテレビや新聞等で見知って、誰もがこうした攻撃を受ける国になりたくないと思っていると思う。

誰もが、自分の国を破壊尽くし、住民の大量虐殺もし、街を破壊しゴーストタウン（幽霊都市）にされない為にも侵略されない、戦争に巻き込まれない抑止力を持った防衛力強化の為に、一国では無理の点が有れば同盟国を作り国の防衛をするが、日本はその力が弱く、滅亡へと延びて行くベルトコンベヤーに載って居る。そのベルトコンベヤーとは憲法第9条の事で、改正するか破棄してナトーに加盟する事が日本の平和維持が続く。そして、日本の深海に横たわっているメタンハイドレート（天然ガス）を採掘し、日本もロシアから現在輸入しなくても良くなり、貿易収支も改善される。またEUのドイツやフランス、その他の国にも輸出出来るよう早急に採掘に取り掛かるべきでしょう。採掘技術はほぼ確立している様なので、後は政府と銀行と会社設立に手を上げた三者、即ち役員には監督官庁から会長1名、銀行から取り締まりとして1名、民間から挙手した社長1名が3役となって運営する事が望ましい。と言うのは、採算性に課題が有る事で政府の援助が必要な事と、経営にはたけてもいるし出資も出来る事と、株式会社にすると高額な配当を出さなければならなくなるので、中国の方式を用い、配当分は次もある起業への投資や支援に利用する事の方が『富国』に繋がるし、銀行の収益にも繋がるが、株式は投資した企業や個人だけの所得だけだがこの有価証券方式は国民の配当にもなる。

日本は、自分の手でこの平和を続けられるようにする事が、あまり聞こえては来ないのと、政府の声はアメリカを頼る一辺倒の現状だが、必ずしもアメリカが日本防衛をするとは限っていない。前にもその点について挙げた人がいます。

アメリカの高官や以前高官だった人や政治家が、日本の防衛についてそれとなく促していたのは、アメリカが日本の防衛について多くを知っていての事で、一方的且つ全面的に日本の防衛をするとは限らない事を知っての助言で在った事を政界やジャーナリストやコメンテーターに伝えたかったのでしょう。所が日本ではそのようには理解が薄く、日米の同盟強化は言うが、独自の防衛強化策はほぼ無い。

此の会話でされるのは、自力での防衛力強化と、ＡＩを駆使した軍需品を開発し、アメリカの覇権国家体制の為、ＥＵと協力し支援して行く事と、後半になったがＥＵ（ナトー）への加盟を目指し国家の平和と国民の命を守るための努力を惜しまない様にするべきではないでしょうか。

日本の平和と安定は、世界の平和と安定に繋がる態勢では無いでしょうか。兎に角、日本は自国防衛をしなければ、地政学的状況から、ウクライナ以下の状況に置かれていると言う事を知って置く必要がある。今迄、日本の平和をアメリカで守って呉れていたが、東アジアにアメリカに準ずる3つの核軍事大国の台頭と、米国の国防予算の削減と、その他幾つかの物が重なる事と、今回も見えたように、日本を侵略する国が核兵器を使用する事をチラつかせた時の対応で日本防衛を戸惑う可能性が生まれて来ている。こうした事を払拭するには、日本を滅亡へと向かうベルトコンベヤー、即ち憲法第9条を破棄する好機到来と捉え、其れに繋がっている、非核3原則と専守防衛と防衛力の最低限度と言う言葉の廃止をし、侵略されない国作りに各党協力の限りを尽し、国民にも憲法第9条が日本滅亡への道標で有る事と侵略によって国外に着の身着の儘で連行され強制労働に付かされる事を説明し、自国防衛が如何に大事かを説明する運動の展開を進めましょう。

現在日本の平和は自分たちの手でなくては守れない時期に来ている事と、米軍の防衛力は、日本の自力の防衛によって日米同盟が機能する事を説明しましょう。

それには国中の人の強力が必要です。今の社会構造の様に貧富の差が広がっていれば、人の箍が崩れ人の輪は丸まらなくなり、協力されなくなる。世界中で富の分配が問題になってい て、日本では岸田内閣が新しい資本主義なる物を発表しました。戦後日本が画期的発達を遂げた背景には銀行の力と公企業との出資が広く用立てられていた。1990年頃は日本の株式の上場業企業の時価評価総額は4000兆円でしたが最近では往時の8分の1程度です。また1991年のバブル経済崩壊の直前、世界の銀行総資産額順位では日本の銀行が1位から7位までを占めていましたが、経営上から当時の名の銀行は1行も無く合併しても20位以内に1行しかない。今後の「富国強兵」とは、富の公平配分に関わってくる。それには、公共事業と銀行を盛り上げる事が富の配分の公平さと、正規社員採用の拡大を進める事が必要となる。非正規社員の採用が広がると言う事は、社会が不安定化し、購買力は下がるし、結婚も出来なくなり、当然独身者も増加し、その日暮らしの人間が増加し無責任社会となり防衛力は落ちる。大企業の利益が少し上がるかもしれないが、購買力が下がる事で良い事は一つも無い。出生率が落ちると言う事は大型の消費である住宅やマンション販売も落ち、冷蔵庫やクーラーにテレビと言った電気製品の販売も上がらない。大企業が社員を非正規にする事は一時的に収益が上がるが将来に渡った利益は必ずしも良くはなく、人口が減少すれば大企業も倒産に追い込まれる可能性が有り日本滅亡にも繋がる。兎に角所得の平準化に近い形と、国民全体が将来に希望を持てる社会構成になる様配意する事が国会の立法府としての責任です。そこで最も必要な事は早期結婚や人口増にも繋がる政策と、国民が気持ちよく働ける社会作りが今は求められる。そして引きこもりが現在９０００人もいる事や登校拒否やいじめ問題も大きな社会問題にもなっている。特にいじめ問題は年々増加しているとの事ですね。１クラスの生徒を減らす事は、端的に言えば先生は増えるから、目が届きやすく成ると端的には思うが必ずしもそうではないようです。それもまた、憲法第９条に因る弊害と自由民主主義の誤解から来る利己主義の拡大のようです。

防衛に就いても今日本人は、勘違いをしています。アメリカは自由民主主義を得て、こんなに良い政策は無いから世界に広めようとしていた時期に日本が敗戦し、その自由民主主義をアメリカが持ち込んでくれました。勤勉さが主体にある日本の精神は直ぐに同化し、自由民主主義を同化させ幸福を満喫しました。日本の敗戦を外国人は見て「日本は2度と世界の舞台に上がる事はないだろうと」という評価がなされたが、その裏腹に平等社会になった事で、働く代価が平準に払われる事に因って労働意欲が上がった事から経済は好転し世界第2位の経済大国に上り詰めた。他の要因もあるが不安定な非正規社員では働く意欲はどうしても落ちるでしょうし世界情勢に目を向ける事も少ないでしょう。今高所得者の多くは余裕が出来て行楽に時間を使っているようで日米同盟を良く理解していないようだし、非正規社員は生活に追われていて、日米同盟を良くは理解していないようである為、アメリカが理由を問わず防衛をしてくれると思い込んでいる。また政府も、自国防衛の強化を言わないので、国民はアメリカ軍が日本の防衛を担っているものとの評価でした。確かに多くの人が言われる通り、日本人は今迄、アメリカが防衛をして呉れると思って来たようです。これまでもアメリカの政治家の忠告に耳を傾け、自立方針を立て、韓国の予算2・64%、兵員62万8000人、日本の予算1%、兵力23万人、国土は韓国の約4倍、人口は2倍以上で世界第3位の経済大国ですが、自国防衛の出来ない、ずるい、防衛力弱小国家です。韓国は前大統領時代、アメリカ軍を頼らないような政策を見せた。アメリカ軍を頼っている日本人は、ズーッと防衛費を1%にして来たので、今防衛の諸施策全てが不足していて、例えば侵略されても数時間か3日で侵略されると言う惨めな状態である。これも憲法第9条が齎している結果で、最低限の防衛戦力と言う法律に基づいている結果と言えるでしょう。

憲法第9条は、日本滅亡の道標であるにも関わらず今迄野党の反対と反対運動に政府も判断を曇らせて来たが、日本維新の会と国民新党が憲法第9条改正に挙手している事から改正に動き出した事で防衛費の2%以上の獲得に動き出すようになったが、日本独自の防衛力では現在

3日しか持たない日本の国防力を長く持たせ、アメリカ軍が参戦してくれるまで、自国での防衛強化を早急に図るのに臨時特別予算を組むべきでしょう。現状を知れば、これからも日本に住むと言う人は賛成してくれるでしょう。何と言っても世界の人が観光に行って見たいと言う世界第一の国ですから。そして今も世界第3位の経済大国から落ちてはいません。だが今は、物を作る一次産業や、二次産業で経済が作り出すGDPは戦後65%になりましたが、現在物作りは3割を切り7割は物を作らない分野になっています。しかし、こうした実績があるにもかかわらず、なんと惨めでしかも、自国の防衛が出来ないでいて、それでも良いと思っている惨めさと、侵略されれば奴隷にされるとの自覚も無く、アメリカに負けた事で自由と民主主義を得た事で、また負けても良いと思っているのでしょうか。これから侵略が有るとすれば、自由民主主義国ではなく、その反対の専制主義国ですから今居住している所から着の身着の儘で国外に連行され集団住宅に移住させられ強制労働させられると思っている事の方が確かでしょう。

日本は滅亡するもう一つの実情が出て来ています。それは結婚適齢期の男性6割が独身という状態で出生率の低下に繋がっている事ですが、此の改善がされていない。この改善は、雇用関係の改善と早期就職に関係が有ります。その改善がされなければ人口の増加は望めないですし、生産性も落ちるし防衛に従事する人も減少する事から、日本滅亡に繋がります。

現在、国の政策として一番にするべき政策は、何処の国でも普通『富国強兵』制を明確にしている事でしょう。それが、憲法第9条の為、日本滅亡の道標の為、自国防衛の強化策が立てられない事で『富国強兵』の一遍の、自衛する為の『強兵』が抜け落ちるのです。そして更に、自国防衛の為には、防衛装備品も自国で作るのが必要不可欠な筈です。予算が無いからそれも出来ないのは、防衛装備品を外国に輸出するのを規制している事で、国内企業も何時注文が回って来るか分からない事から、会社は商品開発も出来ないのと生産も出来ない事から実際会社を閉じてもいます。

『富国』とは、国の経済を上手く回し、国を豊かになる事と、外国の侵略に対して防衛力を強化し、本土内での陸上戦をしないように考案し万全を尽くす事でしょう。国内の陸上戦になると破壊尽くされ、女性や高齢者や子供も関係なく殺されます。すると一部の議員やコメンテーターは外交努力で戦争にはならない方策があるのではないかと言う人も出て来るでしょう。世界の超一流の人が、プーチン大統領に戦争をしないように話したが、プーチン大統領は戦争を始めた。外交努力と言う物で収まる物は、一言で言うのは難しいが軽量の物で在る様に思う。多くの事を外交努力と言う人は、眉唾の人間の様に思い警戒すべき人の様に思う。侵略しようと言う国は、軍事力に物を言わせ国土全部を占領し、支配しようと考えている訳ですから、この方からの提案はそれに近い物、即ち、侵略をしようと言う国の属国となり国民は公営住宅に入れられ、監視のもとに強制労働をさせられる事になる。

さあ、国の防衛には参加しないと言う人は、逃げ出すところがある人は、早いうちに日本から逃げ出すか、それが出来ない人は自国防衛に立ち上がる事としかないと思うが、考えて見て下さい。私はただ世界が認めている日本の自由民主主義国家の恒久平和を守る為の提案に過ぎません。其の自国防衛強化策を打ち出す為に政党の批判もしますが、憲法第9条が在る限り日本はナトーには加盟できず、アメリカとの同盟も憲法上片務性で、民主主義国家アメリカ国民は、行動力も日本人よりは強く有りますので、同盟の破棄にも繋がりますから、憲法第9条の改正が必要不可欠でしょう。新聞に載った昨年の10月の衆議院議員選挙公約を読んで、憲法第9条と今回夏の選挙の公約に付いて、日本防衛の強化は、憲法第9条の改正をして、ナトーに加盟する事が、日本の平和と安定に最も重要だと考えていますが、そうした事を発言する議員は見当たらない。選挙協力をして連立を組むと言う事は、選挙民に取って、公約が果たして円滑に運ぶとは思えない。況して今この日本に取って危機的状況の中にあり、日本滅亡の道標を示している憲法第9条を改正し、EU（ナトー）に出来れば加盟し、日本の平和と国民の命を守る必要な時期だけに今後自民党と政策が一致する日本維新の会や国民新党の様に単独で憲法第9条改正を明確に打ち出している政党の伸びを期待したい…。

現在の政府は、防衛費の2％以上の獲得と、維新と国民新党が議席を伸ばし、憲法第9条改正に力を貸して貰いたいと思う反面、政府は公明党に釘を刺されているので、早い対応は難しい。

公明党とは、日本で発生した宗教団体創価学会が作った政党で、日本の強かさを持つ公明党であり、そして中道主義を掲げて居るのと、公明党のカラーを打ち出し、憲法改正や財政構造、格差の解消などに関わる問題にも取り組み大きな声を上げる政党で有る事を、赤松元衆議院議員はのべている。尚、人間を中心に据えた価値観は日本人にとって重要で有り、自民との連立では表面に出ない部分がある。自民には無い改革姿勢と、現在の日本人には薄い正義と強さを発揮してくれるような中道主義をだしてくれる事を望みたい。

『富国強兵』と言えば、戦前の日本の帝国制とか封建的制度を思い出す人もいるだろうが、何処の国も国が富んで、侵略されない国作りを目指しているのを短く言う言葉です。さて、私が勝手に言った経済が富む事と、日本が侵略されない為の政策を明確にし、実行に移す為には憲法9条の改正を言う政党でしょう。自分や家族に孫や曽孫・日本の恒久平和の為に、党総裁選の討論会で、防衛に対しはっきりした意見をお持ちの女性候補者がいました。日本防衛に必要な人だと思う。

今、特に憲法問題が国会で検討される時期だから、政局とは関係の無い国民が自分の国を守る為には、この会の中で多く語られている現憲法第9条、日本滅亡の道標のベルトコンベヤーに国政が乗って行けば、先は目に見えて惨めな滅亡があるばかりであると言えよう。

現憲法第9条は作られた時点で考えられていた事は、米国に反旗を翻した時、何時でも敗北させる為に差し込んだ物だから廃止して、世界平和と日本の平和に、国民の安全を図る憲法第9条の制定を目指し、日本と世界が平和で繁栄する為の憲法にする話し合いを、理解と協力を惜しまないでする事が今後の課題でしょう」

服部弘邦は神崎茂光に目配せし椅子に浅く腰を下ろすと、神崎が礼をして立ち静かな口調で話し出した。

「日本が敗戦した77年前と、今の世界情勢は変わっている。当時はアメリカの核に護られていたが、世界は今多くの国が核爆弾を持っていて、共産主義国や専制主義国は色々な理由付けをして、国土を広げようとしている事が目立つのと、核を増産している。核攻撃されない為には、核の所持が必要不可欠な筈であるが、自由主義陣営は様々な理由で持てない国がある。核を持っていなければ核爆弾を落とされる可能性が非常に高い事を知ってか知らないかわからない。しかし核を持たない事は、原爆を投下される可能性は高い。

日本は被爆国で毎年8月になると広島と長崎で核兵器廃絶運動が行われる事で、世界から大勢の人が参加しているが、非核運動は広まり盛り上がってはいるが、核開発は進み核保有国も増えて9か国になり世界では1万3400発有ると言われている。今後も核を持ち抑止力を頼る傾向に有る事から、核所持国が増える様相を見せているので当分は止められないので、核兵器を所持する事が国家の平和と国民の命を守る方が優先されるべきで、運動は運動として活動し、政府は国民の選挙によって選出されているので、国家の平和と国民の命を守る大事業に取り組んでいる事を最優先にし、その事に添って、組織内の発言と活動する事を国民は願っているでしょう。

現憲法第9条は、日本滅亡の道標であるから早期に改正し、非核3原則も日本滅亡に加担した法律ですし、専守防衛も、防衛の為の軍事も最小限と言う言葉も廃止するべきだと日本人は考える筈です。これらの法律は日本を滅亡させる為の法律で、どうして作られたのか疑問にですが、世界中でこのような法律を持っている国は日本だけでしょう。少し考えると、よく正気でこうした法律が作られた物かと考えると、憲法第9条の為の後付けのようですが増々日本の滅亡を揺るぎない物にしているようです。太平洋戦争で、酷く殺戮され焼けつくされた事で戦争恐怖症に当時はなっていたのでしょうが、その事を何時までも引き摺っていては再び敗戦に繋がり、今度は奴隷にされる可能性が出ています。時代が進み、共産主義国家の発展と専制主義国の勃興とで世界は変わり、核軍事大国の独裁政権が出来て国民は無力化され、核のボタンは一人の手の中にある。それでも核戦争になれば勝者はいないとの発言をしていた。世界戦争になるのを躊躇った良心の有る国が潰れる筈である。現在もウクライナは国内に攻め込まれあらゆる兵器で殺戮と破壊を、この6月で4か月も遣られっぱなしで有るが、EUとアメリカは核兵器を使うとの発言で戦闘機の供与も控え、ウクライナ大統領の悲痛な救援演説を議会で聞いても必要兵器を送るとは言っていない。連日テレビ放送でウクライナ国内の爆破や殺戮の現場を見ているでしょうが支援は核兵器の威嚇から抜け出せないでいる。核兵器を所持していても常識を持っていれば使うと言う考えは無いでしょうが、攻撃的人間はそうは考えず、自分の思いを達成する方へ進む。自分の国を守る為の行為なら考えられなくもないが、外国を自分の国の領土にする為とか、支配下に置く為に侵略が思うように進まなければ生物兵器とか化学兵器や核兵器を使うとか、国外から傭兵（金銭で雇う兵士）を4万人雇い入れ戦場に送り込もうと言う核軍事大国の指導者もいると言う事を、日本の議員やジャーナリストやコメンテーターは記憶し、防衛と外交と言う意味合いを重く留めて置き対処すべきでしょう。

多くの国々が抑止力の為に原爆を所持するとすれば、戦争の抑止にはなるが危険はそれ以上に広がる可能性はある。だが今、様々な了見を持って原爆を開発しているから、それを辞めさせる手立てを世界が強力に進めているが核兵器開発を止めるには至っていない。また開発の目的を達成する為の時期をうかがっている向きの国も見える。侵略を目論んでいる国に核爆弾が無ければ原爆の旗を掲げ脅迫し、目的達成の侵略を始めるだろうが、同盟国がある国には核もあるから核攻撃が出来ないので地団駄を踏んでいる。現在はそういう時代だから何時外国からの侵略が在るかは分からない上に、核爆弾の脅迫を受けるか分からない状況に在る。国際法的には、国家は自衛以外に武力行使をする事を禁じてはいるが、国の拡大を考えている独裁国家の元首は国際法を護る身振りも見えない。況して今回ウクライナに侵略している国は国連の安全常任理事国である。

日本は、核軍事大国のアメリカと、同盟関係を結んでいたので、70年以上自国の防衛はアメリカ任せでいたから、GDPが数年前まで世界第2位の国に成長した。アメリカの核の傘の下にあったからこそである。しかしそのアメリカの国力が低迷した事は、日本はアメリカとの同盟関係を更に発展させ、国際社会水準の憲法を日本人自身で作り、GDPが世界第3位に落ちているが、そこを維持する為には生産力と消費を高める必要が有る。

エネルギーを外国から95％と食糧は35％を頼っている事を踏まえれば、今3位の時に、インドやドイツにオーストラリアとアメリカにイギリス、フランス等と国連改革を話し会い、拒否権の無い別の力のある組織を立ち上げる検討をする必要が有る事を、日本は気付き国連改革を進めていたが、今再び世界も考え出している。再び日本は先頭に立って国連改革に乗り出すべきでしょう。だがそれに付いていても、日本が憲法面で遅れている改革をしなければ成らない時期である事と、日本を滅亡に導く憲法第9条を世界と日本の平和と命の尊厳を示す憲法に改正する事が世界と日本の繋がりを強くするものでしょう。今年6月、日本は国連の重要な理事国（＊非が付いています）『非理事国』になりました。

今回、戦争を正視する立場にあるロシアが侵略戦争に出た事により、常人理事国の在り方について、世界も変化を感じていると思った国が多く出たので、長年日本が考えていた事が起こしうる機会が出たので、非常任理事国になった事も有ったので日本の活躍の好機が訪れたので活躍される事を期待します。其の為にも、GDPの2％以上の防衛費の捻出と、現在自国防衛力が虚弱で出来ていない事や、世界平和運動に自衛隊参加が出来ない憲法を持っている事に加え、自由主義陣営としての活躍には、日本滅亡への道標でもある憲法第9条の改正又は破棄をして、日本の防衛力強化を図る事は、今、日本が得意としていた筈の生産力が落ちている、と言うのでは無くなってしまっている生産力復活をさせる機運が高まって来ている好機と捉え政府はあらゆる方面に梃入れと支援をして活性化を図る時期です。何も、防衛費は消費だけではなく、新式の防衛装備品の開発と生産をすれば、物が大型である事と消費も早いので量も多いので収益も多い筈である。憲法第9条の改正は、アメリカやEU国内でも関心を持っている。安倍元総理が進めた憲法解釈変更後アメリカは勿論ですが、英国やEU内の国々が軍用艦をアジアに進めて来て日本と共同軍事訓練も行った。

日本滅亡の道標を持つ憲法第9条を改正しなければ、自国自衛も出来ないし、ナトー加盟の言葉も出せないし、アメリカとも憲法文言上片務性のままで、イギリスとも同盟を結びたくても結べないもどかしさがある。複数の同盟国家を作る事も、日本には必要だし、子供でも大勢の友がいる事は成長にも繋がる作用が生まれる。勿論国際関係ともなれば、経済その他に安定成長が齎されるので欠かせない現実なはずである。

今国際関係は経済や武器弾薬の進歩が目まぐるしく進歩している。その関係でスパイも横行している。こうした中で日本は、取り締まりが無いので外国のスパイも居れば工作員も多々居る。こうした事と言う訳ではないが、甘い誘いも当然ある。何もスパイや工作員が外国人であるとは限っている訳ではなく、洗脳された日本人も居るでしょう。今現実に戦っているウクライナを見て、兄弟を残し、高齢者と女性と子供で国外に脱出出来た人は3月22日400万人前後いて、更に多くの希望者はいるがルートは塞がれているのと、列車は超寿司詰なのと時間も掛かる。立って身動きも出来ない上接続する場所に12時間も立ちっぱなしな上、通路に座り込んだ人に立って場所を広げるようなきつい言葉もとんでいる状態と、列車から降り立った時、初めて国へ残して来た夫や息子の安否を考え泣き崩れる女性や、折角12時間以上死と同居して来たのに、思い余って引き返す人も居た。今、数千人の0歳から高齢者の人が亡くなっているが国を守ろうと戦い、大統領を90%以上の人が支持していて戦争反対の声は無い。何故なのか?それは、侵略されれば奴隷にされるからです。奴隷にされない為に、命を懸けて自由である事を重んじ戦っているのです。所が日本は何もせず、突然自由民主主義が空から降って来たように何の苦労も無く齎されたので、自由民主主義の有難さを感じていない。日本の長く続いた封建制度は、例えば3歳ぐらい武士の子供が立派な大人を呼び捨てにし、気に入らなければ棒や竹刀で叩いたりもする時代が有史以前から長く続き、昭和に入って、アメリカに敗戦しマッカーサーが憲法を作らせるまで続いて来た。それが一気に平等になった驚きと嬉しさに当初は井戸端会議でも湧いた。

当時は、戦争で日本中の人間が大なり小なり傷ついていた関係で憲法第9条も、あの恐ろしい戦争をしなくて済むと言う歓迎ムードも一部にはあった。しかし、平和憲法も時代が変われば、日本滅亡の道標でしかない憲法第9条でしかなく、改正するには日本を2分しかねない混乱を招く恐れもある。多くの人が気付き解釈する憲法第9条そのものは、例えばミサイルの弾頭に原爆がセットされ攻撃された場合自滅を待つと言う事になる。それと合わせ憲法第9条を文章どおりに解釈すれば、防衛しないと言う事だから滅亡を待つ事です。日本の先人の理解は、『自滅を待つ趣旨の憲法』だとは理解せず様々な人々に因る解釈のずれなのか、自衛隊を持ち2022年まで来たが、ここから先は原爆大国の中で脅威に晒されながら、生を受け日本を愛し、自衛できる国家にしたい思いが募っている人々が、憲法の本当の主旨を見ようとして、座して自滅を待つとは考えられないとの見解を示した政府の要人と、国際憲法学者の理解と、日本人の弁護士の判断ではかみ合わない面がある。国際法を鑑み、日本人の滅亡を防ぐ為の根幹を取り入れ、自分の命を親子や兄弟、子孫のために国を護る戦いをする事が、どうして違法だとするような憲法を司法は守ろうとするのか、日本は世界でも最長不倒国家で、神武天皇からかぞえれば2700年前後になります。其の国家を滅亡させるような、憲法第9条を作った道理をまず検証し、国家の平和と国民の命や権利を守る為に作った自衛隊設立はなんで違法であるかの検証と、外国人の侵略者が入って来て日本人を殺しても、当然占領している訳だから、日本には裁判権が無い訳だから無罪だし、日本人には兵器が無いが鉈や釜で反撃しようものなら，それも憲法違反に問われる訳です。こうしたおかしな憲法第9条が罷り通る法の見解と、日本人全ての人権と命と国家を守る自衛隊が憲法違反で有ると言う日本の法の見解と、国際法と照らし合わせ、どっちが日本国民を救う憲法であるか見解を司法は示して欲しい。そしてこの見解によっては憲法第9条の改正ではなく国会全議員の3分の2によって破棄できるかの判断も併せて討議して欲しい。

戦後76年・憲法第9条の議論が過熱しなかったのは国会議員の与党議員が3分の2以上いなかった事と、今のこの憲法下で、日本が滅亡するとの危機感を持った国民が少なかった事と、憲法の話になると、国民の嫌いな「戦争をする気か」と言われる事と、集会やデモで「戦争反対」のシュプレヒコールが街に響く事を嫌って、政府は憲法第9条の改正を国会に持ち出す事を封印したようになっていた。しかし今、日本にとって危機的状況にある事と、防衛は国の1番大事である事を気付いた人が増えた事と、国民も国を守るのが事の重要性を考える人が増えて来たのと、理解も深まって来た事も相まったのと、ウクライナを世界最大の核保有軍事大国が隣国を自分の国の支配下にしようと、侵略攻撃を始めた。其の激しいミサイル砲撃でビルは破壊され痛ましい情景に晒され、劇場の入り口と裏側の路面に「子供」と記してあり1000人程非難しているビルは大半が破壊され、避難している子供が瓦礫の下敷きになっている。ミサイルの砲撃が止んだ事を見計って3人程の人が瓦礫を取り除く作業に入った。その向こうのマンションにもミサイルが撃ち込まれ大きな火柱が上がり砂塵が舞った。映像が変わり大きな学校にミサイルが突っ込み3分の1程度破壊され病院は半壊し、街の周囲はほぼ破壊尽くされている。1か月過ぎても反撃出来ていないから、遣られっぱなしで在る。この状況を見ても防衛力が無いと国は滅亡の一途を辿るが、ウクライナの西側は陸続きなEUの国で有る事から、1万5000人の応援の人が来て戦ってくれている。日本の周囲にはそうした国が無いのと、日本の防衛力は小さく弱小国家である上、専守防衛を謳っていて、同盟国アメリカが矛の役で、日本が盾の役で守る訳だが、全兵員が防衛に入ったとしてもたった23万人、誤解しない様に、23万人のうち兵員はどの位いるのか分からないから、全員兵員としても、長い日本列島に配置出来たとしても少なく、休日とか事務関係とか医師とか教員とかで兵士でない人も居るから事件当日は6・7割が入れるとしても13万人程度でしょう。侵略する国は、1国でも200万人、2国だとすると300万人になし、侵略して来る時は準備万端で進んでくるから兵員は揃っているので1国の場合でも130万人にはなる。軍需品も全てが最新式で居ない日本と準備の整った侵略国とでは、小学生が相撲の関取と土俵上で組み合うようで相撲にはならない。国民の皆さん、これで良く平和だと思っていますね。

ミサイル攻撃は海上から海の向こうから撃ち込んで来ます。上陸作戦は砂浜や漁港全国ほぼ殆ど出来るしほぼ無防備でしょう。ところが上陸しなくても、ミサイル攻撃でほぼ数時間で重要拠点は全滅されるでしょう。即ち反撃に移らない前に滅亡する可能性もある。専守防衛とは攻撃されてから、総理大臣が国会を収集して会議を開き、決議してから反撃すると言う事と、同盟国米国に参戦要求すると米国も議会を開いての結果で参戦となるのです。会議の結果参戦しないとなると日本の自衛隊だけで戦う事に成ります。どうです、今示したような人員と軍備品で防衛出来る筈が無いです。それで日本国民は良いですか。これが憲法第9条の本質で、日本滅亡の道標であると言う事です。こういう事から、憲法第9条改正は日本が滅亡しない為に国会に持ち出し、議論後採決するのでしょうから、強い発言権の有る衆議院議員を先頭に憲法改正を期待したい。世界状況はここ数年前から悪化しているのと、今回国連の常任理事国の取っている事は、戦争を抑える側の立場である常任理事国が自ら隣国に攻め込んで、思いどおりに行かなければ傭兵を国外から4万人を雇い入れ、次に隣の国の小さい同盟国から2万人の兵を出すように話し、使用してはいけない化学兵器も使い、核兵器や植物兵器を使う事をチラつかせている。これが国連安全保障常任理事国ですから、世界は少しも安全ではなく大国が小国に何時武力侵攻をして来るかは未知数である、したがって防衛力の向上と、同盟国を多く作る事と、出来ればナトーへの加入も一考に思う。また専守防衛と言う言葉が国是だという言い方が安易に使われているが、これは自衛の見地からすると、日本滅亡の完全な導火線であり不必要な物で有るから破棄するべきでしょう。また防衛力の最小化と言葉が使われる関係上、現在防衛力弱小国家であり侵略して来る大国に迎え撃つ能力はほぼ無く、数時間で滅亡するか長くて3日でしょう。それを国民は知って居るのでしょうか？

何を基準にして言っているのか、『相手から武力攻撃を受けた時必要最小限の防衛力で自衛する』と単的に言うが、侵略国の兵力が300万人で、核も6500発以上、ミサイルも

2000発以上を持っている国に対し、最小限の防衛力はどのように計算するのか、明快な計算が出来ているのか、この言葉は現在日本の地政学的見地からして全く合わないので廃止するべきでしょう。日本はこの言葉によって自衛隊員23万人と試算しているのでしょうが、それでは防衛出来ない兵員数です。これが基準となって居ますが前の方でも説明が有りますので参考にして下さい。そして必要最小限の防衛力で自衛する事としているが防衛出来る筈がないのにもかかわらず、其のままにしておいて政府は良いのでしょうか。北朝鮮の発表が在った『EMP核熱弾頭水素爆弾は米国全土の交通・電気・水道等の社会基盤を壊滅させる』等と発表し、その上水爆であるから全ての生きものを抹殺されるとしている。さてそれも『武力攻撃を受けた時必要最小限の防衛力で自衛する』事になるがそのような事も出来る訳が無い。同じく、核攻撃された時も核で防衛が出来る訳も無い。国防に関しての国の法律はほぼ不能に近いものです。

防衛で、専守防衛は国是とか言われ、侵略国から武力攻撃を受けた後初めて防衛の行使が出来るという法律も、水素爆弾で攻撃又は、EMP弾は高空で爆発させアメリカ全土を壊滅させると言う事だから、当然小国の日本は一溜りも無く壊滅される。攻撃されたら反撃すると言う専守防衛と言う遅れた考えの下で､専守防衛等と言う言葉でこれから先日本の防衛については、専守防衛は有り得ない事になるし、戦争兵器はこれから先更に発達し破壊力も増大し行き着く先はどうなるのか分からない。日本の現憲法下で全滅すれば専守防衛を言う意味は無いのだから、日本への攻撃をAIや人工衛星でキャッチして敵基地を攻撃する以外に日本防衛の可能性は無い。要するに憲法第9条もそうだが、専守防衛は国是だとか言う事は、戦争兵器の威力が進歩増大する中では、日本の憲法は、軍事大国への気の使い過ぎなのか、自国の防衛には全く配慮していないのか、軍備力弱小国家が軍事大国への配意なのか、自分の国には何の為にもならない。これ等は全部日本国民の為破棄するべき以外、日本人には用の無い法律でしょう…。

本来、国家が国際競争の中で生きて行く上で、自由民主主義国家の日本が制定していて特異である憲法や法律が、日本の大事な自主防衛を必要以上に阻害している。専守防衛が国是とかの法律や書き込みは、自主防衛が主流としての防衛見解と、国や国民を守る事から大きく逸脱している事になる。憲法とは国家の平和と国民の命や自由を守る為に必要なもので、日本を滅亡させる為の物ではない筈である。国家を滅亡させ、国民も守らない憲法を守って、国家と国民を守らない憲法が正当だとする憲法擁護派と、憲法第9条が正当な憲法であるとする司法には不信を持ちませんか？　現在憲法討論の中に憲法改正反対の人の為の同意を得るような妥協案が叩き台としてあるようだが、憲法学者には違憲と映るのは当然で更に混乱が大きくなる。そうした妥協案等をせず日本が自分の国を自衛出来るようにし、本当の独立自由民主主義国家日本になる様にすべきでしょう。今迄憲法第9条の改正を思ってきた人、思いながらも亡くなられた人は、日本が国際競争の中で、世界平和と国民の生命と安全を守る事を主眼にした憲法第9条が制定された時期と、現在とは世界情勢が大きく変わって居るのを鑑み、今の時代に合致した憲法第9条の改憲を期待している人が多いと言う声を聞く。例えば世界に対し『日本は自衛の為以外の武力行使はしない。同盟国とは世界平和と安定の為に戦う…など』です」

次は神崎さんが話して頂けるとの事ですが宜しいでしょうか」と言って浅く一礼して両手を机の角に置いて椅子に深く腰を下ろした。

神崎茂光が手を上げ、そして立ち一礼をして話し始めた。

「憲法は作った指導者と状況に背景が加味され、必要とされた事が組み込まれる。日本国憲法が施行された当時憲法第9条は正しく時代を映し出しているが、それから77年経った今の時代に合致した憲法で在るかというと時代の誤差により日本の滅亡が垣間見える。

77年前には、アメリカの軍事力に対抗できる国は一国も無かったから、アメリカの傘の下に居れば、軍事力が無くても安全だったが、それが何時しか、アメリカの核の傘に守られていると言う事に変わり、今はその傘の下ではなく、アメリカと核の共同使用を打診する事も考えなければならない時代に入っただけでなく、ナトーにも加盟しなければ日本の平和は守られない時代に入った。そして日本の隣国には、3核軍事大国が出来ている。例えば、その核軍事大国は、準同盟国に近い関係を結んでいるし軍事共同訓練もしている関係にもある。其の兵士を合わせると、400万人にもなるが日本は23万人以下である。此の人員は時の流れから算出されての事なのか詳細は解らないが、日本の憲法上は、其の23万人と軍備を持つ事も憲法の文言上だけの解釈からすれば違憲になると思われる事で、長きに渡って裁判もされたが、国民と時代の背景に、政府自民党の熱意と自衛隊の功績が加味された事があったのと、裁判長の国を思う深い資料から、自衛隊と軍備の所持違憲に当たらない事になった。国際法は、侵略されると平常の生活は与えられず、権利も自由も無く、時には人間として認められない惨めな生活をさせられる事から自衛する事を認めている。ところが、日本憲法は、自衛する事を認めておらず、侵略に対して、侵略国の応援をしている憲法で有る事が明白であり、国の滅亡を手助けしている事が明白だと言う事です。

社会制度や国際関係で軍需力が大きく変わる中で、憲法だけが変わらなかったのは如何してなのか、この変革時代に機能出来ないのではないかとの懸念がある。日本と同年に敗戦したドイツは憲法を50回も改正しているし、憲法改正では、インドは100回以上改正している。如何して日本は、時代に合った憲法に改正できなかったかと言うと、一番の大問題の憲法第9条がからんでいて、保守革新両方に不合理が見えていたからです。保守派は憲法改正に必要な議員票と国民投票で過半数を取れるかとの不安があったのと、革新派は憲法第9条の改正反対を謳って阻止運動を展開して来ているので、憲法改正に手を付け、第9条に議論が回るのを恐れていたからでもある。また国民の動向を見ても動静の判断を下せなかったのでしょう。しかし今、ウクライナの侵略を、国連の安全保障理事国の常任理事国であるロシアが国際法に反して領土拡大を狙って、核の脅威を振りかざし侵攻し、自国の領土にする為のプロパガンダ（政治的意図を持つ宣伝）を繰り広げ、ロシア人の証明書や住民票の発行をしている。こうした事を見て、憲法改正反対や防衛費の値上げに反対して中立性を守って来た一部の国民も、自国の防衛を支持する立場に変わって来た事と、世界情勢を見て党の上層部にも変化がみられる。憲法が施行され77年もの長きに亘って改正されなかったのは、憲法第9条の改正には、全国会議員の3分の2以上の賛成が必要との条文が有り、そのあと国民投票があって、ここで過半数を取らなければ全ての努力が水の泡となって消えて仕舞う。勿論自民党の国会議員が3分の2以上の議席数を今は確保しているけれど、国民の過半数と言う事も考えられるが、その時の世界情勢で何が起こるか分からないので楽観視は出来ない。

この国民投票が実施されるとなると世界の目も日本を気に懸けて見るでしょう。

この国民投票は、憲法第9条改正が成立するかしないかだけではく、世界は、日本人が国際社会の平和と安定と、自国の自由と権利その他多くの防衛をする気が有るのか、どうなのかをも見ているでしょう。勿論アメリカ人は、日本の防衛に協力した方が良いのか、同盟を破棄して軍隊を引き揚げた方が良いのかも見ているだろう。

世界の自由主義国家もまた、日本の防衛に協力するべきか、それともその価値がないと判断する材料にも見るだろう。共産主義国家も当然見て侵略が容易であるか、困難を感じるかの判断の対象にするだろう。アジアの国々も注目している事が在る。

日本人と同程度に注視している事とは、日本人が本来持っている日本人の精神と発展主義が在る事とか、今後友好関係を続ける方が良いか、如何かをも注視している。

日本国民はこれ以上の評価基準で、日本の精神と自国の防衛に対する思慮と世界への見方を以て憲法第9条を改正に力を注ぐべきでしょう。また、今迄子猫の様だったが、豹変しはしないかとの懸念を言う国もあるだろう。しかし日本は、世界と調和を取る様な政策を打ち出し、世界平和と各国の支援を今まで以上に行い民主主義社会と共助共演体制を推進し、自国の防衛も国際法に沿った政策を進めるとの説明を入れ、周辺国の懸念を払拭するよう努める必要が有るでしょう。しかし、しつこく批判する国に野党が何時ものの通り出て来るのは分かり切った事でもあるので、その対応は大変でしょう。

自国の防衛強化とアメリカへの同盟強化も担っていると同時に、世界平和の為の貢献を今迄以上にする為の憲法改正でもあるから、その事も明確にし、自由民主主義国家が協力し、国際関係を盛り上げて行く一員となる様、アジアの国々・世界の国々との貿易を広めて行く事も大きな関心事となり、『井戸の中の蛙・大海を知らず』ではなく貿易の振興にも役立つ憲法第9条の改革ともなる。前に教育改革についての話もあったが、高卒迄の期間に外国語の2教科もしくは3教科を無理なく楽しく学べるような学習指導要領も少し掘り下げて、不登校を無くすような、個人に合った指導要領にして、個人の将来を夢や希望の持てる教育にして行く事を目標としても、無理のない外国語の習得で世界に広がってゆけるよう、憲法第9条の改正がここでも役立つように思う。

今後の評価は、イラク戦争のとき日本は兵をださず金で済ませただけだったことで悪い非難を浴びた。これも憲法第9条があった為である。国家は国際的な信頼関係の中で生きているから、国の最高法規である憲法で、自国の人間が外国からの侵略を阻止出来るような憲法に改正し、自国民が平和で安全に生活出来るかを憲法の条文に入れるべきでしょう。

憲法第9条は、それを、侵略して来る完全武装した人間に対し、日本国民には武器は持たせないで防衛をしないように、戦うことは出来ないようにし、戦う事は憲法違反になると言う、国民に取って最悪の憲法が今迄日本を牛耳って来た。その中で日本が侵略されなかったのは同盟国アメリカの傘が広がり守ってくれていたからです。

日本人は『戦争反対と言えば、戦争しなくても良いと思っている』ようだが、それは降伏したと同様な扱いになり、全てを放棄した事になり、国は属国となり、日本と言う国は消滅して世界地図から消えて、国民は居住している家から着の身着の儘で侵略国に連行され、集団住宅に移らされ、監視されて強制労働に付かされます。これが「戦争反対」の付けで『とんでもない思い違い』と言う事です。戦争とは、それは一国で出来る事ではなく、敵となる国が侵略して来るので、その侵略を防ごうとする事で戦争となります。防衛をしないで降伏すれば戦争にはなりません。しかし戦争してもしなくても代償の払いが来ます。繰り返す事に成りますが、自宅から裸同然で侵略国に送られ集合住宅に入れられ、個人の権利は無く監視され強制労働に付かされ、子供や孫やその先代々奴隷で、その境遇から抜け出せません。それが戦争をしない一方の答えです。そしてもう一方は、防衛戦争を基本的に行う法です。

日本として憲法第9条を改正したとして話します。日本は自国で防衛が出来る様に陸海空軍その他進んだ戦力を持ち、同盟国アメリカにイギリスにオーストラリアとも同盟を結び、そしてEUに加盟する事でほぼ侵略されない国になれるでしょう。どうです、日本滅亡の道標の、憲法第9条を改正する事で日本の国益は改善され、侵略される事の不安が払拭されるのです。日本には、非核3原則や専守防衛とかに、軍事力を最小に抑えるとか全てを日本滅亡へと繋げている法律です。その根幹は憲法第9条から来ています。普通常識的に考えれば、何処の国も行っている事が非常識となる訳です。核爆弾を投下されない為には、現在は核兵器を持って抑止力とする方が、現段階では怜悧な取り組みでしょう。そして今日本が取り組んでいる筈なのだが、言葉の使い方で昨年から止まったままの敵基地攻撃能力の保持です。この言葉の使い方に因って、日本の防衛に弊害を来す事にも成るが、取り組みがこの6月に進展が有りました。どういう名称化と言うと『反撃能力の保持』です。

日本の防衛の根幹でもある敵基地攻撃能力保有が、反撃能力に変わった事で防衛の強化が薄れる訳でも無いので問題にはならない。そのことで核兵器の攻撃に対しての反撃は核兵器での反撃がなされる準備が今後出来る事になる可能性も含まれる訳です。

核の保有は、侵略国も安易に核の使用は出来ない事になるだけでなく、迂闊に侵略すれば弱小国は通常兵器では負けるのは分かっているだけに、核に頼る可能性も出て来る懸念も考えられるから、侵略を押える方へ舵を切る事も考えるので抑止力にもなる。因って敵基地への反撃能力の保持は抑止力にもなる。勿論核兵器の生産には障害が多く、今、日本の急を要する状況下では準備時間が無いから出来ないので、アメリカと共有出来るようにする事が手っ取り早く、世界から批判される事も少ないし、同盟国アメリカの強化にもなるから、同盟強化の線を太くする努力にもなる。ところが自国の防衛や国民の命を第一に考えない核軍縮の役員が核の共有反対の狼煙を上げた。ではどうやって侵略しようとする国を踏み止まらせる事が出来るか遣って見せて下さいと言いたい。そんな事は出来る訳の無い事は、今回ロシアのプーチン大統領に、世界の最高に能力の高い人々が、戦争をしないようプーチンロシア大統領説得を試みたにもかかわらず侵略に踏み切られた。

世界は核兵器廃絶運動に向かってはいるが、まだまだ先の世界の事で有るから時を見て運動強化を訴える事にして、今は日本の防衛強化運動に力を注ぐべきでしょう。核廃絶運動が専制主義国に広がる迄、もしかしたら、今回プーチン大統領の出方次第では、核兵器廃絶運動が核保有国間に広まる可能性が出ればいいのだが、現実には逆のようである。今は兎も角、日本防衛の為、日本がアメリカの核を共同運用出来る事の方が、日本の平和と安定につながるでしょう。

今ウクライナが突然核兵器使用の的にされそうになったが、これまでは日本が核攻撃の第一候補国だった。それが隣国を自分の国に編入しようと侵略し、うまく運ばなければ、核攻撃も辞さない姿勢で脅迫もしている。ウクライナには核兵器は無い。其の脅迫に答える術はないが、プーチン大統領には、後ろ盾に居るEUとりわけアメリカの出方を気にしてはいるでしょう。現在アメリカが射程の長い武器と爆撃機を供与していないが、核兵器を使えば、ロシア国内への攻撃がされるかも知れないとの思いも有るので、今1か所攻撃でEU取り敢えずアメリカの出方を見ているのかもしれない。

この戦争の終決の次第では、日本が戦争に巻き込まれる可能性が生まれる。こうした事から日本は注視しながらアメリカとの戦略を密にし、共同訓練をする事が必要に思う。

さて、日本の憲法問題だが、施行され77年が経って日本を守るべき憲法だが、9条の条文が現在の国際法には全く正反対の法で国家国民を守らないで滅亡する為の憲法で在り、日本の安全保障上の障害になっている事を国家が滅亡しない内に追求する、と同時に防衛に就いても滅亡しない内に、緊急事態対応として特別予算を組み防衛強靭化をすべきでしょう。

国民にも防衛品の不足、例えば銃弾が3日分しか無いとか、ミサイル攻撃をされても、日本にはミサイルが1発も無いとか、自衛隊員が23万人以下しかいないが隣国は200万人、300万人になるとか400万人になるとかの兵員になるとかだが、侵略は海上で阻止する事が民間人や国がぶっ壊されないし被害を小さく出来る戦略を持つ事だが、其れに合った防衛をするには防衛力の大幅増が必要でしょう。それにはやはり敵基地攻撃能力の開発が急がれると同時に何時侵略が始まっても、対応できる国民の緊張感が必要でしょう。

さて侵略されない為の抑止力とは、EMP爆弾が完成されているのか、いないかは知らないけれどこれ以上の兵器はないでしょう。これを落とされた国はその日から電気が使えないから原始生活に戻ると言う事に成ります。これは被害が甚大で使用は躊躇います…」

神崎の挨拶を見て、佐藤が礼を言い磐田にお願いした。

「磐田建造です」と言い立つと一礼し話始めた。

「今まで憲法第9条は敗戦する為の9条であるのを、日本を2度と敗戦国にしない為に与党が際どい憲法解釈とアメリカの応援で危うい所をどうにか切り抜けて来たが、米国の力が中東で削がれ凋落して来た事で、日米は防衛を分担し、アメリカの覇権を世界平和の為に協力を惜しまず進め護り合う時代になった。アメリカは勿論単独でも世界一の軍事国家だから自分の国は守れるが、日本は単独で今は全く守れず、防衛力不足な為、日米同盟の強化を最重要課題として対応しているようですが、アメリカの多くの政治家が言うように、この先近い将来、自国で防衛出来る様にして行く事が重要ですと言う。その最重要課題は、憲法第9条改正を進める事で、日本最大の懸念項目です。今迄戦後一貫して日米同盟を堅持し、憲法第9条が有る為国防を米局に依拠して来たが、自分の国は自分で守る事が人間の条件と言うより基本でしょう。自分で守れなくなり周囲に強力な軍事国家が出現すれば、直ぐに隣国は征服され滅亡し、国民は奴隷にされるか、皆殺しにされて来たのが歴史です。日本が今迄繋がって来られたのは強大なアメリカの核の傘に守られて来た事と、周囲にアメリカの軍事力を上回る強大な核軍事国家が無かった事で、侵略されないで来られたが、今は、核兵器を持つ3大核軍事国家の出現で、最大に侵略される条件の揃ったのが今の日本で、滅亡する可能性が大きくなっている事を認識する必要性が有る。2021年の9月米国がアフガニスタンから撤退する事が分かってすぐ、アフガニスタンはイスラム原理主義ハマスに支配された。そうなった原因はアメリカの撤退であるのと、自分の国を自分たちで守ろうとしない事が最大の理由である。日本も今、自分の国を自分たちで守ろうとする人間が15%と世界で最低の非防衛国民になっている。テレビでの討論会で有名な女優さんが『日本の防衛はアメリカがしてくれる』と自信を持って発言したが、大勢いた参加者の中にその発言に疑問を持ち、正しい事を発言する人はいなかった。日本人の多くの人は、日本防衛に付いてこの程度しか知らないようである。20年に亘ったアメリカ軍のアフガニスタンの防衛だが、自国国民の防衛意識の低さでアメリカ軍は撤退した。日本も自国防衛意識が低ければアメリカ国民が軍隊の引き揚げ要求を出さないとも限らない。そうなれば、アフガンと同じように、アメリカ国内の動きに因っては撤退も無いとは言えない。そうなれば、アフガンとは侵略して来る国は違うが、外国のミサイル攻撃後、侵略を受け、人は殺戮され街は廃墟となる事は明らかでしょう。アメリカと同盟を結んでいるから、自分の国を自分で防衛をしなくても良いと言う訳は在りません。どういう理由を付けて自分が住んでいる国を守ろうとしないかを聞きたいですね。正当化するべき理由は何でしょう。

現在日本は徴兵制ではないので、個人の利己心で戦争に行って戦うのが嫌だとか恐ろしいとかの理由は有るでしょうが、侵略されれば敵の兵士が、銃口を構え軍靴で家の中に押し入って来るでしょう。さてこの時、自分を正当化する理由として何を言えるでしょう？　日本の憲法第9条下では何も出来ないから、じっとしている訳です。ですから、憲法第9条を改正して自分が住んでいる国を自分達で守る事が当然ですが、憲法第9条が国の防衛を認めていないので、この憲法を守る事が正当だと言えるでしょう。例え、殺されても、奴隷にされても、国が滅亡しても、憲法第9条を守る事は正当だと言えるでしょうか。そこで、国民全員の命の重さと、法令の重さとの比較になるが、それは、司法と国民の考えに繋がる。国家の存亡は国民の居住にあるが、居住が無ければ司法制度は無い。司法が無くても住民は住めるが、住民が多くなれば事件も起きるから、司法と立法に行政が必要になる。そこで司法とは住民が住み良く繁栄出来る方策を守らせる組織であるからには、今の時代、77年前の、言論の自由が無かった時代に、偏見を持ってＧＨＱによって書き上げられた憲法第9条だが、この文言に書かれている、戦力は保持しない、交戦権はこれを認めないとある。この憲法で、日本は国防出来ない状態に在る。ところが世界は、今変革の時代に有り、例えば、ロシアがウクライナに多大なミサイル撃ちこんで攻め込み、且つ核の脅威を振りかざしている。ロシアは国連の安全保障理事会の常任理事国で在るから、本来仲裁する側である。

こうした時代にある日本の憲法第9条は、日本を守る機能は皆無である。日本人は自分や家族や国を守らなくても良いと思って居るのでしょうか？　自分や親子兄弟を守る事は、国を守る事から始まります。戦場に入れば戦う事が先になって恐怖心は薄れるでしょう。核戦争になれば日米同盟は宙に浮くかも知れません。

その理由は幾つも在るのです。留学生を技能習得の学生になれるような勉強を偏差値の低い学校に迎え、技能取得の勉強をして貰い、ＩＴに因る工業技術の開発研修生産部門と、日本の自給率の少ない農業の効率化と生産技術部門と、水産業の開発等の研修部門を作り、各部門生産を上げ留学生に研究成果として報酬を払うようにする。因みに、22年度国家予算の文科費は5兆3900億円で防衛費は5兆3600億円で拮抗しています。国家の平和と国民の命を守るべき費用として比べれば問題が在る様に思うので、その一つとしての提案である。外国人のアルバイトを助ける為の大学の保持と偏差値が低い大学の為だとのことです。好きこそものの上手なれ、と言う言葉が在る様に、大学の個数を中間線に引いて減らし、農業・工業・漁業の研究施設とか、開発生産施設に使うようにしたらどうでしょう。

今日本の優秀な高校性は、外国を目指し勉強をしている生徒も少なくないそうです。入試が外国は9月と言う事の差なのか、日本の大学のランキングは低く、世界の100位内に東大が

1校入って居るだけと、200以内に京大が入って居るだけだそうです。

低所得層の家庭では、早く一人前になって家の生計を助けてもらいたいと思っている家庭も少なくはない。ところが、子供の多かった頃の政策と人口減少が続く今とでは進学の競争率も低くなり、誰もが大学へ行けるようになったことと就職先の求人が多くなった事で、偏差値が低い大学でも、大卒と言う事で高給が得られる事から大学への進学率は80%を超えている。勿論高卒で就職した方の人が結婚も早いという統計も出ているようなので、人口増にも繋がるようでもあるし、両親や兄弟の面倒を見てくれるようでもある。またドイツでは高校時の普段の平均点が中間を境に上位は進学可能の方向へ進み、低いと就職か親の仕事を引き継ぐ方向に進路が振り分けられるようです。また日本も学歴社会から、実力主義社会へと方向転換をし、高卒者が大卒者と肩を並べ競争する事が、人口の減少を緩やかにし、政策が軌道に乗れば25年先から出生率が改善する可能性も生まれる。

因みに22年度の国家予算ですが、文教・科学費は5兆3900億円で、防衛費は5兆3600億円と拮抗しています。ところで、ドイツの教育制度、高校から大学への進学ですが、高校時普段の成績を中間に引き、その線の上側の人は進学の方向で、下側の人は家事を引き継ぐか就職をしてもらう事にして国の様々な安定を図ってもらう方向である。考えて見て下さい、高校で就職してもらう事は、家庭でも助かるし国としても奨学金制度での関係事務要員にも関係するし会社にも多くの利点を生む。第一給与は低いし、仕事への熱意もあり従順でもある。子供の出生率を上げるには早く就職した人の方が結婚も早いとの統計も出ているようです。これは大学への進学を閉ざしているわけではなく、大学への進学を希望する人は平均点以上の点を取れば良い事ですから、大学に進学しようとする者の熱意や記憶力向上にもなる。それと、自分の好きな専門分野、専門学校、そこへの進学は開いているわけです。今迄の進学制度では、世界の大学生の学力には、日本の学生は下位から抜け出させないようです。また、問題にしなければならない物が在ります。

日本は自然災害が非常に多い国です。その自然災害と有事に関しての強化が全くできていません。さる国の国土は日本の4分の1程度で3方向が日本海ですから津波もあまりなく、大陸の先ですから地震も少ない。それに比べて日本は太平洋プレートが沈み込む関係で地震は大きく津波もでかい。日本には今後、東日本大震災の20倍近い南海トラフ巨大地震（死者数や32万人から～33万人）予測が有るのと関東大地震も予測されているがその対応がされていない。東日本大震災での自衛隊災害派遣は10万7千人が投入された。これは自衛隊員23万人の約半分である。これから予測される地震は20倍であるから、端的に計算しても２１４万１０００人となる。これは自衛隊員数の10倍に近い。

この自然災害の対応に付いて早急な取り組む必要が有る様に思う。この取り組みだけでも不足するのに、この時期を狙って侵略を開始されたら何とします？　どうにもならないでしょう…。日本は小さい島国ですから、自然災害も小さいけれど、それでも数千人と言う被災者も出ていますし、家屋の流失も出ています。

南海トラフ巨大地震は、今迄の地震とは規模が違い人災の死者数でも22万人から23万人と破格の被害人数になるようです。日本は諺語から77年が過ぎアメリカの防衛に因って戦火に怯える事は無かった為、戦争に対する考え方が戦前派と戦後派、住んでいる地域とで隔たりがある。

国家の平和と国民の自由と権利を守るのは、どの国でも自国の防衛力に因るものである。ともすると日本人は、その防衛が、アメリカによって守られて来た事に慣れっこになって居て、自分達日本人で国を守ろうとする考えが薄い。日本の国防の現状はアジアの核軍事大国が侵略して来れば、数時間か3日程度で敗戦になるような貧弱なものであるにも拘らず、政治家やジャーナリストにコメンテーターはそのままで良いと思って居る人が多い。その結果国民にも防衛を軽視した考えが浸透し、防衛費を0％台に押さえてきた結果、銃弾は3日分しか無い事や、サイバー要員が日本、今回増えて540人になったが中国は20万人、北朝鮮が6800人と多い外、憲法第9条の関係からミサイルは無い事に加え兵員が23万人しか居ない事、そして日本の高度技術で開発し､製造が可能な防衛備品の生産を始めても兵器を作る予算が無い事や、製造した商品が外国に輸出出来ない事で生産数量が少ない事か採算が取れないので経営不振で辞めるに至った所もでている。韓国は防衛備品輸出で世界の10位以内に入って居るが日本は見当たらない。武器や弾薬を有事に輸入して防衛が出来ますか？　ましてその武器や弾丸の輸入先が侵略国だとすれば商品は入って来ません。最低武器の生産は自国でしょう。先にも話したように、政治家やジャーナリストにコメンテーターはここでも自国防衛の為に、防衛費の早急な対応の発言をするべきでしょう。軍事的均衡が崩れている関係から、侵略しようと画策をしている国が5年待ってくれると言う事は無いでしょう。これまで何人もの人が前の方でも説明しているように国防費が少ない事と、日本滅亡への道標である憲法第9条と、それに関連して後から作られた法律は更に日本の自主防衛を困難にしている。これ等を廃止し、国家の平和と国民の命と権利を守る憲法に変えるべきでしょう。それが世界共通の憲法です。

今は国連も軍事大国に因って侵略戦争も外交もされます。ウクライナの戦争を見ればわかるように、世界屈指の政治家が戦争をしないようにと外交努力をしても専制主義者が自分の方針を曲げる事は無いのです。それは、二国間の力のバランスが違ってくる事に起因する弊害なのです。

今迄日本の防衛力が大差を広げられ下落して来たが、侵略されなかったのは、群を抜いた核軍事大国アメリカの傘に守られて来たから今アジアには核軍事大国は3つ在り、遠方のアメリカより、近いアジアの3国の方が地政学的に有利ですし、侵略する側は準備万端整えてから侵略を仕掛けられるのも有利でしょう。

日本の政治家やコメンテーターは防衛費を2%以上に引上げるのに反対の意向を示しているが、中国はここ30年間で軍事費を42倍にし、軍備増強を図って来ている。其の増強分の軍備は、『銃口が国を拡大する』と言う事と『踏み躙った国への復讐と偉大な国の復興である』とも語っている。それに該当する国は、何処の国であるかを政治家やジャーアナリストやコメンテーターは知って伝えるべきでしょう。

30年前は日本と中国の軍事力は同程度で在ったが現在は格段の違いがあり、台湾への武力攻撃ついでに、日本に侵略すれば簡単に落とせるとの算段を持っても不思議ではない。日本人は、自衛隊がある。日米同盟がある事だけが解っているが、その他の事はほぼ知らない。それは憲法第9条に因って防衛力は削がれ、関連している法律でさらに削られているから、侵略は数時間か数日以内に日本は滅亡する。その証明は、日本の銃弾は三日分しか無くミサイルは無いし、兵員は23万人である。ところが核軍事大国の兵員は、一国の兵員は200万人もいるし、同盟国と友好関係国と併さった時は、300万人、あるいは400万人となる可能性もある。現状では兵器も10倍か20倍になるので数日で侵略され、着の身着の儘で侵略国に連行され強制労働をさせられる等となる。戦争しなければ敗戦とはならないので、現行の儘の生活が続けられると思い込んでいる人がいるようですが、それは絶対にない事を説く事が重大です。

政治家やジャーナリストにコメンテーターは、隣国との歴史的経緯と、国や教育に考え方の違いが重なった中で、力のバランスが崩れれば武力行使のハードルは下がり、侵略を受けた国と、侵略した国の国民とでは過ぎ去った年月に因っての思いは違い考え方が全く違う事を忘れずにいる必要が有る。やった方は年月が過ぎる事に因って記憶は薄れて行き次の代には引き継がれる事は少ないが、遣られた方は長い年月を口頭で引き継ぐ事から広がりもするし、国も教育に取り入れてもいる事から、ウクライナの戦火が飛び火する可能性も低くないとの分析もあるので、日本人は防衛力を周辺国とのバランスを取るようにする事が肝心でしょう。

日本人は国家や自分達の命や権利を守る為の経費を出すのが嫌いな様です。今防衛費2％への増額について国債と言う事も考えられているが、行政に多く携わり発言力も多い高額所得者で、日本が滅亡すれば皆一文無しになる訳ですから、この際高額所得者に防衛強化の為に700万円以上の方から段階的に広げ増額として防衛税をお願いしたらどうでしょうか？　増税の話をすれば嫌われますが、国債と言えば非難はされないが、国債は高い利息をはらい返還しなければならないし、国は増々借金を大きくする事に成り、国の運営は厳しくなるので良くない。

　これは提案で在ってたたき台として各方面で検討される事を期待します。

もう一つ、防衛省は兵器も官宿舎も古びていますので、模様替えや近代的にするには相当の予算が必要になります。そこで今はやりの、故郷納税受付をしたら如何でしょう。

　それで十分な経費が集まる訳では無いでしょうが多少は役立つかもしれない事と、防衛に対する理解が深まると思います。また日本各地に陸・海・空の自衛隊の駐屯地がありイベントが開催されています。記念行事や音楽界や花火大会にコンサート・舞踊音楽隊演奏会等が開催されていますので食事券付きとか、記念品贈呈とかの返礼品を出したらどうでしょうか？

　防衛省には多くの交換品が有ります。一例を上げますと、駐屯地での記念式典の招待と、自衛隊員が作る大衆的で美味しい食事会とか、ヘリに乗車させてもらい空から眺め、周囲への一周空の旅とか、厳選！　自衛隊グッズ（ヘリ・戦車・戦闘機に爆撃機・護衛艦・時計・ベルト・航空隊キャップ・ブルーインパルス正式エンブレム採用のポロシャツ・ミニタリーレックポーチ）とかの商品他を交換用品として故郷納税の募集をしたら如何でしょう。提案します……。

小説《しょうせつ》　憲法第九条談義《けんぽうだいきゅうじょうだんぎ》

発行日　　2023年1月9日　第1刷発行

著者　　杉本盛久（すぎもと・もりひさ）

発行者　　田辺修三

発行所　　東洋出版株式会社

〒112-0014　東京都文京区関口1-23-6

電話　03-5261-1004（代）

振替　00110-2-175030

http://www.toyo-shuppan.com/

印刷・製本　　日本ハイコム株式会社

ISBN 978-4-8096-8679-5

定価はカバーに表示してあります

ISO14001 取得工場で印刷しました